U0107669

文史哲博士文丛

◎ 卢政 著

走向建构论

——新时期马克思主义
文艺学体系论争研究

齐鲁书社

图书在版编目 （ＣＩＰ） 数据

走向建构论——新时期马克思主义文艺学体系论争研究/卢政著. 一济南：齐鲁书社，2006.8
ISBN 7－5333－1714－9

Ⅰ.走... Ⅱ.卢... Ⅲ.马克思主义—文艺学—理论研究 Ⅳ. I0

中国版本图书馆 CIP 数据核字 （2006） 第 104210 号

走向建构论
——新时期马克思主义文艺体系论争研究

卢 政 著

齐鲁书社出版发行

（地址：济南经九路胜利大街 39 号 邮编：250001）

http://www.qlss.com.cn

E-mail：qlss@sdpress.com.cn

山东新华印刷厂潍坊厂印刷

850×1168毫米 32 开本 9.625 印张 2 插页 220 千字

2006 年 8 月第 1 版 2006 年 8 月第 1 次印刷

ISBN 7－5333－1714－9

I·322 定价：20.00 元

目　　录

导　　论

随着马克思主义的丰富和发展，马克思主义文艺理论也已走过了一个半世纪的历程。应当说，自马克思主义文艺理论诞生以来，它就强烈地影响着人类文学艺术的发展进程。《马克思主义文艺学大辞典》所列的有关条目曾这样讲道：马克思主义文艺学"是近现代文艺思想史上存在时间最长、流传空间最广、最为科学的审美文化主潮"。[①] 也正如西方学者 Timothy A·Spurgin 所言：马克思主义文学批评对结构主义批评、后结构主义批评、精神分析批评、女权主义、新历史主义等众多文艺理论流派都产生了深刻影响，如今又极大地影响了刚刚兴起的文化研究。[②] 一百多年来，马克思主义文艺学经历了无数风风雨雨，道路坎坷曲折。众多流派和理论家从不同的角度维护、坚持、丰富和发展了马克思主义文艺学。也有许多人和各种形形色色的理论流派对马克思主义文艺理论进行过反驳和批判，甚至攻击、诬蔑和诋毁。然而，世纪之交，越来越多的学者意识到，一直处于被喧哗的"众声"所意欲遮蔽的马克思主

[①] 转引自《〈马克思主义文艺学大辞典〉条目选登》，见《文艺理论与批评》1993 年第 3 期。

[②] 参见 http://www.lawrence.com/dept/english/courses/60A/marxist.html, 2004.02.09.

义文艺理论，不仅难以消解和遮蔽，而且是目前最不可忽视的极为沉实的声音。

"文艺史证明，在经济政治等其它外部条件具备的情况下，文艺理论问题的论争常常是文艺繁荣的随行者和先导。"① 以1976年10月粉碎"四人帮"和十一届三中全会为标志，中国的马克思主义文艺理论研究也进入了一个具有历史意义的新时期。我国文艺理论界对马克思主义文艺学的诸多问题都结合时代特色进行了深入的探讨、争鸣，其广度和深度大都超过了以往的争论和探讨，掀起了一个又一个高潮。通过论争，使得马克思主义文艺学在许多方面取得了相当的进展，而关于马克思主义文艺学体系的论争则成为其中一个尤为引人注目的亮点。

新时期马克思主义文艺学体系论争是在特定的历史背景下展开的，论争的过程与我国改革开放进程、西方现当代文化思潮、新时期反思思潮等都有着某种深度的契合。

一、新时期马克思主义文艺学
体系论争与改革开放进程

新时期的马克思主义文艺学是在解放思想、改革开放、社会转型、市场经济等大语境下，伴随着整个民族的政治、经济、思想、文化的巨变而走过来的。因此，新时期马克思主义文艺学体系问题的研究和论争与我国改革开放的历史进程，尤其是与我们国家的政治、经济、文化政策和思想解放进程密切

---

① 张弼《对于马克思主义文艺学理论体系及其发展问题的看法——兼与刘梦溪、魏理同志商榷》，见《学习与探索》1981年第2期。

相关。在这期间，我国马克思主义文艺学体系研究开始摆脱苏联模式的束缚，突破主客二分的传统认识论局限，逐渐走向多元化多样化的发展道路：有的继续向"反映论"深化，有的向"艺术生产论"发展，有的向"主体论"拓展，有的向"意识形态论"努力，有的向心理学逼近，有的向"读者反应和接受理论"靠拢……反拨，挑战，论争，创新，各种观点碰撞融合，机遇与危机共存，局面纷纷扬扬，催人奋进。新时期马克思主义文艺学体系论争经历了一个逐渐由破到立、由外及里的复杂过程，经历了一个由重读走向建构的过程，这是一个逐步深化、逐步学理化、逐步理性化的过程，呈现出逐步突破二元对立走向交流与对话的发展趋势。这一论争历程大体可以以1985 年为界分为前后两期，前期重在拨乱反正、反思历史、经典重读，重在破除旧的、非马克思主义的文艺观念，围绕着马克思主义文艺学有无体系，传统马克思主义文艺学体系的哲学基础、本质与特征、发展形态等问题，持不同观点者之间展开了大规模激烈的交锋；后期重在立，着重于体系的内部规律的研究和建构当代有中国特色的马克思主义文艺学体系的具体尝试，主要涉及马克思主义意识形态理论、艺术生产理论、马克思主义主体性理论、马克思主义全球化与马克思主义文艺学的关系等问题，不同论者之间不再是针锋相对式的交锋，而是在互相包容、互相借鉴中开展有益的学术争鸣和学理探讨。可以这样说，前期，中国马克思主义文艺学体系论争主要是在中国与西方（20 世纪 80 年代我们大量引进了西方文化思潮包括西方文论）的二元对立模式的牵制下展开的；而后期，中国马克思主义文艺学则主要是在传统与现代、中国与西方的各种异质话语的平等对话当中获得其体系建构的多样可能性的，中国马克思主义文艺理论工作者是在多种文化精神所构成的复杂和多向联系中而逐渐形成多元阐释和多维度建构的整体观照视野的。具体而言，结合我国改革开放的历史进程，新时期马克思主义文艺学体系论争可分为以下几个阶段：

拨乱反正新形势下体系问题被提上议程 粉碎"四人帮"后的最初几年，我们国家面临着拨乱反正的艰巨任务，全国上下都对"四人帮"的罪行进行了全面的清算和深刻的揭露，对"文化大革命"及以前的许多问题进行了反思，比较集中的思考是在1978、1979年，主要表现是"实践是检验真理的唯一标准"大讨论、理论务虚会、"三中全会"等。祖国各条战线上的工作都逐渐步入正轨。1978年5月中国文联第三届全委会第三次扩大会议的召开，标志着学术界、文艺界迎来了它的春天。

"文化大革命"期间，马克思主义文艺理论被肆意篡改、歪曲，"文化大革命"前的十七年文艺被界定为"黑线专政"，十七年的有关文艺观点被诬陷为"黑八论"。所以，粉碎"四人帮"以后，紧密结合国家的新形势和新任务，文艺理论界纷纷召开座谈会，回顾建国三十年文艺运动的历程，总结文艺工作的经验，反省"左"倾思想的错误和危害。文艺理论工作者从揭露、批判"四人帮"在文艺领域的罪行入手，彻底否定《部队文艺工作座谈会纪要》，驳斥"文艺黑线论"，为"黑八论"恢复名誉，澄清是非。针对"假、瞒、骗"的现象，马克思主义文艺理论工作者大力批驳所谓的"三突出"创作原则，大力倡导恢复现实主义传统，同时热情扶持"伤痕文学"、"反思文学"，开始站在人的角度思考各种问题，并伴随改革、开放的历史进程，进行超越现实主义传统的文学创新。当时，这些成绩是在党的十一届三中全会精神鼓舞下，冲破重重理论枷锁才取得的，在解决现在看来已不成问题的每个难点时，都要以极大的勇气和耐心，投入大量精力。这一时期，尽管在理论上无多大建树，基本没有超出建国十七年马克思主义文艺理论的基本格局和基本思路，但却使马克思主义文论研究逐渐步入正确轨道，为以后马克思主义文艺理论的大发展奠定了坚实的基础。正是在这种背景下，有论者提出了应该重读马克思主义经典，重新认识、分析和研究马克思主义文艺学的体系问题。

思想解放背景下的深刻反思　十一届三中全会以后，国家实行了改革开放的政策，政治、经济生活发生了令人瞩目的变化，社会生产力得到了解放，以前受到严重束缚的人的思想观念也得到了大解放。文艺理论工作者迎接改革开放潮流的冲击，努力更新观念，不断开阔视野，对文艺理论发展历史进行了全面的反思，出版了一批马克思主义经典作家论文艺的丛书和研究马克思主义文艺思想的论著，西方马克思主义文论也开始逐渐译介到国内，使马克思主义文艺理论研究呈现出初步繁荣的景象。

早在 1979 年 3 月，上海《戏剧艺术》杂志第 1 期发表了陈恭敏的文章《工具论还是反映论——关于文艺与政治的关系》，在肯定反映论的大前提下，首先对流行的"工具论"进行了批判。紧接着，1979 年 4 月，《上海文学》就以该刊评论员的名义发表了《为文艺正名——驳"文艺是阶级斗争的工具"说》，文章尖锐批评了几十年来一直独霸中国文坛的"文艺是阶级斗争的工具"、"文艺从属于政治"的观点，大声疾呼"为文艺正名"。正是以这篇文章为引子，中国文艺界开展了新时期第一次规模大、影响广的理论争鸣——文艺与政治关系的大讨论。在此后的一两年时间里，全国各大报纸、杂志发表了数百篇文章，文艺界多次举行学术研讨会，就文艺与政治的关系问题进行了深入的研究和探讨。邓小平《在中国文学艺术工作者第四次代表大会上的祝辞》① 及《目前的形势和任务》② 中关于文艺和政治关系问题的论断——"我们的文艺属于人民"③、"党对文艺工作的领导，不是发号施令，不是要求文学艺术从属于临时的、具体的、直接的政治任务"④，为马克思主义文艺理论进一步朝着正确方向发展奠定了基础。这场大讨论使文艺从服从于、依附于政治的工具的位置上分离开来，回到自身的方位，遵循其"不可能脱离政治"又不同于政治及其他上层建筑的特征、规律运行，按照其特有的风格样式，更好地为人民服务，为社会主义服务。可以说，"这次'为文艺正名'是由过去的政治批判向学术研讨过渡，是在'政治'旗号之下所进行的虽然包含着政治行为但主要是学术行为，而且在当时的情况下，这可以算作是十一届三中全会之后文艺理论界第一次认真的学术行为"。⑤ 随着文艺观念上的"从属论"、"工具论"的清除以及文艺与政治等一系列重大理论问题的澄清，马克思主义文艺理论研究发展的障碍逐渐扫清，逐步走向自身的完善和深入。

---

① 《邓小平文选》第二卷，人民出版社 1994 年版，第 207～214 页。

② 《邓小平文选》第二卷，人民出版社 1994 年版，第 239～273 页。

③ 《在中国文学艺术工作者第四次代表大会上的祝辞》，见《邓小平文选》第二卷，人民出版社 1994 年版，第 209 页。

④ 《在中国文学艺术工作者第四次代表大会上的祝辞》，见《邓小平文选》第二卷，人民出版社 1994 年版，第 213 页。

⑤ 张婷婷、杜书瀛《新时期文艺学反思录》，山东文艺出版社 2001 年版，第 32 页。

正是在这样一种思想解放的背景下，有论者提出了应深入研讨马克思主义文艺学的体系问题。刘梦溪于 1980 年发表了《关于发展马克思主义文艺学的几点意见》一文，痛切地揭露了当时文艺研究的落后状态，尖锐地批评了文艺领域长期以来的教条主义习气，鼓励人们用马克思主义普遍原理创造性地研究文艺运动的新情况、新问题。文章提出了马克思主义经典作家是否建立了文艺学的完整的理论体系这一重要论题。该文一定程度上体现了思想解放的时代潮流，在学术界引起较大反响。于是，马克思主义文艺学体系问题开始真正进入文艺理论工作者们的研究视野之中，并就此问题展开了一场规模巨大、持续时间较长、轰轰烈烈的学术论争。

"方法热"境况下的多元竞争态势 从 1984、1985 年起，由于国门的进一步打开，西方各种文化思潮纷纷涌入我国，各行各业都积极吸收、借鉴西方的新成果、新技术、新方法，人们的思想由于受到新思维的浸染和影响而空前活跃，一时间呈现出各种理论思潮互相竞争、共同发展的态势。

在此背景下，由于文艺学研究对象急剧衍变、扩大，文学创作内涵空前开阔，文艺活动的内、外部关系越来越复杂，重建和更新方法论问题就自然地被提到文艺理论研究的议事日程上。一批中青年学者在理论准备和知识积累还不太充分的情况下，积极地投身理论实践，在全国范围掀起了一场文艺学方法论的大讨论。他们借鉴自然科学或社会科学的思维成果，来阐释文艺规律，取得了丰硕成果。方法热导致了文艺理论界空前的活跃，显示着理论工作者开始从理论贫乏状态中解放出来。这一阶段马克思主义文艺理论研究也呈现出多元发展的态势，多头并进，新论迭出，让人眼花缭乱、目不暇接。文学主体性问题的激烈争论引起了马克思主义文艺理论研究格局的大调整和重新组合。

马克思主义文艺学体系问题研究在这个阶段取得了一定进展，一些有远见卓识的马克思主义文论研究者开始把人作为开展研究工作的核心和着眼点，尝试着从主体论、艺术生产论等不同维度去建构新的马克思主义文艺学理论体系。尤其是在西方马克思主义研究方面，成就斐然，法兰克福学派以及本杰明、杰姆逊等一大批理论家的理论学说成为中国马克思主义文论研究的重要课题，我们对"西马"文论有了更深的认识，为建构马克思主义文艺学新体系提供了新的理论资源。但这一阶段的马克思主义文艺学体系研讨也出现了一些波折，马克思主义文艺理论研究队伍发生了分化，一些人逐渐脱离了马克思主义文论阵营，他们对马克思主义文艺学体系的科学性提出质疑，认为传统马克思主义文艺学体系是"左"倾思想的表现，它已经过时，不再适合中国国情。甚至有人公开提出反对马克思主义文艺学的口号，主张用西方文论取代马克思主义文论在中国文艺学格局中的主导地位，以西方文论体系为坐标重建中国文艺学理论体系。同时，不少坚持马克思主义文论阵地的学者也逐渐产生了怀疑、悲观、迷茫的情绪，迷失了方向。许多文艺理论和思潮打着丰富和发展马克思主义文艺学体系的旗号，运用所谓的"新"方法，得出了一些非马克思主义甚至反马克思主义的结论。一些人主张用主体论来否定马克思主义文论。马克思主义文艺学体系受到了空前的冲击和挑战。

市场经济条件下的意义重建 进入变革更为深刻的 20 世纪 90 年代后，建立和发展市场经济成为我们国家的发展主题。随着社会分殊化程度的加剧，一体化、同质化的中国马克思主义文艺学研究格局不复存在，以往那种基于二元对立基础上的整体否定与整体承诺的话语已经很难继续有效发挥其阐述与批判功能了。艺术开始进入市场，思想进一步解放，文化急剧转型，价值观念日趋多元化，加之变化中的社会提出的种种新课题及现实中的种种诱惑、困惑，使我们的学术界弥漫着一种浮躁不安的情绪，造成了普遍的精神焦灼与心理失衡。在市场经济的冲击和"怎么都行"的后现代观念的浸染下，马克思主义文艺学体系的研讨同其他学科和领域一样，也面临着新的问题，经受着新的考验，发生着深刻的嬗变。在市场经济和大众传媒的影响下，中国的大众文化得到了迅猛发展。大众文化产品以其制作的华丽、眩人耳目的感官刺激，吸引了大量受众，获取了丰厚的商业利润。一方面，大众文化按照统一的模式，用大众最能接受的传播媒介成批地生产最流行的电影、电视剧、卡拉 OK、书报出版物等，极大丰富了社会文化生活，但同时也造成了抬高官能享受，淡化和压抑高尚情操的文化倾向。另一方面，大众文化的发展体现了大众的文化需求和文化权利。当代大众文化提出了"审美与生活的同一"等新命题。大众文化与精英文化互相影响，形成互补格局。文化领域的多元化、多层次化给人们的生活提供了自由选择的余地，弥补了传统文论的缺陷。当代有中国特色的马克思主义文艺学新体系的建构也不可避免地受到这一现实状况的影响。

在这样一个"众声喧哗"、"杂语共生"的多元文化背景下，文学艺术与经济的关系愈发凸显出其重要的理论意义，马克思主义艺术生产问题就自然被提到一个更为重要的位置。马克思主义文艺理论工作者通过对新时期以来马克思主义文艺理论发展状况的回顾和反思，力戒浮躁情绪，结合市场经济条件下人的现实生存境况，继续沿着 20 世纪 80 年代开始的改革方向，努力从艺术生产论、意识形态论、价值论等角度来建构当代有中国特色的马克思主义文艺学新体系。艺术生产与消费的辩证关系、马克思主义与大众文化的关系、文艺的商品性与意识形态性的关系、文艺批评的历史原则和美学原则相统一等问题成为理论工作者关注的焦点。马克思主义文艺学体系问题的探讨和研究在市场经济条件下取得了较为厚实的研究成果。

全球化语境下的交流与对话　世纪之交，随着全球化步伐的加快以及社会主义市场经济体制的逐步完善，马克思主义文艺学既面临着难得的机遇，也受到了更严峻的挑战，社会实践向它提出了许多新课题。这时的中国文艺学研究，已从 20 世纪 80 年代各种新观念与方法的探索、论争，转向在马克思主义导引下多元观念与研究模式的互补、综合，以及多种学科理论、方法相互渗透的发展趋势。

此时，全球化为当代有中国特色的、科学的、具有世界意义的马克思主义文艺学新体系的建构注入了新的动力，理论的喧嚣与浮躁的时期已经渐行渐远。学术界对 20 世纪马克思主义文艺学的发展历史进行了总结、回顾和反思，人的现实生存问题日益引起众多学者的关注，实践存在论、生态学等思想观点也逐渐渗透到建构马克思主义文艺学新体系的思考和论争当中。不少学者对如何建构面向 21 世纪的有中国特色的马克思主义文艺学体系提出了各种不同的理论见解，加强马克思主义文论与其他各种文论包括西方文论的交流与对话日益成为学术界的主旋律，发表了诸如"世纪回眸"、"新世纪的展望"等一大批专题性的学术文章。这一阶段，"交往与对话"、"全球化与有中国特色的马克思主义文艺学体系建构"、"马克思主义与全球化"、"马克思主义文艺学体系如何实现本土化"、"全球化与民族化"等问题成为马克思主义文艺学体系研究与论争中大家所关注的焦点问题。

二、新时期马克思主义文艺学体系
论争与西方现当代文化思潮

新时期马克思主义文艺学体系论争从一开始就受到西方现代文化思潮的极大影响。早在 20 世纪 20 年代，西方理论家卢卡契就提出了关于马克思主义文艺学的体系问题，从一定意义上说，新时期中国马克思主义文艺学体系问题的论争是西方对于马克思主义文艺学体系问题的讨论在中国的继续和深化。

胡塞尔、卢卡契、海德格尔、萨特、阿多诺、马尔库塞、杰姆逊，自然科学的"老三论"、"新三论"、存在主义、现代心理学、文化人类学、结构主义、接受美学等都成为新时期马克思主义文艺学体系研究与论争的重要的话语参照和理论资源。中国马克思主义文艺工作者在思想解放的时代际遇刚刚到来之际，便把目光投向了西方，大量引进现代西方的哲学观念、科学方法和理论成果。西方"人本主义"和"科学主义"两大学术主潮由于同新时期马克思主义文论向当代性和中国特色转变的需求相契合而在中国马列文论界得以快速地译介、传播、吸收和利用。"以系统论的引进为标志的科学主义流向与以主体意识强化为标志的人本主义流向的对峙、竞争、交融日渐突出"，[①] 它们对中国新时期马克思主义文艺学体系的研究

---

① 张婷婷、杜书瀛《新时期文艺学反思录》，山东文艺出版社 2001 年版，第 14 页。

思路、思维方式、研究视野和论争方式都带来了强烈的震撼和影响，潜移默化地改变着理论工作者的观念和对马克思主义文艺学体系的认识，促使他们竞相提出一些新的结构框架和理论设想。西方现代文论的一些新方法、新观念广泛应用到马克思主义文艺学体系研究中，促进了马克思主义文艺学体系的研讨和建构逐渐由传统的二元对立的模式向以实践存在论为基础的多元并存、多极互补的模式的转变。

在西方思潮的参照中，人本主义倾向构成了新时期马克思主义文论的发展主潮，整个 20 世纪 80 年代正是马克思主义的人道主义、主体意识、人本思想、个体意识不断深化发展的时期。有学者从西方文化思潮尤其是"西马"中引进人本主义并融入具体的马克思主义文艺学体系争鸣中，有人则直接从马克思主义经典作家的著作中不断阐释、挖掘其内在的人学意义和存在论思想。可以说，新时期马克思主义文艺学体系论争的过程，就是马克思主义的人学观念和实践存在论思想不断超越"以阶级斗争为纲"的观念的过程，就是将对人的关注日益融入文艺理论研究的过程。从一定意义上讲，整个新时期的马克思主义文艺学体系论争，都围绕"人"这一轴心展开。人们以空前的热忱，关注人性、人情、人道主义、主体性，倡导人文精神与人文理想，呼唤人的价值和尊严。在西方科学理性和人本理性日益融入马克思主义文艺学体系研究和论争的过程中，人本主义被日益突出、强化出来，一些论者或是从西方近代启蒙主义者那里拿来人道主义、文化人类学这一理论武器，或是从西方马克思主义那里拿来异化和文化批判的理论武器，将矛头直接指向马克思主义文艺学体系论争中的极"左"思潮及一家独尊的政治性禁锢。

　　进入 20 世纪 90 年代以后，随着中国改革开放和建立市场经济进程的推进，马克思主义文艺学所面临的语境发生了更为深刻的变化。和整个学术界的研究思路相一致，商业物质主义价值观的发育使得个人性的境遇和私人化的叙事开始成为马克思主义文艺理论工作者思考马克思主义文艺学体系问题的新的出发点，无论是对大众文化的思考，还是对人文精神的呼唤，都借助于从西方引进的理论武器。尤其是西方的文化批判理论，成为在新的语境下，结合中国当代现实，深化马克思主义文艺学体系研究最为有效的理论武器。

　　20 世纪西方文化包括西方哲学的现代性标志之一，是不断寻求对传统形而上学二元对立思维方式的超越。这一文化思潮，深刻地影响了新时期我国马克思主义文艺学体系论争的发展进程。美国学者 C·恩伯、M·恩伯在他们合著的《文化的变异》中说：“二元对立就是一种事物与另一种事物的对立。”① 我们认为，所谓二元对立思维，是指一种以建构为主的肯定性的思维模式，它以经验归纳法（在其中普遍规定作为结果出现）和理性演绎法（在其中普遍规定作为自明的预设前提而存在）作为基本的思维途径，以普遍性作为基础，以与普遍性之间存在着指定的对应关系并且不存在开放的意义空间的抽象符号作为语言，以同一性、绝对性、肯定性作为特征，以达到逻辑目标作为目的。在西方历史上，“主客二分”（即主体与客体的二元对立）几乎从古希腊起就已形成。“主客二分”如还原为认识论问题，就是思维和存在的关系问题。正是思

————————

　　① ［美］C·恩伯、M·恩伯《文化的变异》（杜杉杉译），辽宁人民出版社 1988 年版，第 68 页。

维/存在、主体/客体的二元对立的思维方式，导致了西方从近代以来其他一系列二元对立的产生，如人/自然、本质/现象、内容/形式、理性/感性、肯定/否定、言语/文字……西方近代以来的文论与美学基本上就浸淫于这种二元对立的思维方式之中。近代西方哲学的奠基者之一笛卡尔从怀疑论出发提出了"我思故我在"命题。这一命题及其认识论推演，内在地包含着思维与存在、主体与客体、精神与物质、主观与客观、理性与感性相分离、相对立的二元思维模式。康德的先验认识论，将认识从与客体（对象）的符合转移到客体符合主体的先验认识形式能力上来，力图通过"审美判断力"将理性与感性、主观与客观统一起来，从而以实现"思"的主体性而完成了西方哲学史上的"哥白尼式革命"。但是，这种"哥白尼式革命"并未跳出思维/存在、主体/客体的主客二分的二元对立的怪圈。黑格尔与康德相反，代表了"思"的客观性立场。但是，黑格尔的"理念论"的客观性同样奠基于上述二元对立的思维方式。马克思、恩格斯创立了新的哲学理论——实践唯物主义，将理性与感性、主观与客观统一在实践基础上，西方二元对立的思维模式才逐渐被打破并朝着多元并存、多极互补的方向发展。20世纪，现象学、存在主义的兴起，进一步强化了西方文化中二元对立向二元统一、多元并存的方向发展的势头。爱因斯坦的相对论、绿色哲学等在全球范围内的巨大影响就昭示着这一点。这种寻求超越二元对立的努力，首先反映在胡塞尔的现象学中。胡塞尔现象学的两个中心概念——"生活世界"与"交互主体性"——的设定，体现了他对思维/存在、主体/客体的二元对立的思维方式的超越。在胡塞尔那里，"生活世界"是置于主观、个体视域下的可直观到的、人生活于其

— 14 —

中的客观世界。它虽有主观性、相对性，但如胡塞尔所说，它"为所有客观证明提供对理论—逻辑存在有效性的最终论证"，因而它的主观性恰是"客观—科学世界"的客观性的最终逻辑根据。① 在胡塞尔的观念里，"交互主体性"概念包含两方面的含义：一是主体与其他主体、"自我"与"他我"（人）间的关系，即"主体间"的相互关系，涉及的是自我作为主体是否以及为何能认识另一主体（他我）、"他我"的存在如何对自我成为有效事实；二是各个主体之间存在着共同（共通）性，从而使一个"客观"世界先验地成为可能。② 寻求超越二元对立的努力，更自觉地体现于海德格尔的研究思路中。他的著名的命题此在"在世界之中存在"，③ 首先是针对长期以来的二元对立的认识论而言的，这种认识论把人与世界设定为现成存在的主客体关系，"把这个'主客体关系'设为前提"，设为某种"不言自明"的东西。然而，海德格尔则认为"它仍旧是而且恰恰因此是一个不祥的前提"，因为它"把这种关系理解为现成存在"，那人（此在）与世界在"实际性"上被分割为"现成存在"的两个"存在者"——主体与客体，两者在分立、对立的"前提"下，"一个'主体'同一个'客体'发生关系或者反过来"。在海氏看来，这种预设的前提在存在论上是错误的，而且正"由于存在论上不适当的解释，在世却变得晦暗

---

① 转引自倪梁康《现象学及其效应》，生活·读书·新知三联书店1994年版，第135页。

② 参阅倪梁康《现象学及其效应》，生活·读书·新知三联书店1994年版，第139～141页。

③ ［德］海德格尔《存在与时间》（陈嘉映、王庆节合译，熊伟校，陈嘉映修订），生活·读书·新知三联书店1999年版，第61页。

不明了",造成"直到如今人们还在这种不适当的解释的阴影下来认识此在的建构","一任这个前提的存在论必然性尤其是它的存在论意义滞留在晦暗之中"。① 海氏于是针锋相对地提出了此在"在世界之中存在"的命题。他尤其强调这一命题与二元论相反,从其"复合名词的造词法就表示它意指着一个统一的现象",② 而非主客二分式的。毋庸置疑,海德格尔的哲学思想是比较纯粹的多元共存的哲学思想。它作为本世纪影响最大的哲学流派之一,代表着当代西方文化的根本走向。20世纪中期,伽达默尔现代诠释学提出的"效果历史"原则,是超越主客二元对立的又一成功尝试。他批判了"历史客观主义"从主客二分的思维方式出发,把历史现象看成与历史理解者无关的纯客观现象。他的克服历史客观主义的具体思路亦即"效果历史原则"是:以我们的"现在视域"不断与过去的"传统视域"相融合,而达到一种新的理解。这样,通过"效果历史"意识就消除了主体/客体、自我/他者、现在/过去(传统)、理解/被理解的历史现象等一系列的二元对立,而达于一种统一和超越。20 世纪 70 年代德里达用解构主义策略来颠覆传统形而上学的一系列二元对立,则是寻求超越的另一种独特路径。他发现善/恶、真理/谬误、言语/文学、自然/文化、自我/他者等这一系列对立的二元,并非平等、对等、不分高下的,在时间上也是有先有后的,在先的总是高于并决定在后的。所以,必须首先采用"颠覆"的手段,把传统的等级

---

① [德]海德格尔《存在与时间》(陈嘉映、王庆节合译,熊伟校,陈嘉映修订),生活·读书·新知三联书店 1999 年版,第 69 页。

② [德]海德格尔《存在与时间》(陈嘉映、王庆节合译,熊伟校,陈嘉映修订),生活·读书·新知三联书店 1999 年版,第 62 页。

秩序颠倒过来。哈贝马斯的交往行为理论力图"通过建立人际关系，互动参与者用他们的言语行为承担起协同的使命"，"在主体间共有的生活世界中实现社会整合"，从而促进"对于生活世界的再生"。据此，他得出了"社会的形成和再生也就的确只能依靠交往行为"的结论。① 哈贝马斯的交往行为理论从语用学、社会学角度发展、改造了胡塞尔的"生活世界"和"交互主体性"命题，也超越了僵化的二元对立思维。总之，克服传统二元对立，寻求思维方式的突破，是 20 世纪众多西方学者不断努力的方向和目标，也是贯穿整个西方 20 世纪的社会文化思潮。新中国建立以后，在很长一段时间里，由于受到前苏联的重大影响，我们的文艺理论界坚持机械的反映论文艺学体系框架，在思维方式上未能彻底摆脱二元对立论的束缚。进入新时期以来，西方超越传统二元对立的现代文化思潮对我国文艺理论研究产生了重大影响。有论者曾经深刻地指出：必须"打破传统的思维惯性、研究的思路和格局"。② 于是，我国文艺学、美学界在具体研究中，包括在马克思主义文艺学体系问题的研讨中，开始涌现出一股努力突破二元对立思维的潜流。比如，在 20 世纪 80 年代，我国一些有影响的学者倡导有关文艺本质的"审美反映论"、"艺术生产论"、"审美意识形态论"等，开始打破传统的二元对立的思维格局。特别是 90 年代以来，这种努力更加明显，并取得了一些重要进展，如有的学者提出了"审美价值论"、"新理性主义"、"交往与对

① ［德］哈贝马斯《后形而上学思想》（曹卫东译），译林出版社 2001 年版，第 81～83 页。

② 张弼《发展文艺学美学理论的主导、基础和建构问题》，见《求是学刊》1994 年第 4 期。

话"等理论或命题，极大地促进了马克思主义文艺学体系问题研究的深入开展。

与超越二元对立的文化思潮相联系，西方当代存在论文化思潮对于新时期马克思主义文艺学体系论争也产生了重大的影响。西方存在主义哲学—美学思潮滥觞于 19 世纪末、20 世纪初，兴盛于"二战"之后，20 世纪 60 年代以来即融汇于各种人本主义哲学—美学思潮之中，成为西方当代最具影响力的文化思潮之一。它的产生和发展是同资本主义现代化过程中的一系列矛盾的尖锐化相伴随的，诸如富裕与贫穷、发展与生存、科技与人文、物质与精神、人与环境等等都是一系列难解的二律背反现象。这些二律背反现象在资本主义现代化的进程中又递次地表现为人的"异化"、战争的严重破坏与环境的恶化等问题，越来越严重地威胁到人的现实生存，引起所有思想家的高度关注。众所周知，西方当代存在论思潮最重要的理论内涵是以胡塞尔所开创的现象学方法作为其哲学与方法论指导，从而使其从传统的主客二元对立的认识论模式跨越到"主体间性"的现代哲学—美学轨道。现象学方法突破了古希腊以来到近代以实证科学为代表的主客对立的认识论知识体系，开始实现由机械论到整体论、由认识论到存在论、由人类中心主义到非人类中心主义的哲学与美学的革命。现代化进程中的许多负面效应常常是过程性的，甚至是难以避免的。进入新时期以后，随着我国社会主义现代化进程的加快，西方社会所面临的各种社会问题在我国也随之出现：环境恶化，资源枯竭，道德滑坡，贫富悬殊，工具理性过分膨胀，精神疾患蔓延，城市化的负面效应日趋显现，等等，这些问题都严重地影响了人民生活质量的提高。可以说，进入新时期以后，我们国家面临着与西方现代社会基本相同的社会现实。所以改善当代日益严重的人类非美化的现实生存状况成为中国学人包括马克思主义文艺理论工作者必须面对的紧要课题。与时代的步伐相伴，中国的艺术实践也发生了巨大的变化：新时期的中国文学艺术已不单纯是传统的感性与理性对立融合的现实主义与浪漫主义艺术，而是愈来愈走向感性与理性的脱节，形象与情节愈趋减弱，形式与色彩愈趋怪异与夸张，理性愈加隐没。朦胧诗、荒诞剧、霹雳舞、摇滚乐、寻根文学、先锋小说、通俗歌曲、抽象派绘画、新历史主义电影……都给我们固有的文艺观念以极大的冲击，让人眼花缭乱、应接不暇。这些作品已不是对现实的反映，而是对人的现实存在意义的探寻和追问。面对已经发生巨大变化的现代艺术，传统的反映论文艺观已经不能很好地解释当代文艺，愈来愈显示出其理论的陈旧以及同现实的严重脱离。而面对已经发生巨大变化的社会现实和现代艺术，西方当代存在论哲学思潮在中国文艺理论界自然而然地找到了它应有的地位——因为它能够对中国的现实和现代艺术给以新的阐释和一定的理论支撑。新时期以来，愈来愈多的文艺理论工作者开始学习和借鉴西方当代存在论思想及其研究方法，并自觉地将其运用到马克思主义文艺学体系问题的研究中，促使中国马克思主义文艺学逐渐由以反映论为基础的旧体系向以实践存在论为基础的新体系转换。例如有的学者就提出了"生态存在论审美观"的概念，提倡以存在主义作为哲学基础，结合当代生态学理论来进行当代文艺学、美学研究。①

　　总之，在整个新时期的研究语境中，对于中国传统的马克

---

① 参阅曾繁仁《生态存在论美学论稿》，吉林人民出版社 2003 年版。

思主义文艺理论工作者来说，西方现代主义文化思潮无疑是一种具有改革开放意义的文化选择。从 20 世纪 80 年代到 90 年代，马克思主义文艺学体系论争经历了一个以人本理性为核心的社会性精神理想到以个人精神为核心的个体自觉的价值取向的逻辑转折，人的意识的觉醒为马克思主义文艺学注入了摆脱"左"倾思潮禁锢的思想力量，而个体意识的觉醒则在市场化、全球化的语境下推动了马克思主义文艺学体系研究朝着更加"学术化"、更加"规范化"的方向发展和深入。但是不论前者还是后者，我们都可以明显地看到现代西方文化思潮的深刻影响。

三、新时期马克思主义文艺学体系论争与当代反思思潮

任何学术问题的论争都是一定社会思潮的这样那样的反映。尤其是文艺问题的研究和论争，总是同特定的社会思潮互渗互动的。基于一定历史条件下所产生的社会思潮会不同程度地反映和折射到相关文艺问题的研究和论争中来，而文艺问题的研究和论争又往往作为特定社会思潮的载体和受体，使之得到形象化的呈现和张扬。一方面，在新的历史时期，结合时代特色，回顾和梳理马克思主义文艺理论一百多年的发展历程，总结经验教训，重读经典文本，正确评价历史上经典作家的历史地位和理论贡献，显得尤其重要。有论者曾经这样说过："我们不是没有认识的历史，不是没有阅读的历史，不是没有前进的历史，也不是没有面临挑战、错误、困顿、危机的历史

……我们缺少的是反思的历史、比较的历史、总结的历史。"①
于是，新时期伊始，我国文艺理论工作者就开始了这项艰巨的
带有反思性质的总结、梳理工作，并且形成了一股强烈的理论
潮流。另一方面，十年浩劫给我们国家带来了太多的灾难和创
伤，强烈地刺激了我们民族的每一个成员。粉碎"四人帮"，
结束"文化大革命"，人们痛定思痛，开始反思以往所不曾认
真思考过的各种问题，从政治、经济到历史、文化、社会，从
成就、繁荣、荣誉到教训、灾难、失败，从实践到理论等方方
面面的问题都进行了反思。两个方面的因素汇集在一起，从而
形成了中国历史上最为壮阔、最为彻底的一次反思思潮。这种
反思思潮深刻地影响并且日渐融入、渗透到文艺理论研究中，
这种反思思潮几乎贯穿了新时期马克思主义文艺学体系论争的
全过程。新时期在"新诗"乃至整个文艺领域中所出现的"三
个崛起"，即"新人的崛起"②、"正在崛起的新的美学原则"③、
"崛起的诗群"④ 以及"重写文学史"等现象都是总结历史、挑
战权威、突破传统的反思思潮在文艺领域的一种集中反映。

　　新时期的马克思主义文论开始于批判"四人帮"曲解马克
思主义的恶劣行径，提倡准确、完整地理解马克思主义文艺
学。其中一个重要举措就是研究和探讨马克思《1844 年经济
学哲学手稿》，其实质就是对马克思主义文论所进行的一种反

---

①　董学文《马克思主义文论教程》，广西师范大学出版社 2002 年版，第 11
页。

②　参阅谢冕《在新的崛起面前》，载《光明日报》1980 年 5 月 7 日。

③　参阅孙绍振《新的美学原则在崛起》，见《诗刊》1981 年第 3 期。

④　参阅徐敬亚《崛起的诗群——评我国诗歌的现代倾向》，见《当代文艺思
潮》1983 年第 1 期。

思性思考，这突出表现在"回到马克思"、"重读马克思"、"走近马克思"这些口号上，注意发掘马克思思想中长期被遮蔽、未能被注意和吸收的部分。20 世纪 70 年代末、80 年代初，马克思主义文论家们首先触及了文艺与政治的关系问题，还有文艺与生活的关系即文艺要真实地反映现实生活的问题，人们高喊着"真实是艺术的生命"的口号，纷纷提出要为"写真实"恢复名誉，要"恢复现实主义的本来面目"，等等。当时，人们突破种种理论限制，开展了有关马克思主义文艺学有无体系的论争，有关形象思维、典型、人性人道主义、异化等问题的讨论，都带有这种反思的性质。尤其值得一提的是，1980 年，由刘梦溪发其端的我国文艺界那一场关于马克思主义经典作家有没有建立起自己完整的文艺理论体系的大讨论，实际上就是一种对历史、对社会、对传统文化，尤其是对以往的文艺理论学说进行反思的结果和要求变革的具体表现。抛开论争中的不同的具体意见不说，论争的各方其实都不约而同地表现出了对我国马克思主义文艺思想研究现状的强烈不满，表现出一种要求有所突破的迫切愿望，并直接引发了我国文论界持续至今的一场颇具力度和深度的马克思主义文艺学体系的研究与论争热潮。

20 世纪 80 年代理论界提出的"重读经典文本"、"回到马克思"、"重温讲话"、"对列宁文艺思想的再认识"、"建构马克思主义文艺学当代形态"，90 年代轰动一时的"马克思主义文论的意义重建"、"马克思主义与人文精神"的大讨论以及 90年代末直至今日的"全球化语境下马克思主义文论的未来发展"、"马克思主义文论的本土化"等研究热点，也都是这种反思思潮的一种反映。尤其是"重温讲话"这一学术活动，每逢春夏之交，必会掀起一次次的研讨高潮，理论界的这一活动贯穿了新时期马克思主义文艺理论研究的全过程。不论是"重读"还是"重温"，也不论是"走近"还是"再认识"，其实都是站在时代高度，结合当代现实语境，对马克思主义文艺学所进行的一种反思性的思考。

新时期以来，在努力建构当代有中国特色的马克思主义文艺学新体系过程中，我们引进了大量的西方文艺理论。其中许多文艺观点和主张往往以其不无片面性的特点显示着自己的存在，它们对于中国马克思主义文艺学体系建构的意义在很大程度上是体现在对旧的文艺思想和观念的反思、反拨方面，也正因为此，它们成为我们从事研究工作的重要参照系统和可供借鉴的资料。

对于马克思主义文艺学体系，新时期有论者曾经具体论述过我们所要反思的具体内容："我们现在面临着一个对马克思主义文艺学重新认识和建设的阶段：一要对几十年来'传统'马克思主义文艺学体系进行认真反思，看它哪些是科学的，哪些是不够科学的；二要对马克思主义文艺思想进行新的探索和开掘，看哪些内容是被忽视的，哪些内容是根本未曾了解的；三要弄清马克思主义文艺思想与现代西方各式各样文艺学说的关系，看哪些成分是可以吸收的，哪些成分是应该抛弃的。"①

任何反思都带有批判的性质，当然也意味着某种程度的建设。新时期有关马克思主义文艺学的反思性文章在批判弊端的同时，大都力求有正面的学术建树，有自己的理论构想，这突

---

① 董学文《建设马克思主义文艺学的当代形态》，见《文艺报》1987 年 4 月 4 日第 3 版。

出表现在众多学者的构建当代有中国特色的马克思主义文艺学新体系的努力上。而且随着马克思主义文艺学体系论争的深入，论争的各方也都在逐渐改变着思维的方式，过去那种简单的非此即彼的价值判断已不能满足一个反思时代的需求，以往那种充满火药味、攻击性和侮辱性的恶劣之风逐渐遭到人们的摈弃。

四、新时期马克思主义文艺学
体系论争研究的理论意义

研究 20 世纪尤其是新时期中国文艺理论的发展历史，建设面向未来的科学的中国文艺学学科，离不开对新时期马克思主义文艺学体系论争情况的研究。20 世纪的中国文艺理论发展史，从某种意义上讲，就是马克思主义文艺理论与其他各种文艺理论学说之间互相对立、互相争论、互相影响、彼此对话、互相包容、互相融合的历史。特别是新时期以来，由于形势的变化，它们之间的关系变得更为复杂，出现了许多新情况、新特点、新问题、新动向。新时期是中国的马克思主义文艺理论研究发生质的飞跃的二十余年，是在基本观念、研究理念、哲学基础、思维方式、价值取向、学术命题、研究范式、治学方法、学术视野等方面都发生重大变革的二十余年，是中国马克思主义文艺理论研究逐渐步入科学轨道的二十余年。马克思主义文艺理论在"文化大革命"以前的四十多年时间里一直左右着中国文艺学学科的发展，在新时期的中国文艺学领域中仍然占据主流地位，在未来的中国文艺学格局中它也将是其中重要的具有主导意义的一翼。因此，研究 20 世纪尤其是新时期中国文艺理论的发展史，离不开对马克思主义文艺理论的研究。对新时期马克思主义文艺理论进行研究，梳理其发展脉络，探寻其发展规律，总结经验教训，对于正确认识中国文艺学的特征，发展有中国特色的文艺理论体系，推动中国文艺理论走向世界，都具有重大意义。而体系问题则是马克思主义文艺学中的一个极为重要的问题，研究马克思主义文艺学离不开对马克思主义文艺学体系问题的研究。卢卡契曾经说过：随着笛卡儿和斯宾诺莎，从莱布尼茨到康德，体系问题已成为"日益自觉的方法论的要求"。① 一种思想若要"具有普遍意义就必然需要一种体系"。② 可见，体系问题在任何一门学科包括马克思主义文艺学中都具有极为重要的意义。也正因为此，在继承和发展马克思主义文艺理论遗产的过程中，体系问题自然而然地会被理论工作者所关注。在第一个社会主义国家前苏联，这个问题早在 20 世纪 20、30 年代就已经被纳入研究者的视野，并且进行了热烈的论辩。马克思主义文艺学的体系问题也是新时期中国马克思主义文艺理论界研究的重要课题，它是在 20 世纪 70 年代末被提上讨论日程的。众多的学者参与到这一问题的论争之中，有的针锋相对，直接对话，有的各抒己见，新说竞起，取得了令人瞩目的成果。体系问题的论争、研究一直贯穿新时期以来二十余年的历史，不同的观点一直在进行着或激烈或温和的论争，而且至今仍在探讨、争鸣之中。新时期我国马克思主义文艺学体系论争与国外相比，"尽管论争的起因和主客观条件有很大的不同，但论争的结果大体是一致的，

---

① ②　[匈]乔治·卢卡奇《历史和阶级意识——马克思主义辩证法研究》（张西平译），重庆出版社 1989 年版，第 130 页注释①。

这就是马克思主义文艺理论得到进一步的发扬光大"。① 我们提出了建设"当代形态的马克思主义文艺学体系"、"有中国特色的马克思主义文艺学体系"、"具有民族特色的马克思主义文艺学体系"等命题，并且进行了大量有益的尝试，取得了令人瞩目的研究成果，初步确立了全球化语境下中国文论在世界文论格局中的应有地位，为人类文艺理论的发展奉献了一份独特的礼物。围绕着马克思主义文艺学体系问题的论争，人们还涉及了其他很多问题，几乎对文艺学领域内的所有问题都进行了新的探讨。所以说，对新时期马克思主义文艺学体系论争的进程和态势进行一番细致的总结，对于更完整、更全面、更准确地把握马克思主义文艺思想，进一步发展和完善马克思主义文艺学乃至整个文艺学学科无疑是很有帮助的。从一定程度上讲，体系问题是我们研究新时期马克思主义文艺学的关键和最重要的切入点。因此，为了更好地建设和发展中国文艺学学科，有必要对新时期马克思主义文艺学体系论争进行详尽细致的总结和梳理，这也是我们文艺理论工作者义不容辞的职责。

对新时期以来马克思主义文艺学体系论争态势开展研究，有利于我们把握中国文论逐渐突破主客二分的传统认识论局限，由二元对立模式向实践存在论基础上的多元并存、多极互补的对话模式转变的脉络，正确把握马克思主义文艺学乃至整个中国文艺学学科的发展方向。"二元对立"思维模式的形而上学特征是只知非此即彼，不知亦此亦彼，最常见的话语形式是设置一系列的诸如真理/谬误、开放/保守、主观/客观、朋

---

① 陆梅林、盛同主编《新时期文艺论争辑要》前言第 2 页，重庆出版社1991 年版。

友/敌人、正确/错误等二元性存在，在两极的对立之中寻找事物的规定。不可否认，二元对立思维在传统社会的进程中起到了重要的作用。然而，由于在二元对立思维中一切都是被"预设"的，因此它虽然可以成功地教人去借此获取知识，可以使人类"分门别类"地把握世界，但一旦被推向极端就会导致一种先设想可知而求知、在可知中求知的考察，一种对于确定无二、只有一种可能性的求解。这样，由于习惯于从一个固定的视角看问题，导致所获得的答案事实上也就只能是固定的，如所谓的"不是……就是……"、"要么……要么……"等。在这样一种思维模式中提出问题、思考问题、解决问题，把一切都机械地分为凝固不变的相互对立的两个方面，也就必然无法避免片面性。在学术论争中，二元对立思维往往表现为僵化而又绝对化地将论争者划分为相互对立的两派，表现为言辞激越、无限上纲，对不同于己的观点一概否定和排斥，缺乏一种宽容的态度和海纳百川的胸怀，将学术论争和理论研讨演化为"有我无你"、"有你无我"的斗争。众所周知，西方传统的文艺学体系大都是建立在二元分裂的理论基础上的。近代以降，包括马克思主义文艺学在内的中国文艺学学科的发展，深受西方"主客二分"思维的影响，一方面提高了中国文论的科学分析的明晰性与逻辑性，另一方面又造成了形而上学的绝对化的流弊。尤其是从"五四"新文化运动以来，这种形而上学的负面影响往往同其正面影响交错在一起，如在对待传统与现代的关系上，把传统与现代理解为处于对立的两个实体性的存在，看不到文化（文论）演进过程中多种因素的对立统一的互动关系，人为造成了传统与现代的紧张，甚至导致了传统文化资源的流失。新中国成立以后，在很长一段时间里，我们的文艺学、美学界乃至整个学界，在思维方式上一直未能真正摆脱二元对立论的影响。我们老是在内容/形式、主体/客体、表现/再现、理性/非理性、思想/形象、审美性/意识形态性、自律/他律、虚构/真实、艺术真实/生活（历史）真实、个性/共性等一系列二元对立中摇摆、徘徊。事实上，我们以往对辩证思维的理解往往并非真是"辩证"的，而是二元对立的。及至改革开放的历史新时期，这种二元对立的思维模式虽然遭到部分学者的怀疑与抛弃，但在许多人头脑中，它仍然被奉为金科玉律，遵循着，实行着，以至于在包括马克思主义文艺学体系论争在内的各种学术研讨中仍然存在着严重的形而上学思维定势的负面影响。文艺学的发展，继续为此付出着代价。比如，在从何种维度出发建构马克思主义文艺学新体系的论争中，反映论和主体论本来是两个重要的切入维度，二者都具有不可替代的理论价值。但有的论者将反映论和主体性视为对立的两极，以为坚持反映论就必须反对主体性，从而抹煞了能动反映中的主体地位与作用。当然，这种二元对立的思维模式是历史的产物，它得以在新时期继续存在也并不是某一个人的原因。令我们感到欣慰的是，随着新时期马克思主义文艺学体系问题论争的深化、拓展，以及西方各种哲学、美学流派对文艺研究思维方式所产生的影响，人们在逐渐体悟现象学的审美"意向性结构"理论和存在主义哲学关于"存在先于本质"命题旨在超越"主客二分"模式的同时，进一步深化了对马克思主义历史的、辩证的思维方式以及实践存在论思想的理解。马克思主义哲学将实践范畴引入其中，认为实践是人的有目的、合规律的活动，是人和自然的物质变换的过程。以实践为中介，主体与客体、人与自然、人与社会就得到有机的统一，从而弥合了主客二分的对立或人与世界的分离。不少研究者重新思考马克思主义在批判继承西方古典哲学、美学，特别是德国古典美学所贯穿的辩证思维，力求运用辩证思维去考察分析文艺理论研究所面临的新问题，从而形成了文艺的审美精神及其传达方式的多元化格局。

　　然而，目前我们对马克思主义文艺学体系论争的历史进程和整体态势却缺乏必要的梳理和总结。科学的理论概括是极为艰苦的工作，它要求对研究对象进行全面的系统的了解，熟悉其发展的历史和现状，掌握它和周围事物的各种联系及如何发生相互影响，然后经过周密的研究，从中找出固有的而不是臆造的规律性的东西。马克思主义文艺理论传入中国已经有近一个世纪的历史了。早在 20 世纪 30 年代，鲁迅、瞿秋白等人就把马克思主义文艺理论看作是"科学的艺术论"。后来，毛泽东等众多马克思主义理论家在阐发和宣传马克思主义文艺思想方面做出了可贵的贡献。新中国成立以后，文艺理论工作者对马克思主义文艺学体系的整体构成和理论形态进行了空前深入的探讨研究。进入新时期，改革开放的新形势对于完整、科学地掌握马克思主义文艺学的理论体系提出了更高的要求。随着思想的解放和学术研究的空前活跃，人们对马克思主义文艺学的理论体系产生了不同的观点和看法，众多学人根据自己的理解，从不同的角度对其进行了更为深入的研讨和更为热烈的论争。实事求是地说，马克思主义文艺学体系论争虽然持续了很长时间，而且目前也已经有一些学者对体系论争情况进行了一定的研究和总结，但其研究多是就新时期马克思主义文艺学体系论争中的某一专题、某一方面所进行的梳理和回顾，而缺少从总体上对其进行系统总结和把握的研究成果。这就严重影响了马克思主义文艺学的进一步发展和完善，影响了中国文艺学学科的建设。

另外，对新时期马克思主义文艺学体系论争进行深入研究，还有助于我们完整、准确地理解和掌握马克思主义经典作家的文艺思想，抵制只抓住只言片语、个别结论，把它们同整个马克思主义思想体系割裂开来的倾向；有助于把中国的马克思主义文艺学建设成为一门内容丰富、结构完整、具有高度科学性和世界意义的系统的科学，扭转建国以来形成的"教科书式"的体系状况；有助于我们在实践中逐步看清马克思主义文艺学未来的发展趋向，领会马克思主义文艺观与非马克思主义文艺观的区别，用新的经验、新的成果来丰富和充实马克思主义文艺理论的宝库。

正是基于以上事实和看法，笔者试图结合时代特色，以马克思的实践存在论为基础，从当代性和本土化的视角对新时期马克思主义文艺学体系论争的学术进程和基本态势进行一番梳理和总结，以期对马克思主义文艺学的建设和发展有所裨益。

第一章 经典的重读：体系有无之争

新时期马克思主义文艺学体系研究始于有无体系的论争，这是我国文艺理论工作者"重读"马克思主义经典著作的必然结果，也是我们对马克思主义文艺思想的阐释和理解不断加深的体现。正如有位学者所言："关于马克思主义文艺理论有无科学体系的论争，应该说，在我国新时期文艺思想的发展上，是一次相当重要的理论论争。"①

其实，早在20世纪20、30年代，西方马克思主义文艺理论家就曾就马克思主义创始人的文艺理论有无体系这一问题提出过各种不同的看法。最早提出马克思主义文艺学有无体系问题的是卢卡契。对这个问题，卢卡契的观点前后并不一致，前期对此基本持否定态度，后来则持肯定态度，他在1945年写的《马克思、恩格斯美学论文集引言》一文中说："马克思和恩格斯从未写过一本关于文艺问题的完整的书，也没有写过一篇关于这问题的真正文章……他的基本经济学著作占去了他全部精力"，但是这并不能否认马克思、恩格斯的有关文艺问题的论述已经形成了"一个有机的、系统的思想体系"。② 再后

---

① 陆梅林《回顾与反思——忆十年来若干文艺理论论争》，见《文艺理论与批评》1991年第3期。

② ［匈］卢卡契《马克思、恩格斯美学论文集引言》，见《卢卡契文学论文集》（一）（中国社会科学院外国文学研究所外国文学研究资料丛刊编辑委员会编），中国社会科学出版社1980年版，第273页。

来的西方马克思主义文艺理论家伊格尔顿则说:"马克思和恩格斯手头的任务比系统阐述美学原理更为重要。他们关于艺术和文学的评论是分散的和片段的,只是稍稍提及,而不是充分的论述。"① 而在 20 世纪 20 年代末 30 年代初的苏联,随着马、恩致拉萨尔、哈克奈斯的信以及《1844 年经济学哲学手稿》、《德意志意识形态》、《自然辩证法》等论著俄文版的公开发表,理论界对马克思主义文艺理论进行了更加深入的研讨,开展了批判庸俗社会学和清算"拉普"这两场具有反对教条主义和机械论性质的思想斗争。这两次思想斗争,带来了两个积极后果:一是确认了马克思恩格斯文艺观的体系;二是进一步确认了他们是马克思主义文艺学的创始人。在这一时期,苏联学者米·里夫希茨、席勒尔以及卢那察尔斯基等人对阐发马克思、恩格斯的文艺思想,都做出了较大贡献。他们也是较早探讨马克思主义文艺学体系问题并承认马、恩文艺理论体系的人。深谙系统论思想的前苏联文艺理论家莫·卡冈曾这样讲道:马克思、恩格斯虽然没有留下专门的文艺学、美学专著,像鲍姆嘉敦或者康德、车尔尼雪夫斯基或者托尔斯泰所撰写的那样,虽然他们也不同于谢林或者黑格尔,没有讲授过展开的文艺学、美学课程,但是他们具有严整的和合乎逻辑的文艺学、美学观点体系,"他们在自己的著作和书信中表达了这种体系的主要支撑点"。② 目前,在国际上仍有许多学者不承认马克思、恩格斯创立了自成体系的文艺学,认为他们给后人留

---

① [英]伊格尔顿《马克思主义与文学批评》(文宝译),人民文学出版社 1980 年版,第 5 页。

② [苏]莫·卡冈《卡冈美学教程》(凌继尧等译),北京大学出版社 1990 年版,第 31 页。

下的只不过是一些零散的感想和评点。还有人断言，马克思、恩格斯有关文艺的论述只是论述艺术与现实之间关系的社会学理论，并不是概括艺术自身规律的文艺理论。当然，也有部分有识之士不同意这种观点，他们对马克思、恩格斯的文艺理论进行了必要的维护并在学理上进行了进一步的阐释和创新。所以说，新时期马克思主义文艺学体系论争实质上是以往的研究探索在新的历史条件下的继续和拓展。

第一节 "断简残篇"与"完整体系"

体系是思想和内容的逻辑结构，内容和观点必须通过一定的逻辑结构表现出来。新时期伊始，马克思主义文艺学体系问题就被我国学者提上了研究日程，并且展开了热烈的讨论。

按照有些论者的看法，"大约从1978年起，在社会上开始流行这样一种说法：马克思文艺思想没有体系，多为只言片语……同年末，在全国马列文论研究会上也发出了另外一种声音：即有科学体系的声音"。① 其实这种论述向我们指出了新时期关于马克思主义文艺学体系问题的两种基本的观点，即一种观点认为马克思文艺思想没有科学完整的体系，另一种观点则认为有科学完整的体系。这两种观点从一开始就针锋相对，尖锐对立，进行了激烈的辩论。有学者甚至指出：体系问题的论争"不是什么枝节之争，而是一场原则性的辩论"。② 这是

---

① 陆梅林、盛同主编《新时期文艺论争辑要》前言第3页，重庆出版社1991年版。

② 陆梅林、盛同主编《新时期文艺论争辑要》前言第4页，重庆出版社1991年版。

一种典型的非此即彼、二元对立的思维模式的表现。

到了 1979、1980 年间，前一观点有了进一步的发展。1980 年刘梦溪在《文学评论》第 1 期上发表了《关于发展马克思主义文艺学的几点意见》一文，痛切地揭露了当时文艺研究的落后状态，尖锐地批评了文艺领域长期以来的教条主义习气，鼓励人们用马克思主义普遍原理创造性地研究文艺运动的新情况、新问题。有论者指出，刘文在一定程度上体现了思想解放的时代潮流，给人"耳目一新的感觉"。① 在该文中，刘梦溪详尽阐述了自己关于马克思主义文艺学体系问题的看法，认为不仅马克思和恩格斯，而且所有的经典作家，包括列宁、斯大林以及毛泽东，他们的全部文艺思想都没有形成完整的理论体系，"我们今后应当把建立完整的理论体系作为发展马克思主义文艺学的一个现实目标"。该文成为引发新时期马克思主义文艺学体系论争全面展开的导火索。刘梦溪指出：虽然马克思和恩格斯这两位科学共产主义创始人对文艺问题非常重视，"有着非常精湛的艺术修养，他们对文艺问题发表过许多精辟的见解"，但是"构造马克思主义理论大厦的主要支柱，是哲学唯物主义、政治经济学和科学社会主义，这三部分内容，特别是政治经济学，有着更为完整的理论体系；至于文艺学，在马克思、恩格斯那里，则没有形成完整的理论体系"。接着，有论者发表了一些与刘文观点相类似的文章，大体上形成了这样一种观点：马克思主义经典作家没有建立完整的文艺理论体系，他们的文艺理论在某种意义上可以说是"断简残

---

① 汪裕雄《"断简残篇"、普列汉诺夫及其它——与刘梦溪同志讨论马克思主义文艺学建设问题》，见《江淮论坛》1980 年第 2 期。

篇"。因此有人将这一观点称为"断简残篇说"或"残篇说"（我们也暂且沿用这一说法）。[①] 说马克思主义经典作家没有建立完整的文艺理论体系，其理由归纳起来主要有以下几个方面：第一，论述的非文艺化。涉及文艺的许多论述，"马克思主义经典作家根本不是从文艺的角度，而是作为论述政治、经济、哲学等原理的论据而提到的"。[②] 第二，马克思主义创始人对文艺的看法分散、零碎、不完整。他们的文艺观点"大都散见于马克思和恩格斯关于哲学、政治经济学和科学社会主义等理论著作和通信之中，不是专门的论述，有的只是顺便提到，在某种意义上可以说是'断简残篇'"。[③] 这正如西方某些学者所说的马克思主义经典作家的文艺论著都是一些支离破碎的"碎片和补丁"。所以说，"马克思主义创始人并没有给我们留下一个完整的文艺理论体系，他们有一些关于文艺问题的论述和思想，但没有系统化"。[④] 第三，马克思主义经典作家缺乏对文艺的具体规律的研究，他们着重解决的是文艺的"外部规律"，对文艺的"内部规律"很少涉及。文艺学应包括文艺理论（这是核心）、文艺史、文艺批评三部分内容。从文艺理论方面看，马克思主义经典作家"对文艺的意识形态的普遍性特点论述得相当充分。相比之下，他们对文艺本身的特殊规律

---

① 陆梅林《回顾与反思——记十年来若干文艺理论论争》，见《文艺理论与批评》1991 年第 3 期。

② 张弼《对于马克思主义文艺学理论体系及其发展问题的看法——兼与刘梦溪、魏理同志商榷》，见《学习与探索》1981 年第 2 期。

③ 刘梦溪《关于发展马克思主义文艺学的几点意见》，见《文学评论》1980 年第 1 期。

④ 杨春时《论文艺的充分主体性和超越性——兼评〈文艺学方法论问题〉》，见《文学评论》1986 年第 4 期。

的论述就显得不够。……没有正面揭示文艺本身特殊规律是什么。同时，他们对文艺本身特殊规律的相当一部分内容，如艺术创作活动，文艺形式的产生和演变，文艺流派的产生和发展，文艺心理学等也没有来得及涉及"。从文艺史方面看，马克思主义经典作家论述文艺史上的作家和作品的情况很复杂，"不能不加以分析而笼统地称之为'文论'"。从文艺批评方面看，马克思主义经典作家"留下的言论也不多"。① 第四，马克思主义创始人是主张"反体系化"的，这是马克思主义所有学说的特质。"从马克思主义学说的特质来看，也不能认为经典作家已经建立了文艺学的完整的理论体系。"② 马克思主义创始人"讲文艺问题常常只提出观点，而不作进一步的论证和发挥。……不是马克思、恩格斯不能论证和发挥，而是不想论证和发挥，他们宁愿把这个任务留给后人。这样，才使得马克思主义学说具有自己的特点——它首先是一种世界观和方法论"，③ "主要体现为观察和认识世界的总的原则"，而"单纯的观察和认识世界的原则即观点无所谓体系问题"。④ 第五，构建完整的理论体系是一项极其艰巨的系统工程。"完整的理论体系的建立不是轻而易举的事情"，中外历史上的许多思想家和理论家的理论观点不一定都很系统，建立完整的理论体系

---

① 张弼《对于马克思主义文艺学理论体系及其发展问题的看法——兼与刘梦溪、魏理同志商榷》，见《学习与探索》1981 年第 2 期。

② 刘梦溪《七论马克思主义文艺学的发展问题》，见《北方论丛》（哈尔滨师大）1984 年第 5 期。

③ 刘梦溪《五论马克思主义文艺学的发展问题》，见《北方论丛》（哈尔滨师大）1982 年第 3 期。

④ 刘梦溪《四论马克思主义文艺学的发展问题》，见《江淮论坛》1982 年第 6 期。

只是思想文化史上极少数思想巨人做到的事情。"拿美学和文艺学来说，真正建立了完整的理论体系的，历史上屈指可数。"① 沿着刘梦溪等人的观点和思路，有人进行了进一步的阐发，而且走得更远，认为马克思、恩格斯在文艺理论方面只是一种"业余爱好"；"马克思主义文艺观也不过是那三封信，顶多再加上马克思谈欧仁苏的《巴黎的秘密》那篇文章"，而且"重点谈的也不是文艺，重点谈的还是政治"；"三封信不可能把文艺问题完全阐述出来"，"实际上也是随便写的"；"一个人成了革命领袖，他写的三封信就不得了了"，人们就把这三封信当成了"金科玉律"。② 其实，与之类似的观点早在上个世纪初，俄国民粹派分子米海洛夫斯基和布哈林"左派共产主义者"集团成员米·尼·波克罗夫斯基，以及普列汉诺夫、弗兰茨·梅林等人就曾提出过，但他们还仅仅是针对马、恩而言。刘梦溪等人的观点只不过是以前的观点在新的历史条件下的进一步发展而已。

几乎在同一时间，已经有论者表达了与刘梦溪等人不同的观点："提出马克思主义没有完整的文艺理论体系的观点，是难以令人苟同的，因为它不符合事实"，"是站不住脚的"。马克思主义文艺理论"对文艺本质、文艺的特征等复杂文艺现象作了最科学的解释；它对文艺与社会生活的关系，文艺的社会作用，文艺发生和发展的规律，文艺的内容和形式，文艺的典型化原则以及文艺批评等一系列问题，作了全面系统的说明。

---

① 刘梦溪《三论马克思主义文艺学的发展问题——答李贵仁同志》，见《人文杂志》1981 年第 2 期。

② 白景晟《重新思考，重新研究》，见《电影文学》1980 年第 12 期。

马克思主义文艺理论具有一个完备的科学体系"。① 这种观点我们暂且称之为"科学体系说"。

由于在马克思主义经典作家是否建立了完整的文艺学理论体系这一问题上，主要存在"残篇说"和"科学体系说"两种观点，文艺理论工作者也就相应地形成了两个"阵营"："断简残篇说"一方和"科学体系说"一方。

刘梦溪等人的否认马克思主义经典作家建立了完整的文艺学理论体系的观点一经提出，立即引起了理论界的强烈反响，一时间各种批评和反对之声四起："我们肯定马克思主义文艺观是一个科学体系"；② "马克思、恩格斯、列宁、斯大林以及毛泽东同志，事实上已经把马克思主义文艺学的理论体系建立起来了"；③ "马克思、恩格斯创建了革命的科学的美学、文艺学体系，这是他们对美学、文艺学作出的重要贡献"；④ 马克思、恩格斯有关文艺问题的"不少论述是很完整的，它们是有理论体系的。我们不能因为马克思、恩格斯等人没有写出一部文艺学引论式的著作，就进而否定马克思主义文艺理论遗产的体系"，所以认为马克思主义经典作家有关文艺论著不成系统、没有体系的观点"过于简单"，是"很武断的"；⑤ 应该"自觉地抵制和反对那种寻章摘句，把生动的革命理论变作僵死的公

---

① 顾骧《文艺理论研究工作断想》，见《文艺理论研究》1980 年第 1 期。

② 汪裕雄《"断简残篇"、普列汉诺夫及其它——与刘梦溪同志讨论马克思主义文艺学建设问题》，见《江淮论坛》1980 年第 2 期。

③ 李贵仁《〈关于发展马克思主义文艺学的几点意见〉质疑》，见《人文杂志》1980 年第 5 期。

④ 李中一《论马克思、恩格斯美学、文艺学体系》，见《江淮论坛》1983 年第 3 期。

⑤ 魏理《马克思主义经典作家的文艺理论体系和文艺科学的发展》，见《文学评论》1980 年第 5 期。

式的教条主义态度"。① 还有论者指出：马克思主义不是宗教，
不用担心"断简残篇"的说法亵渎了什么神圣，"问题的关键，
在于作者这样观察问题，方法不大对头。他只看到经典作家文
艺观在表述方式上的分散性、片段性，没有看到他们文艺观的
内在联系及其在理论上、方法上的严整性。他看到了现象，没
有看到本质"。"马、恩的文艺观点不是一时兴起的偶感，更不
是自作聪明和卖弄渊博，而是他们根据辩证唯物论和历史唯物
论的基本观点，对整个世界艺术史和一般文化史进行长期考察
的结果，是从历史过程中抽取出来的科学结论……他们的文艺
论点，分散，却不凌乱；有时是'顺便'提及，却决非随便瞎
说。"② 概括起来，"科学体系说"反对"残篇说"的理由主要
有以下几点：第一，马克思主义创始人的文艺观的根本特点是
从整体上把握文艺及其历史发展，对艺术的发展进行宏观的考
察，"并不企望将文艺学的所有问题巨细无遗地罗列尽净，他
们只打算给后人留下研究文艺的一个坚实可靠的理论出发点，
一个科学的方法"，因此，他们"以艺术本质论为核心，组成
了一个文艺观点的科学整体，提供了文艺史上从未有过的新的
文艺理论体系"。③ 第二，马克思主义经典作家的文艺观"在
理论上、方法上都是首尾一贯的、有内在的严整逻辑的，因而
也是科学的"。④ 第三，不能因马克思主义创始人没写出文艺

---

① ② 汪裕雄《"断简残篇"、普列汉诺夫及其它——与刘梦溪同志讨论马克
思主义文艺学建设问题》，见《江淮论坛》1980 年第 2 期。

③ 汪裕雄《从艺术本质看马恩的文艺观点体系》，见《江淮论坛》1983 年第 5 期。

④ 汪裕雄《关于马克思恩格斯文艺遗产理论意义的再讨论》，载《马克思主
义文艺理论研究》（中国艺术研究院文艺研究所《马克思主义文艺理论》编辑部
编）第 2 卷，文化艺术出版社 1984 年版，第 243 页。

学方面的专著就否定其文艺理论的体系性，因为"是否有专著，并不能作为判定它理论上成不成体系的唯一依据"。① 第四，马克思主义创始人对许多文艺问题都进行了论述。"马克思恩格斯文艺观涉及文艺的本质、文艺的发展规律和创作规律，在这三方面的一系列根本问题上，他们都有独到的、经过论证的深刻见解。这些见解，包含着研究文艺现象的新方法。因此，这些观点本身就构成了一个科学的理论体系，世界文艺理论中的新体系。"②

基于以上认识，"科学体系说"一方有人指出："残篇说"的错误在于"先入为主的成见太深"，"头脑里先有了'不成体系'的框框"，③ "不是从实际的材料出发"，偏离了实事求是的研究方法，④ 所以"不可能仔细领会马克思恩格斯文论所贯串的深刻的辩证法"，不可能对马、恩的文艺理论体系做出正确的理解和把握，⑤ 也不可能"真正揭示马克思主义文艺理论体系的真实实体"。⑥

针对种种反对和批评意见，"残篇说"一方则纷纷撰文，

---

① 汪裕雄《关于马克思恩格斯文艺遗产理论意义的再讨论》，载《马克思主义文艺理论研究》（中国艺术研究院文艺研究所《马克思主义文艺理论》编辑部编）第 2 卷，文化艺术出版社 1984 年版，第 245 页。

② 汪裕雄《关于马克思恩格斯文艺遗产理论意义的再讨论》，载《马克思主义文艺理论研究》（中国艺术研究院文艺研究所《马克思主义文艺理论》编辑部编）第 2 卷，文化艺术出版社 1984 年版，第 245～246 页。

③⑤ 汪裕雄《关于马克思恩格斯文艺遗产理论意义的再讨论》，载《马克思主义文艺理论研究》（中国艺术研究院文艺研究所《马克思主义文艺理论》编辑部编）第 2 卷，文化艺术出版社 1984 年版，第 256 页。

④⑥ 张健《怎样看马克思主义文艺理论体系？——与刘梦溪同志商榷》，见《中国艺术研究院研究生部学刊》1987 年第 2 期。

回应对他们的批评和反对，为自己辩解，这样就形成了一个新时期关于马克思主义文艺学体系问题论争的高潮。有论者进一步指出：马克思主义经典作家虽然有自己一定的文艺理论体系，"但也很难说是完整的"，他们的文艺理论体系是缺乏完整性的。"一篇文章，几句话都成了'完整理论体系'，'够用一辈子'……大搞以'原著'代替'原理'，甚至以几篇经典文论就代替了整个文艺理论课教学"，这是"四人帮"式的做法。如果因为某种原因，"就把别人对这种所谓'完整理论体系'的质疑视为'顺水推舟'，不'实事求是'"，是极其错误的。"只有坚持从历史发展的纵的方向上与前人的认识相对比，又坚持从横的方向上与文艺学领域的各个规律相对比，才能既充分肯定了马克思主义经典作家超出前人建立新的文艺学理论体系的贡献，又可以看出这座大厦尚未完工而存在的欠缺和不足……那种不作具体分析，一提马列，就言必称'体系'，一提'体系'，又必'完整'，既不符合马克思主义经典文论的实际，又给人以'面面俱到'、'到头到顶'之感，堵塞了它的发展道路。"① 马克思主义创始人的体系观是"反体系化"，"是反对那种'体系化'的思想的"。② 因此，"如果认为马克思和恩格斯已经把文艺学的完整的理论体系建立起来了，这种看法是和恩格斯阐述的马克思主义体系观相违背的"，③ "说马克思主义

---

① 张弼《对于马克思主义文艺学理论体系及其发展问题的看法——兼与刘梦溪、魏理同志商榷》，见《学习与探索》1981年第2期。

② 刘梦溪《五论马克思主义文艺学的发展问题》，见《北方论丛》（哈尔滨师大）1982年第3期。

③ 刘梦溪《七论马克思主义文艺学的发展问题》，见《北方论丛》（哈尔滨师大）1984年第5期。

经典作家建立了完整的理论体系，并不是对革命导师留下的文艺观点和文艺理论遗产的高估，恰恰相反，在一定意义上倒是对他们创立的学说的一种贬低——抹煞了马克思主义学说在方法论方面的特质，和黑格尔学派混同起来了"。①

由于"残篇说"一方从一开始"队伍"就不庞大，再者由于其观点本身存在很多漏洞，因此随着论争的深入以及种种外部的社会、政治原因的作用，"残篇说"的声音日渐衰微，而"科学体系说"则逐渐占了上风。但是，在这种情况下，仍有部分"残篇说"论者"顽强"地坚持自己认定的"真理"，在众声喧哗中"孤独"地发出自己微弱的声音，直到20世纪末，还有论者坚持认为"马克思、恩格斯等经典作家并未建立一套完备的文艺学体系"。② 其中尤其值得一提的是刘梦溪，在1981年以后的五六年时间里，他针对马克思主义文艺学体系问题连续发表了十一篇专题文章，进一步阐述和重申自己的观点，积极应对种种批评和责难，有如一位"孤独"的"斗士"在"孤军奋战"。十几篇文章，洋洋大观，内容甚丰，但是其观点的实质仍然是马克思主义经典作家没有建立起完整的文艺理论体系，前后没有大的变化。

另外，到了有无体系问题论争的后期又出现了与前两种观点不尽相同的观点，持这种观点者认为：如果把马克思、恩格斯的有关论述集中起来，加以必要的阐发，就不难看出，他们所表述的文艺思想是"相当完整的，是具有体系性的"，但

---

① 刘梦溪《五论马克思主义文艺学的发展问题》，见《北方论丛》（哈尔滨师大）1982年第3期。

② 谭运长《关于文艺批评标准及与此有关的文艺学学科建设问题》，见《文艺理论研究》1997年第6期。

"这个'集中'和'阐发'的工作，他们生前无暇顾及，而后人是应该可以做到的，正如他们在生前没有把他们阐述的辩证唯物主义和历史唯物主义原理写成专门著作，现有的以教科书形式出现的马克思主义哲学体系是后人的产物一样。这不是像杜林那样人为地'构造'体系，而是按照他们理论自身的内在逻辑联系，作系统的研究和阐发"。[①] 这种观点比之前两种观点虽然显得相对比较辩证，初步摆脱了二元对立思维模式的影响和束缚，但毕竟在这场有无体系的论争中不占据主流地位，这不能不说是一种遗憾。

1989 年前后，由于受社会大环境的影响，马克思主义文艺学有无体系的问题再次受到文艺理论界的极大关注，发表了大量的阐述文章，但是这时的研究流露出较浓的非学术气息，而且有关论述也仅是以前观点的简单重复，学术价值不大，所以在此不再赘述。

其实，长期以来，我们对待马克思主义经典作家的文艺理论论著，不是把它们当作理论著作来看待，而是把它们当作党的法规来看待；不是把它们作为科学经典来研读，而是把它们作为类似宗教的教条来膜拜。对待马克思主义文艺学体系缺乏总体的把握。我们习惯于把经典作家的理论见解的丰富内涵归结为几条僵硬的"原则"或"定义"，而这些"原则"和"定义"又往往被孤立地拿来进行任意的解释和发挥，忽视甚至割裂它们之间的内在逻辑联系。所以，"断简残篇说"和"科学

---

① 蒋培坤《马克思恩格斯现实主义文艺思想研究中的几个问题》，见全国马列文艺论著研究会主编《马列文论研究》第 4 集，中国人民大学出版社 1983 年版，第 17 页。

体系说"都有一定的不足。我们的观点是：一方面，我们不应拘泥于马克思主义创始人的片段言论及个别论点，不应形式主义地看问题，而应把散见于马克思主义创始人著作中的有关文艺、美学问题的言论联系起来加以理解和把握。马克思主义经典作家有关文艺的论述存在着一定的内在联系，它已经初步形成了理论体系，说它是"断简残篇"是不科学的。正如美国学者梅纳德·索洛蒙所说：不能把马克思和恩格斯关于艺术的著作"描绘成像欧内斯特·西蒙斯（Eruest J·Simmons）所说的支离破碎的'碎片和补丁'"；① 但是另一方面，它还不是"完整"的体系，尚有待进一步完善和发展。恩格斯曾经说过："每一个时代的理论思维，从而我们时代的理论思维，都是一种历史的产物，在不同的时代具有非常不同的形式，并因而具有非常不同的内容。"② 马克思和恩格斯本人的文艺理论体系也不例外，它也是他们所处的那个时代的产物。马克思主义创始人不可能超越历史和时代所提供的条件，凭空地形成现在看来比较"完整"的文艺体系。

的确，马克思主义创始人"所写的关于批评或美学理论的权威性著作是很少的，也许正是由于这点，所以使人们可以自由解释并可以防止把马克思主义的美学简化为一堆刻板的公式，更使它不可能沦为干巴巴的学院主义"。③

在有无体系的论争中明显存在这样一个特征，在前期，如

---

①③ ［美］梅纳德·索洛蒙《马克思和恩格斯的艺术观》（陈超南译，胡天惠校），见《现代外国哲学社会科学文摘》1981 年第 5 期。

② 《马克思恩格斯选集》第三卷，人民出版社 1972 年版，第 465 页。

果说论战的各方还都讲究一定的逻辑性和学理性的话，那么随着论争的继续，一种情绪化的倾向逐渐显现出来，表现出一种"意气用事"的作风，实质上是二元对立思维在起作用的结果。尽管人们一再宣称不应该把与己不同的意见"看作是反马克思主义的，而只能把它看作一种不同的学术意见，允许研究，允许争鸣"，① 但是在实际的论争中，人们往往违反了这一学术争鸣的原则，比如指责论争另一方时说："这点意见毕竟有着不可忽视的危害性。当前，社会上有那么一股轻视、怀疑乃至否定马克思主义文艺理论的小小思潮，正需要我们去战胜，去克服；而……这点意见，却正好是适应这股潮流的"，② 批评对方"没有注意在文艺领域正确地开展两条战线上的思想斗争"。③ 有论者甚至指出：体系问题的论争"不是什么枝节之争，而是一场原则性的辩论"。④ 虽然简单地说马克思主义经典在文艺理论方面"不过是那三封信"的言论缺乏严谨的考证，但是将对立的学术观点与政治倾向挂起钩来，毕竟也不是科学严谨的治学态度。这实际上仍然是机械的二元对立的思维定势在作怪。

第二节 何谓体系

在"断简残篇说"与"科学体系说"两方的论争中，涉及

---

① ② 李贵仁《〈关于发展马克思主义文艺学的几点意见〉质疑》，见《人文杂志》1980 年第 5 期。

③ 汪裕雄《关于马克思恩格斯文艺遗产理论意义的再讨论》，载《马克思主义文艺理论研究》（中国艺术研究院文艺研究所《马克思主义文艺理论》编辑部编）第 2 卷，文化艺术出版社 1984 年版，第 258 页。

④ 陆梅林、盛同主编《新时期文艺论争辑要》前言第 4 页，重庆出版社 1991 年版。

了很多问题，其中一个焦点问题就是何谓"体系"，或者说判断某种学说是否成其为体系的标准是什么。

何谓"体系"呢？"断简残篇说"一方认为："一般地说，理论体系应该是以完整和系统的面貌出现的、经过深入论证的、建立在长期知识积累基础上的理论形态"，[①] "某种思想如果形成了理论体系，其观点之间及其发展就应存在着有机的联系"。[②] 论争的另一方则认为："所谓文艺理论体系，并非什么神秘莫测的东西。体系无非就是一些具有独特内容而又有内在联系的观点组成的。一般具有独立见解的学者也可以有自己的体系"。[③] 还有论者从系统论角度对"体系"进行了考察，认为从系统学角度看，"'体系'也就是系统学中的'系统'"。[④]

"为了佐证马克思主义文艺理论没有科学体系，'残篇'说还设置了一张'普罗克拉斯提斯'床，提出所谓体系的标准。"[⑤] 关于理论体系应具备的具体标准，"断简残篇说"认为：第一，必须要有系统性，只有一些零碎和片段的观点则构不成体系；第二，必须是经过严密论证和发挥的理论形态，不能只有观点，不能只提问题而不进行阐发；第三，应该提出新的概念和新的理论范畴；第四，要有表述和论证新概念的相应的逻辑结构和

---

① 刘梦溪《五论马克思主义文艺学的发展问题》，见《北方论丛》（哈尔滨师大）1982 年第 3 期。

② 张弼《对于马克思主义文艺学理论体系及其发展问题的看法——兼与刘梦溪、魏理同志商榷》，见《学习与探索》1981 年第 2 期。

③ 魏理《马克思主义经典作家的文艺理论体系和文艺科学的发展》，见《文学评论》1980 年第 5 期。

④ 李中一《论马克思、恩格斯美学、文艺学体系》，见《江淮论坛》1983 年第 3 期。

⑤ 陆梅林《回顾与反思——忆十年来若干文艺理论论争》，见《文艺理论与批评》1991 年第 3 期。

新的研究方法；第五，就一个具体学者来说，其理论是否形成体系，有无专著是一个重要标志。我们不能因为某种原因而"随便降低理论体系应该具备的一些起码的标准"。① 理论体系有着很高的标准要求，建立某种理论体系绝不是一件轻而易举的事情，"甚至有了天才思想而没得到彻底的发挥，也不能认为形成了自己的理论体系"，"马、恩的文艺理论遗产虽然很丰富，但不能不承认，多数属于片段的论述，有的则是提出了观点，没作进一步的论证和发挥，按照普列汉诺夫对理论体系的要求，认为尚没建立起文艺学的完整的理论体系是很自然的"。② 针对"体系"的标准问题，"科学体系说"一方从多个角度对"残篇说"进行了反驳，他们认为，"一个理论体系是否建立起来，并不取决于是否有'专门的论述'而只能取决于是否具有了构成这个理论体系的内容，哪怕这些内容都是散见于'断简残篇'中的"；③ "对于一个理论体系来说，不在于观点的多少，也不在于观点的分布和结构形式，而在于这些观点是否具有一种严密的内在联系，是否由一个核心制约而形成一个整体结构。有这种内在联系、有这种整体结构就能构成体系，反之则无"；④ "一般具有独立见解的学者也可以有自己的体系"，"文艺史上的理论体系并不少见，为什么唯独马克思主义经典作家的独树一帜、发生着强烈革命影响的文艺理论，

---

① 刘梦溪《五论马克思主义文艺学的发展问题》，见《北方论丛》（哈尔滨师大）1982年第3期。

② 刘梦溪《四论马克思主义文艺学的发展问题》，见《江淮论坛》1981年第6期。

③ 李贵仁《〈关于发展马克思主义文艺学的几点意见〉质疑》，见《人文杂志》1980年第5期。

④ 张健《怎样看马克思主义文艺理论体系？——与刘梦溪同志商榷》，见《中国艺术研究院研究生部学刊》1987年第2期。

竟然不能称作体系呢"？"残篇说"的错误在于混淆了马克思主义文艺理论体系与一般教科书体系之间的区别，用教科书体系的标准硬套马克思主义文艺理论体系；① 还有人尖锐地指出："残篇说"归纳出来的所谓"完整理论体系"的标准，"显而易见是直接针对马克思主义经典作家的文艺思想提出来的"，也就是说，是专门为否定马克思主义文艺学体系而设置的。② 针对"残篇说"提出的界定一种理论是否形成体系的标准，"科学体系说"也提出了自己的具体标准：第一，该理论是否拥有自己所特有的范畴系统；第二，该理论是否拥有一定数量的相互联系和渗透的特有规律群；第三，该理论是否具有特定的功能。用这三点来衡量，就可以看出马、恩美学、文艺学是有体系的。③

我们认为，所谓理论体系就是一些具有独特内容而又有内在联系的观点组成的、经过深入论证的系统化的理论形态，是一系列概念范畴的逻辑组合。它应具有代表性的理论专著，具有严整性、一贯性、系统化的特点。假如没有逻辑发展的完整性和首尾一贯性，就构不成体系。体系的建立表明认识的理性化、深入化。马克思主义经典作家从唯物辩证法的世界观的全局，阐明了社会发展与文学艺术的联系，从特定的角度揭示了许多有关的文艺规律。马克思主义经典作家的文艺理论已经初步达到了体系化的要求。需要澄清的一点是，马克思主义创始人并不是绝对反对"体

---

① 魏理《马克思主义经典作家的文艺理论体系和文艺科学的发展》，见《文学评论》1980 年第 5 期。

② 参阅董学文《怎样看待马克思的文艺理论体系》，见《北方论丛》1984 年第 1 期。

③ 李中一《论马克思、恩格斯美学、文艺学体系》，见《江淮论坛》1983 年第 3 期。

系化"，他们所反对的是那种先验的、抽象的、脱离现实的所谓"体系"，即黑格尔式的"体系"。事实上，他们自己就曾建立了较为科学而完整的哲学体系、政治经济学体系、科学社会主义理论体系等。马克思、恩格斯都曾对黑格尔的唯心主义哲学体系和黑格尔式构造体系的方法进行过尖锐的批评，其矛头指向并非"体系"本身，而是指向黑格尔从抽象的观念、从主观的臆想去构筑所谓体系，尤其是构筑一个封闭的体系。马克思主义创始人并不排斥对问题进行系统、严密的研究与论证，也不否认理论观点的系统化。他们倡导的是一种从现实出发的研究方法，强调逻辑与历史相统一的研究方法。恩格斯说："历史从哪里开始，思想进程也应该从哪里开始。"理论的逻辑结构只不过是现实运动的系统在观念形态上前后一贯的反映和描述，尽管是"经过修正的"。① 根据逻辑与历史相统一的原则，研究对象的系统性、研究方法的系统化决定了理论结晶的系统性。也就是说，一种理论学说，如果对其研究对象是系统化的，并且运用了系统化的研究方法，那么其理论自身也就具有了系统化的特征，即具有了一定的体系性。

第三节 关于"完整"概念

作为"断简残篇说"的主要代表，刘梦溪在阐述自己的观点时，遣词用句十分谨慎，每次提到他所要否定其存在的那个"理论体系"时，都在前面加上"完整的"这样一个限制词，

---

① ［德］恩格斯《卡尔·马克思〈政治经济学批判〉》，见《马克思恩格斯选集》第二卷，人民出版社 1972 年版，第 122 页。

"完整"一词在其论述中频繁出现。如何理解"完整"概念，成为导致论争双方产生分歧的关键性因素，正如有论者所指出的："完整"概念是研究马克思主义文艺学体系问题的一个十分重要的问题，"准确地评价马克思主义文艺理论的完整性问题，是研究马克思主义文艺理论有无体系的关键之一"。① 为此，论争双方围绕"完整"概念展开了激烈的论战。

有人首先对"完整"概念表示怀疑，指出：刘梦溪等人把体系问题搞得模棱两可，"正是因为'完整的'三个字的确没有什么意义"，完全"等于虚设"。加上"完整"这个限制词，是在搞"游戏"。"所谓'完整的'，以什么作标准？……事实上，恐怕谁也无法为它规定出一个确定不移的标准来"。世界上的万事万物都要不断地发展变化，任何理论体系也不例外。既然需要不断发展，那就意味着没有什么"完整"之日。所以说，刘梦溪等人的"完整"概念的使用是不恰当的，自相矛盾的。"'完整的'只能相对而言才有意义……任何理论体系之所以能被称为理论体系，就是因为它尽管永远不可能绝对完整，却有着相对的完整性"。② 而刘梦溪则反驳说："'完整的'三个字绝不可少，它不是没有意义的'虚设'，而是使命题更加严密的一种必要的表达方式，除非我自己改变了观点，否则别人是没有理由随便去掉这个限制词的……这不是搞什么'游戏'，而是在论述问题时力求遵循马克思主义的逻辑的和历史的原则。"③

---

① 张健《怎样看马克思主义文艺理论体系？——与刘梦溪同志商榷》，见《中国艺术研究院研究生部学刊》1987 年第 2 期。

② 李贵仁《〈关于发展马克思主义文艺学的几点意见〉质疑》，见《人文杂志》1980 年第 5 期。

③ 刘梦溪《三论马克思主义文艺学的发展问题——答李贵仁同志》，见《人文杂志》1981 年第 2 期。

在论争"完整"概念内涵的基础上，理论界又探讨了判断某种理论体系完整与否的标准问题。"科学体系说"认为：对于一个理论体系来说，"完整"的含义主要有两点，一是指该体系内各个观点能构成一个有机的整体；二是对该理论领域中的根本问题、基本问题及重要问题都有独特的论点，观点的覆盖面较大。① 说某一文艺理论成不成体系，也主要从这两点来判断，或者说，"凡就有关文艺的主要问题形成了系统的独特见解者，皆可谓建立了文艺学的相对完整的理论体系"。马克思、恩格斯、列宁、斯大林、毛泽东以及拉法格、梅林、普列汉诺夫等一系列经典作家都对诸如文艺的本质、文艺的属性、文艺的发展规律等有关文艺的主要问题提出了丰富、精辟、独到、相对系统的见解，从这一意义上说，马克思、恩格斯、列宁、斯大林以及毛泽东等人已经建立了"相对完整的理论体系"。② 还有论者指出："一种具有长久生命力的科学思想，都是以一定的逻辑理论体系为其存在形态的。正如一切生命体都具有完整性、统一性一样，这种完整性、统一性的被肢解，就意味着生命机制的终止。马克思、恩格斯的美学和文艺学说，包括他们的现实主义文艺思想，也是以其一定的逻辑理论体系为存在形态的，而且，从创立到今天，已经历了一个多世纪的历史的考验，已被证明是一种具有强大生命力的理论体系。"对于这样一种被历史所认可了的、而且被今天的实践继续证明是具有强大生命力的理论，我们决不能轻易地否定它的完整

---

① 张健《怎样看马克思主义文艺理论体系？——与刘梦溪同志商榷》，见《中国艺术研究院研究生部学刊》1987 年第 2 期。

② 李贵仁《〈关于发展马克思主义文艺学的几点意见〉质疑》，见《人文杂志》1980 年第 5 期。

性。① 马克思主义创始人的文艺理论的特点是"形散而意整",② 因此,"我们不能形而上学地看待马克思、恩格斯的美学和文艺学说,……判断一种理论是否具有完整性,是不是一种完整的体系,不能仅仅从形式上着眼,最根本的是看它的各个观点、原理之间是否具有内在的联系和统一性,是否贯穿着一种具有普遍性的思想"。③正是基于这样的认识,有人甚至指出:马克思主义文艺理论体系就其完整性来说,远远超过了过去所有的文艺理论体系,其"体系中观点的覆盖面是古往今来任何一个文艺理论体系所不及的"。④ "断简残篇说"一方则持相反意见:"一个理论体系完整与否的重要标志之一,是要有理论家本人阐述其理论体系的专门著作"。如果说某种理论是完整的,那么"它就应当对某一领域的主要规律概括无遗"。但是马克思和恩格斯没有一本美学专著,"他们对文艺问题的许多精辟见解像繁星似地散见于它的著作之中,只有靠我们的理解才能把它们连缀成整体",所以说"那种宣称在马克思和恩格斯的时代就建立了新文艺学的完整理论体系的观点……经不起推敲"。⑤ "我们固然不应该把完整的理论体系神秘化,但也不能把这一严肃的科学问题简单化和庸俗化,以为只要有了系统的文艺见解,而这些见解又是独特的,就算建立了文艺学的完整的理论体系","当我们说某个思想家建立了一个学科的完

---

①③　蒋培坤《马克思恩格斯现实主义文艺思想研究中的几个问题》,见全国马列文艺论著研究会主编《马列文论研究》第 4 集,中国人民大学出版社 1983 年版,第 14 页。

②④　张健《怎样看马克思主义文艺理论体系?——与刘梦溪同志商榷》,见《中国艺术研究院研究生部学刊》1987 年第 2 期。

⑤　张弼《对于马克思主义文艺学理论体系及其发展问题的看法——兼与刘梦溪、魏理同志商榷》,见《学习与探索》1981 年第 2 期。

整的理论体系，必然意味着他洞悉这门科学的历史和现状，经过长期的深入研究，在充分吸收前人成果的基础上，提出了新的理论概念，并组成严密的逻辑结构，加以全面系统地阐发和论述，甚至还需要与新概念相适应的新的研究方法"。按照这一标准来衡量，马克思主义经典作家没有建立起完整的文艺学理论体系。① 针对"科学体系说"一方有关"绝对完整"的论述，"断简残篇说"一方也进行了批驳，指出："'绝对完整'的说法，是……为了论争的需要，凭空杜撰和想象出来的"，"'绝对完整'云云，纯属无的放矢"，"世界上哪有什么'绝对完整'的理论体系？哪有什么永不变化的'确定不移的标准'？在讨论问题的时候提出这些不存在的命题，有什么理论意义和实践意义"？实质上对方完全是"在玩弄相对和绝对的辩证法"。②

卢卡契曾经说过：从某种意义上来说，"所有接近真理的途径以及整个方法都有赖于对马克思主义经典作家为我们留下的全部著作的研究"。③ 也就是说，对待马、恩的文艺理论要运用普遍联系的观点和方法，不能单从孤立的一两篇文章、三两部著作来研究，否则就不能准确全面地把握马克思主义创始人的文艺思想。其实，我们不能以没有完整的理论体系，来否定有体系。根本的问题在于，究竟如何理解"完整"。从哲学角度看，由于世界体系是无限发展变化的，因而理论体系就不会有一个永恒的"完整"标准。恩格斯曾说过："世界体系的

①② 刘梦溪《三论马克思主义文艺学的发展问题》，见《人文杂志》1981 年第 2 期。

③ 参阅［匈］乔治·卢卡契《审美特性》第一卷（徐恒醇译）前言第 6 页，中国社会科学出版社 1986 年版。

每一个思想映象，总是在客观上被历史状况所限制，在主观上被得出该思想映象的人的肉体状况和精神状况所限制"，因此，"对这种联系作恰如原状的、毫无遗漏的、科学的陈述，对于我们所处的世界体系形成确切的思想映象，这无论对我们还是对所有时代来说都是不可能的"。① "包罗万象的、最终完成的关于自然和历史的认识的体系，是和辩证思维的根本规律相矛盾的"。② 这就是说，任何一种学说或理论体系的建立，都有一个过程，都是从无到有、从不完整逐渐到比较完整、再到更加完整的过程。马克思主义文艺学体系也是如此，也有一个产生和发展的过程，有一个从抽象到具体、从不完整到逐渐完整的过程。因此，我们对理论的"完整性"必须进行辩证的历史的考察，而不可进行非科学的苛求。正如恩格斯所说的："如果在人类发展的某一时期，这种包括世界所有联系——无论是物质的或者是精神的和历史的——的最终完成的体系建立起来了，那末，人的认识领域就从此完结，而且从社会按照这一体系来安排的时候起，未来的历史进展就中断了——这是荒唐的想法，是纯粹的胡说。"③ "'体系'是暂时性的东西"，我们不能要求一种特定的理论去"完成那只有全人类在其前进的发展中才能完成的事情"，④ 而只能让它"去追求可以达到的相对

---

① ③ ［德］恩格斯《反杜林论》，见《马克思恩格斯选集》第三卷，人民出版社 1972 年版，第 76 页。

② ［德］恩格斯《反杜林论》，见《马克思恩格斯选集》第三卷，人民出版社 1972 年版，第 64 页。

④ ［德］恩格斯《路德维希·费尔巴哈和德国古典哲学的终结》，见《马克思恩格斯选集》第四卷，人民出版社 1972 年版，第 215 页。

真理"。① 也就是说，所有的理论体系都不可能把该领域的全部理论问题包罗进自己的体系之中，每一个理论家只能在他所生活的时代及环境中进行理论著述，他的理论框架只能根据当时的材料来构建，即使在当时看来是"完整"的，但随着生活的发展，产生了新的概念，出现了新的理论问题，旧的理论体系就无法再保持其"完整"性了。所以，我们有理由这样认为：马克思主义创始人已经建立了自己的文艺理论体系，但是并不完整。当然，我们不是去苛求他们一定要创立完整的文艺理论体系，也不是说他们没有建立完整的文艺理论体系就有损于他们在人类文艺理论发展史上的伟大贡献。

第四节 文艺的"内部规律"与"外部规律"

为了更全面深入地阐述和论证各自的观点，论争的双方还在文艺规律问题上进行了论辩。否认马克思主义经典作家建立了完整的文艺理论体系的"断简残篇说"认为："任何一门学科都必须研究它的对象的内部规律，离开探讨内部规律，便不会有这门科学本身，更谈不上对该门科学进行理论建树。……即使接触到了该门科学的内部规律，但探讨得很粗略，也不可能建立起该门科学的完整的理论体系。"② 马克思主义经典作家比如毛泽东在文艺问题上"着重解决的是文艺的外部规律"，"更多地注意的是如何把对文艺的本质的认识，更牢固地置于

---

① ［德］恩格斯《路德维希·费尔巴哈和德国古典哲学的终结》，见《马克思恩格斯选集》第四卷，人民出版社 1972 年版，第 216 页。

② 刘梦溪《三论马克思主义文艺学的发展问题》，见《人文杂志》1981 年第 2 期。

唯物史观的基础上，以及文学艺术在社会革命中怎样更好地发挥配合作用的问题"，"没有更具体地涉及文艺本身的规律"，他们对"文艺的内部规律"则"无暇作深入细致的理论探讨，或者说，时代没有提供这种可能的客观条件"。① "科学体系说"一方则对"内部规律"和"外部规律"这种区别的科学性表示怀疑，他们认为文艺只有一个规律，即文艺的客观规律，就是关于文艺与经济以及上层建筑中其他意识形态之间的关系，它是文学艺术的最根本的规律。

那么，什么是文艺的"内部规律"和"外部规律"呢？"断简残篇说"一方的看法是："研究'一事物内部的特殊性和普遍性的两方面及其互相联结'就是研究事物的内部规律，研究'一事物和它以外的许多事物的互相联结'就是研究事物的外部规律"，所以"决定某一关系是否属于文艺的内部规律，首先要看其是否属于文艺内部的矛盾，是否属于文艺内部的范畴"，② "文艺的内部规律，就是指的文艺现象的内部联系，即构成文艺科学研究的特殊对象的特殊规律"。③ 刘再复在1986年对此问题做了更为详细的阐述，他说：所谓文艺的内部规律是指"艺术自身的内部联系、内在特性（主要是指审美特性，也包括它的其他意识形态性）"，所谓文艺的外部规律则是指"文艺与政治、经济以及上层建筑中其他意识形态部门之间的外部联系"。④ 他还具体分析了将文艺规律分为"内部规律"

---

① 刘梦溪《关于发展马克思主义文艺学的几点意见》，见《文学评论》1980年第1期。

② 洪永平《马克思主义与文艺规律问题》，见《文学评论》1986年第4期。

③ 刘梦溪《三论马克思主义文艺学的发展问题》，见《人文杂志》1981年第2期。

④ 刘再复《性格组合论·后记》，见《性格组合论》，上海文艺出版社1986年版，第520页。

与"外部规律"进行研究的重要意义："我们分清'内'、'外'，并侧重内在规律的研究，是为了克服以往文学研究中的薄弱点，以更注意文学艺术固有的性质和文学本身的内在特点，注意文艺区别于其他的学科的特殊的质的规定性。过去我们常常把文学艺术的外部联系与内在规律混淆不清，用一般代替特殊，用对文学与经济基础以及上层建筑中其他意识形态之间的外部联系的研究来代替对文学自身特殊规律的研究，轻视以至蔑视文学艺术的审美特点以及整个内在规律，造成以世界观代替创作方法，以政治上的价值判断代替文学艺术的审美要求，导致文学艺术的概念化倾向。这种把社会主义文艺引向概念化、公式化的代替论，已被实践证明是没有出路的。"①

首先，"科学体系说"一方从"内部规律"的内容上与"断简残篇说"展开了论争。他们指出："断简残篇说"把"文艺本质"归入"外部规律"的范围是不正确的，因为"规律和本质是'同等程度的概念'，或者可以说，文艺规律就是文艺本质的展开：这个本质体现在文艺发展的历史过程中，是文艺的发展规律（也可能正是作者所指的'外部规律'）；体现在文艺创作过程中，就是文艺的创作规律（也可能正是作者所指的'内部规律'）。如果我们这个理解不错，那就应当承认，经典作家对这两方面的规律，都有过深入研究和精辟见解，有过开创性的贡献。"② 有论者进一步指出：马克思主义经典作家所论及的一系列根本性问题，如文艺和生活、文艺和政治、文艺

---

① 刘再复《性格组合论·后记》，见《性格组合论》，上海文艺出版社 1986 年版，第 520～521 页。

② 汪裕雄《"断简残篇"、普列汉诺夫及其它——与刘梦溪同志讨论马克思主义文艺学建设问题》，见《江淮论坛》1980 年第 2 期。

的普及和提高、文艺遗产的继承和革新、文艺批评的政治标准和艺术标准等，其实都是文艺的"内部规律"，而且是文艺的本质规律。① 到后来，有人十分尖锐地指出："内部规律"说的实质是"使文艺脱离社会生活，脱离无产阶级政治，与世隔绝起来，将它引向自律性的封闭状态。这种'内部规律'说的错误和害处如此明显，只是因为它适合'新潮'的需要和一些人的胃口"。②

其次，为了更有力地驳斥"断简残篇说"，有论者从分析"内部规律"和"外部规律"概念入手展开论争，指出："所谓文艺的外部规律，一般说的是文艺作为意识形态的上层建筑的特性，文艺和革命的关系，文艺和其它意识形态的关系，党对文艺的领导等。所谓文艺的内部规律，一般指的文艺的对象、目的，艺术思维的独特性；文艺的倾向性，阶级性，党性；它的内容和形式，主题、题材、情节、结构和语言，风格和体裁；创作过程、创作方法等等。"这样看来，刘梦溪等人的观点"未免失之偏激"，因为文艺的倾向性、党性、阶级性、现实主义原则等问题，马克思主义经典作家都有过言简意赅的阐述。③ 而有的论者则反对这种解释，认为"不够科学"，因为这种方法"常常会把有机联系的文艺的特殊规律和普遍规律加以人为的割裂，或以强调一个方面而否定另一个方面……把文

---

① 李贵仁《〈关于发展马克思主义文艺学的几点意见〉质疑》，见《人文杂志》1980年第5期。

② 陆梅林、盛同主编《新时期文艺论争辑要》前言第3页，重庆出版社1991年版。

③ 魏理《马克思主义经典作家的文艺理论体系和文艺科学的发展》，见《文学评论》1980年第5期。

艺与外部事物的关系简单地归结为外部规律，这样为了强调文艺作为意识形态的普遍性，就否定了文艺与外部事物关系中还存在着的特殊性"。①

再次，持"科学体系说"观点的部分论者则干脆对把文艺规律划分为"内部规律"与"外部规律"的做法提出了质疑，直截了当地指出："文艺的规律不能分什么内部外部"，② 那种把文艺规律强行划分为"内部规律"和"外部规律"，宣称历史唯物论只能揭示"外部规律"的做法，是一种误解——对历史唯物论和文艺规律的双重误解。③ 而且"这样的划分缺乏正确的哲学理论基础……不符合客观世界的辩证运动，不符合科学研究的任务，不能不说是一种形而上学的主观主义的认识"，"用马克思主义唯物辩证法的哲学观点来观察宇宙，不存在什么'外部规律'"。④ 还有的论者认为"内部规律"和"外部规律"是"不科学的术语"，应该用"普遍规律"和"特殊规律"来代替之。⑤ 直到 20 世纪 90 年代，还有人一再强调："只有普遍规律与特殊规律之分，无所谓内部与外部之分。'外部规律'和'内部规律'这些词语的发明者故意将'外部规律'和'内部规律'加以隔裂……不过是企图用形式主义之类的文学批评方法，替换和取代唯物史观和唯物辩证法。"⑥ 实事求是地说，

①⑤　张弼《对于马克思主义文艺学理论体系及其发展问题的看法——兼与刘梦溪、魏理同志商榷》，见《学习与探索》1981 年第 2 期。

②　栾昌大《文艺学体系变革论纲》，见《文艺理论与批评》1987 年第 1 期。

③　汪裕雄《从艺术本质看马恩的文艺观点体系》，见《江淮论坛》1983 年第 5 期。

④　杨炳《对文艺指导思想的理论认识问题的探讨》，见《文论报》第 23 期（1986 年 8 月 11 日）。

⑥　涂途《牢牢把握马克思主义的方法论指向》，见《文学批评》1991 年第 2 期。

建国以来，一度占据话语主导权的庸俗社会学的理论研究方法在相当大的程度上忽视了文学内在规律的研究，正是基于此，一些理论工作者划分了文艺的"内部规律"和"外部规律"，而有些人不同意这种划分，于是展开了论争，这本是一个学术问题，然而这一问题的论争渐渐地却被上纲到政治问题，尤其是反对内外规律划分的一部分论者，视这种划分为资产阶级自由化的表现，于是论争发生了不公平、不对称的转化。这恰恰是非此即彼、二元对立思维惯性在理论研究上的一种极端化的表现。

其实，马克思主义经典作家只了解文艺的外部规律而没有解决文艺的内部规律问题的说法是欠科学的。一切规律都是事物的内在联系。文艺存在着自身的内在联系，同政治、法律、道德、教育、宗教等也存在这种联系，于是共同构成上层建筑，这仍然是它们内部的内在联系。内部与外部只有相对的意义，并且是相互渗透的。况且，关于艺术的特征、人物性格、现实主义、典型性、艺术真实等一系列涉及文艺"内部规律"的问题，马克思主义创始人都曾进行过独特的阐述。

艺术生产是人类精神生产的重要活动方式之一，它既具有人类所有创造性实践活动的一般属性和共同规律，同时又有区别于物质生产和其他精神生产的独特属性和特殊规律。科学地揭示艺术规律的涵义，剖析艺术规律的内在结构，对于马克思主义文艺学理论体系问题的科学争鸣，肯定是有裨益的。规律就是客观现象不断重复出现的本质联系。恩格斯曾经说过："自然界的普遍性的形式就是规律。"[①] 列宁也曾指出："规律就是现象中同一的东西"，"规律就是现象的本质"，"规律就是

---

① ［德］恩格斯《自然辩证法》，人民出版社 1971 年版，第 212 页。

关系……本质的关系或本质之间的关系"①。经典作家的这些论断，精确地规定了规律这一概念的科学内涵。而且马克思主义经典作家是承认规律有内部和外部之分的。毛泽东在批评主观主义的思想方法时就曾使用了"内部规律"这一概念，他说："一切客观事物本来是互相联系的和具有内部规律的，人们不去如实地反映这些情况，而只是片面地或表面地去看它们，不认识事物的互相联系，不认识事物的内部规律，所以这种方法是主观主义的。"② 相应地，所谓文艺规律，指的是文艺现象本身所固有的本质联系，是所有文艺现象共同具有的反复起作用的客观法则，它概括了文艺与社会的必然联系以及艺术构成的内在本质，反映人类艺术地掌握客观世界的普遍原则，揭示文艺的质的规定性和客观必然性。20世纪40年代美国著名文艺理论家韦勒克和沃伦在《文学原理》中虽然没有直接提出"内部规律"和"外部规律"的概念，但是他们将文学研究分为"外部研究"和"内部研究"的做法，③ 对于我们今天的研究是具有一定启发意义的，所以我们说，文艺规律作为艺术实践的普遍原则，可以相对地划分为内部规律和外部规律。文艺的内部规律即俄国形式主义者所说的"文学性"，"也就是使一部作品成为文学作品的东西"，④ 也是文艺区别于其

---

① ［俄］列宁《哲学笔记》，人民出版社1956年版，第132～133页。

② 毛泽东《矛盾论》，见《毛泽东选集》第一卷，人民出版社1991年版，第313～314页。

③ 参阅［美］雷·韦勒克、奥·沃伦《文学理论》（刘象愚等译），生活·读书·新知三联书店1984年版。

④ ［俄］雅各布森《现代俄国诗歌》，转引自艾亨鲍姆《"形式方法"的理论》，见［法］茨维坦·托多罗夫编选《俄苏形式主义文论选》（蔡鸿滨译），中国社会科学出版社1989年版，第24页。

他事物的特殊的质的规定性，是文艺自身固有的性质和按照自身的逻辑发展的规律。文艺的内部规律主要是揭示文学艺术的内在本质，阐述文艺作品的构成规律，艺术原则、手段、手法和技巧的运用规律，作品的结构原则、构造方式、韵律、节奏和语言材料等方面的规律，以及创作主体的个性、风格、流派和创作方法的形成、发展和演变规律等，这些规律有机地组成一个相对独立的规律体系，从文艺作品自身出发揭示文艺之所以为文艺的内在本质。它主要解决文艺的内部关系问题，重点研究文艺的构成规律和秩序化原则。文艺的外部规律就是关于影响文艺作品的外部因素的规律，重点研究文艺与现实的关系，具体说就是研究文艺与经济基础、上层建筑之间的关系，文艺和一定的经济制度、政治制度和法律制度的关系，文艺与社会和生活的关系，文艺与社会道德、宗教信仰、科学文化、社会思潮的关系等方面的规律，主要是解决文艺的外部关系问题。怎样看待文艺的内部规律和外部规律之间的关系，是马克思主义文艺学体系论争中的一个重要争论点，也是长期以来中国文艺学、美学论争的焦点之一。从目前我国文艺学学科研究现状来看，研究、建构马克思主义文艺学体系应该以探索文艺规律问题为重心，既不能把文艺的内部规律狭窄化，例如把它等同于艺术技巧、手法一类纯技艺性问题，也不能把外部规律简单化，例如只是把艺术看成是生活本质的单纯反映，或者把文艺看成是创作主体某种社会观念或阶级观念的艺术图解，用一般社会学的概念、范畴庸俗地套用到文艺现象上。文艺和客观世界的联系本来是一个有机的统一体，是一个不断流动、发展的历史范畴。在文艺的发展全过程中，不只是艺术的某一规律在发生作用，而是艺术的所有规律都在发生作用。所以我们在研究、探讨马克思主义文艺学体系问题时，如果忽视甚至否定、排斥文艺的内部规律，而片面地强调艺术的外部规律，甚至以文艺的外部规律排斥、取代文艺的内部规律，必将导致艺术创作以丧失艺术性为代价。以往那种对文艺的内部规律轻率地加以否定的做法，是我们在研究、建构文艺学体系时的最大缺陷之一，它使我们的文艺学体系研究一度走向了简单化、庸俗化的轨道，是应该引以为戒的。

经过进一步的论争研讨，到 20 世纪 90 年代中后期，学术界对艺术规律问题已基本达成了共识，即艺术规律分为"内部规律"和"外部规律"，应加强从"内部规律"角度来研究马克思主义文艺学体系。至此，马克思主义文艺学研究的内外之争已基本结束，在整个文艺理论界已基本听不到否定"内部规律"的声音了。这也从一定意义上反映了新时期以来我国马克思主义文艺学体系问题的研究从二元对立、主客二分的思维模式向多元并存、多极发展的思维模式转化的趋势。

在探讨理论问题和学术问题的时候，明确概念是论争的前提，如果概念不明确，"参加讨论的各个方面就不容易对上口径，驳难尽管热烈，却互不能服人"。① 通过前面的分析可以看出，新时期以来，有关马克思主义文艺学有无体系问题的论争，不论从哪个角度展开，其实都存在这样一种偏差，即将马克思主义文艺学体系同马克思、恩格斯的文艺观及马、恩的文艺理论体系混为一谈。严格来说，马、恩的文艺理论，马、恩的文艺观，马、恩的文艺理论体系，马克思主义文艺学体系，

① 刘梦溪《五论马克思主义文艺学的发展问题》，见《北方论丛》（哈尔滨师大）1982 年第 3 期。

是几个不同的概念范畴：马、恩的文艺理论是两位经典作家所作的有关文学艺术方面的理论论述；马、恩的文艺观是他们对文学艺术问题的总的看法，这个总的看法是其世界观的一个组成部分，是其世界观在文艺问题上的反映和表现；马、恩的文艺理论体系则是从总体上、从两位马克思主义创始人有关文艺的各种论述之间的联系上来分析研究所组成的一个整体和集合体。马、恩的文艺观和文艺理论是马克思、恩格斯文艺理论体系的组成内容和组成要素，二者是人们从不同方面、不同层次进行考察时所使用的概念范畴。实事求是地讲，马克思、恩格斯已经建构起了自己独具特色的文艺理论体系；而马克思主义文艺学是文艺学学科的一个分支，是一门具体学科，马克思主义文艺学的理论体系则是在马、恩有关论述的基础上，在马、恩文艺理论和文艺观的基础上，由后人加以"集中"、"阐发"而逐渐建构、丰富起来的，它是从马克思主义角度对各种文艺规律认识的总和。从纵的方面讲，马克思主义文艺学的理论体系包括马、恩的文艺理论体系，以及后来全世界所有马克思主义文艺理论工作者的富有民族特色和独创性的文艺理论体系；从横的方面讲，它包括马克思主义文艺美学、马克思主义文艺心理学、马克思主义文艺社会学等各种分支体系。马克思、恩格斯的文艺理论体系是马克思主义文艺学体系的重要组成部分。换言之，马、恩的文艺理论体系是两位经典作家的智慧结晶，而马克思主义文艺学体系则是众多马克思主义文艺理论家、文艺理论工作者的集体智慧的结晶，是比马、恩的文艺理论体系范围要广得多、内容更为丰富的概念范畴。马克思、恩格斯生前没有为我们建构起完整的文艺学体系，现存的马克思主义文艺学体系是后人运用马克思主义的立场、观点、方法在批判改造各种文艺观点和理论学说的过程中逐渐形成的。

如果马克思、恩格斯"一个人代替千百万人思考和说话，这不仅禁锢了广大人民群众的聪明才智，而且这样做也不符合生活发展的潮流"。① 这使我们想到了当年恩格斯讽刺19世纪中叶德国理论界所说过的话："最蹩脚的哲学博士，甚至大学生，不动则已，一动至少就要创造一个完整的'体系'。"② 完整而科学的马克思主义文艺学体系"不是靠几个天才人物就能建立起来的"，③它需要几代人甚至更多代人的持续不断的共同努力方可逐步完成，而完成之后仍然有一个不断丰富、发展和完善的问题。要求马克思主义经典作家建立完整的马克思主义文艺学体系，是不切实际的，也可以说是一种苛求，其实他们自己也没有刻意去构筑完备的文艺学体系——虽然他们有独特而深厚的文艺思想。所以，我们可以有充分的理由这样说：马克思、恩格斯本人并没有建构起马克思主义文艺学的体系，更别说"完整"的体系。但是，这并不等于说马克思、恩格斯没有自己的文艺观点体系，前苏联文艺理论家莫·卡冈曾说过：马克思、恩格斯具有严整的和合乎逻辑的文艺学、美学观点体系；④ 也并不等于说马克思主义文艺学没有体系，因为从现实情况来说，马、恩本人的文艺理论、文艺思想、文艺观已经作为历史存在物永远停留在人类历史发展长河的某一固定点上（19世纪40～90年代）而不可能再有所变动和发展了，但马

---

① ③ 魏理《马克思主义经典作家的文艺理论体系和文艺科学的发展》，见《文学评论》1980年第5期。

② ［德］恩格斯《〈反杜林论〉三版序言》，见《马克思恩格斯选集》，人民出版社1972年版，第46页。

④ ［苏］莫·卡冈《卡冈美学教程》，北京大学出版社1990年版，第31页。

克思主义文艺学作为一个动态的开放的事物，它始终向前发展着。一百多年来，在马克思、恩格斯有关论述的基础上，经过几代马克思主义者尤其是俄国和中国马克思主义理论家如列宁、梅林、普列汉诺夫、毛泽东、瞿秋白、鲁迅等人的共同努力，相对完整的马克思主义文艺学体系——虽然到目前为止仍有许多需要改进完善的方面——已经建立起来了，这一点不容否认。我们说马克思、恩格斯没有建立完整的文艺学体系并不有损于马克思、恩格斯的重要理论贡献，也正因为他们没有建立起完整的文艺学体系，所以后人才拥有了进一步在他们论述的基础上展开"阐发"和"拓展"的空间，马克思主义文艺学学科才具有了不断发展、完善的可能，从而避免了为了体系而忘掉内容的弊端。正如美国学者梅纳德·索洛蒙所说："马克思关于美学的文章，都是一些富有美学思想的格言，这种美学是一种尚未体系化的美学，它为无穷无尽比附和隐喻的阐释敞开了大门。"①

　　为什么论战的双方都出现了程度不同的偏差呢？究其实质，原因在于有一种积重难返的思维惯性在"作怪"，这就是"二者必居其一"、"非此即彼"的二元对立的思维模式。改革开放以来，一些人仍然受着二元对立思维模式的支配，他们坚持认为：一种学术观点要么正确，要么错误，尤其是马克思主义文艺学的有关问题更是如此，没有丝毫"讨价还价"的余地，不能"模棱两可"，来不得半点"调和"。对待与己不同的观点必须进行坚决的批判、攻讦甚至讥讽。仿佛在马克思主义

---

　　① ［美］梅纳德·索洛蒙《马克思和恩格斯的艺术观》（陈超南译，胡天惠校），见《现代外国哲学社会科学文摘》1981 年第 5 期。

文艺学体系这个学术问题上只能存在两种"势不两立"的观点。论争的双方各持一端，毫不让步，言辞激烈，争鸣中夹带着情绪化色彩，坚持"非要争个你死我活、有你无我有我无你的'热战'和'冷战'思维，用二元对立的方式去看待问题、指导行动，大有'皇帝轮流做，明日到我家'的味道"，[①] 摆出一副非把对方批倒、批"死"方可罢休的架势。看不到对方观点的可取之处，也看不到自身的不足。正如 20 世纪 90 年代末有的论者所分析的那样：我们思想上长期被机械论和形而上学所统治，受二元对立思维模式的制约，导致我们"在开展思想和理论斗争的时候，缺乏对对方的观点作全面而科学的研究分析，往往认为立场和方向错了就一切皆错，看不到吸取其中合理成分来弥补自身不足、完善自身认识的意义，因而使我们自己的理论长期陷于片面"。[②] 更有甚者，有人还把不同的学术观点划分为相互矛盾和对立的两部分：马克思主义的文艺观和受资产阶级自由化影响的非（反）马克思主义的文艺观。把对于马克思主义文艺学体系问题的不同学术观点之间的论争说成是"马克思主义文艺观同非马克思主义、反马克思主义文艺观"的"较量和搏斗"。[③] 在特殊的社会大背景下，二元对立的思维惯性迫使各方不得不争取话语的发言权和理论观点的生存权，竭力去掌握那所谓的唯一的真理，把自己掌握的某些合

---

① 张婷婷、杜书瀛《新时期文艺学反思录》，山东文艺出版社 2001 年版，第 49 页。

② 王元骧《中国文学理论研究的世纪回眸》，见《文学评论》1998 年第 5 期。

③ 陆梅林《回顾与反思——忆十年来若干文艺理论论争》，见《文艺理论与批评》1991 年第 3 期。

理性视为真理的全部，这就必然导致不同观点者之间的激烈对抗。任何一方的让步都已经不单单是一个学术问题，而往往可能成为政治问题。而无限上纲的理论批评，又反过来强化了非此即彼的思维定势。其实，文艺学（包括马克思主义文艺学在内）应该是多维的，各种观点都有一定的价值。正如卢那察尔斯基所说："马克思主义作为社会学理论，作为关于社会的科学，可以从几种不同的观点来对待文学。"① 也就是说，对待马克思主义创始人的文艺观，后人完全可以有不同的见解和看法，仁者见仁，智者见智。各种不同的理解和见解对于发展和完善马克思主义文艺学体系都是有益的。这才是我们进行学术研究应有的态度和方法，也就是多元并存、多元互补的思维模式。

在马克思主义看来，"艺术是多方面的事物。其中，艺术是人类在情感和理智之间、认识和感情之间的协调方式；它是培育人的感官、人的敏感性和人的意识的手段；它是人类借以超越目前情况、越出既定界限的一种能动性；它是人类的一种表达方式，这种表达方式提供了能使潜在转化为现实的激情和热忱"。② 所以，由马克思主义文艺学体系问题的论争中所表现出来的二元对立的态势是不符合马克思主义精神实质的，过去那种二元对立的互相攻讦的种种情形必须加以改变。超越主客二分、两极对立，打破线性思维模式，在20世纪80年代已成为马克思主义文艺理论研究的当务之急。

---

① ［苏］卢那察尔斯基《马克思主义和文学》，见《关于艺术的对话（卢那察尔斯基美学文选）》（吴谷鹰译），生活·读书·新知三联书店1991年版，第82页。

② ［美］梅纳德·索洛蒙《马克思和恩格斯的艺术观》（陈超南译，胡天惠校），见《现代外国哲学社会科学文摘》1981年第5期。

　　真理是在论争中确立和发展的，只有经过认真研究和反复探讨，才能提高认识，明辨是非。通过有无体系的论争，学术界加深了对马、恩文艺思想和马克思主义文艺学体系的认识，加快了马克思主义文艺学的学科建设的步伐——虽然在某些具体问题方面，人们仍然存在一些不同的看法。

第二章 科学的、多层次的理论形态：
马克思主义文艺学体系的
逻辑结构

　　经过激烈的有无体系之争，理论界确认了马克思主义文艺学有一个相对完整的理论体系，但这并不是问题的结束，而是研究的开始。马克思主义文艺学体系的整体面貌自然而然地成为文艺理论工作者所关注的又一课题。

　　其实，长期以来，庸俗社会学等在很多方面歪曲和掩盖了马克思主义文艺学体系的本来面貌，主要表现在：以政治取代文艺，以政治性取代文艺的倾向性和真实性，以世界观取代创作方法，以逻辑思维取代形象思维，以政治的一致性取代艺术创作的多样性、独创性，以抽象的人取代现实的人，以人的阶级性取代人的社会性和人性、人道主义，以政治标准取代艺术标准，以党的概念来衡量文艺作品，遗产问题上的实用主义和虚无主义等等。这严重影响和阻碍了马克思主义文艺学学科的进一步发展。基于以上认识，新时期以来，我国文艺理论工作者对马克思主义文艺学体系的面貌进行了研究和探讨，并对其中的许多具体问题进行了有益的论争，取得了很大进展。

第一节 哲学基础

在新时期马克思主义文艺学体系论争中，文艺理论方面的分歧往往上升为哲学上的分歧，如反映论、主体论、实践论、实践存在论等。可见，马克思主义文艺学体系的许多基本问题是与其哲学基础分不开的。其实，哲学基础是各门学科建设的理论根基和出发点，也是所有学说体系建构的理论基石。哲学观总是革命性地决定着艺术观的产生，哲学基础决定性地支配着各种文艺学理论体系的建构。正如有位学者所言："如果说文艺学体系像一座建筑物，哲学基础就是它的地基和框架。没有坚实牢靠的地基和框架，高楼大厦就不能拔地而起和稳固安全。"① 至于应该如何理解文艺学体系的"哲学基础"这一概念，有学者曾经做过这样的论述：马克思主义文艺学、美学体系的哲学基础有广义和狭义之分，"所谓广义的，是指涉及美学、文艺学体系建构的全局性、根本性、构架性问题的哲学根据，即以此为基础，可以建构、推演出文艺学、美学的整个体系；所谓狭义的，是指文艺学、美学若干基本问题（但不一定是全局性、体系性问题）的哲学依据"。② 本文所讲的"哲学基础"主要是取其广义。

新中国成立以来，关于马克思主义文艺学、美学体系的哲学基础问题的讨论曾经进行过多次。在中国美学、文艺学史

---

① 参见卢铁澎《中国当代文艺学建设必须坚持马克思主义哲学基础——访博士导师陆贵山教授》，见《学术研究》1997 年第 2 期。

② 朱立元《略论马克思主义文艺学、美学的哲学基础》，见《上海文论》1990 年第 2 期。

上，最先提出"哲学基础"问题的是朱光潜。打倒"四人帮"以后，郑涌重提这个问题，开始受到理论界的重视。经过一番论争，马克思主义文艺学体系和其他理论体系一样有自己的理论基础和哲学基础，在这一点上学界已经没有什么分歧。那么马克思主义文艺学体系的哲学基础究竟是什么呢？对这个问题就有不同看法了。新时期以来，学术界曾经进行过多次论争，众说纷纭，莫衷一是。20世纪80年代初期，与有无体系的论争相关联，理论工作者对此问题曾进行过一次热烈的讨论。经过讨论，人们对马克思主义文艺学体系的哲学基础有了较深刻的理解和认识。此后这一问题的讨论逐渐趋于平静，但却一直没有中断过。20世纪90年代前后，我国文艺理论界围绕马克思主义文艺学、美学体系的哲学基础问题，又一次展开了热烈的讨论。

大体而言，新时期以来，关于马克思主义文艺学体系的哲学基础问题，主要有三种观点，即辩证唯物主义和历史唯物主义、反映论、不平衡理论。持不同观点的论者在论证自己的观点与看法的同时，往往对其他不同观点进行一定的反驳和批评。

马克思主义文艺学体系的哲学基础是辩证唯物主义和历史唯物主义，这是新时期以来大多数学者所持的观点。正如有论者所言："辩证唯物主义和历史唯物主义为马克思主义的文艺理论提供了科学的理论基础和方法论，为解决文艺上的一些基本问题制定了应当遵循的原则，指出了研究文艺现象的正确方向和途径。"① 在这一总的理论观点下，人们在具体的分析上

---

① 陆梅林、盛同主编《新时期文艺论争辑要》（上），重庆出版社1991年版，第189页。

还存在着一些差别，并且进行了一定的论争，从而呈现出众说纷纭的态势。有论者认为：马克思、恩格斯"立足于辩证唯物主义和历史唯物主义的基础上"，"揭示了文学艺术的社会本质"，"揭示了人类历史上文学艺术的发展规律"，"阐明了文艺科学内部的辩证规律"，所以说唯物主义为马克思主义文艺学、美学体系奠定了坚实的哲学基础。[①]　在辩证唯物主义和历史唯物主义中，郑涌侧重于历史唯物主义的哲学基础地位，并同时对反映论能否作为马克思主义文艺学体系的哲学基础进行了具体分析，他指出：马克思主义文艺学、美学体系的哲学基础"主要不是认识论（反映论），而是历史唯物主义。认识论（反映论）是构成马克思主义美学的哲学基础的必要条件，但绝非充分条件"。[②]　朱立元也认为：马克思主义文艺学体系的哲学基础"只能是历史唯物主义，即唯物史观，而不是其他"。[③]　尹恭弘则对郑涌等人的观点提出了不同意见，他说：如果我们从总体上把握马克思的文艺学、美学思想，就不难看出马克思主义文艺学、美学体系的哲学基础"不是郑涌同志所说的历史唯物主义"，"历史唯物主义只是构成马克思主义美学的哲学基础的必要条件，但绝非充分条件"。[④]　在辩证唯物主义和历史唯物主义中，汪裕雄则侧重于辩证唯物主义（辩证唯物论）的

---

① 马清福《马克思主义文艺美学的哲学基础》，见《延边大学学报》1983年专号。

② 郑涌《马克思美学思想的哲学基础》，见《文学评论》1982年第2期。

③ 朱立元《略论马克思主义文艺学、美学的哲学基础》，见《上海文论》1990年第2期。

④ 尹恭弘《也论马克思美学思想的哲学基础——与郑涌同志商榷》，见《文学评论》1983年第1期。

哲学基础地位。① 但是有论者则反对这种观点，认为这种做法"有割裂马克思主义哲学的统一的世界观和方法论之嫌"，从而"走向了自我矛盾"，"陷入了逻辑混乱"。马克思主义文艺学体系的哲学基础的准确表述应该是科学的唯物史观和辩证法而非辩证唯物论，因为"马恩从来没有使用过辩证唯物主义这个概念"。② 还有论者对郑涌等人偏重突出历史唯物主义或辩证唯物主义（辩证唯物论）的做法进行了批评，认为马克思主义文艺学、美学体系的哲学基础应该是"整个的马克思主义哲学——辩证唯物主义和历史唯物主义"，"无论是历史唯物主义，还是辩证唯物主义，都是统一的、完整的马克思主义哲学不可分割的组成部分"。③ 马克思主义哲学是"一块整钢"，所以"马克思主义美学的哲学基础应当是辩证唯物主义和历史唯物主义的统一"。④ 在坚持辩证唯物主义和历史唯物主义的前提下，还有论者认为马克思主义文艺学体系的基石具体来说应该是"经济基础决定上层建筑的原理"和"艺术生产的自然规定性"理论，"经济基础决定上层建筑的原理是从政治经济学角度，从各种结构的相互关系的角度看问题，是对社会结构的层次分析"，"从艺术生产的自然规定性出发，则是从艺术的发生、发展及其必然趋势着眼，分析的是艺术生产的'原生的'

---

① 汪裕雄《"断简残篇"、普列汉诺夫及其它——与刘梦溪同志讨论马克思主义文艺学建设问题》，见《江淮论坛》1980 年第 2 期。

② 刘梦溪《四论马克思主义文艺学的发展问题》，见《江淮论坛》1981 年第 6 期。

③ 王庆璠《马克思主义美学的哲学基础到底是什么？——与郑涌同志商榷》，见《文学评论》1983 年第 1 期。

④ 杨安崙《论马克思主义美学的理论基础》，见《湖南师院学报·哲学社会科学版》1984 年第 6 期。

关系，得出的是艺术的内在联系"。"两块基石各有所长，都是
马克思主义的重大成果。如果说前一基石显示出马克思主义从
社会总体方面对艺术的规范，那么，后一基石则表现了马克思
主义从艺术本体上对这一特殊生产的把握"。①

反映论是马克思主义哲学中一个极为重要的理论，因此新
时期以来许多学者坚持认为反映论才是马克思主义文艺学体系
的哲学基础。建国以来我国出版的许多马克思主义文艺学专著
和教材多数都是以反映论为其体系建构的哲学基础的。教材多
采用"本质论"、"作品论"、"创作论"、"批评论"、"发展论"
的框架形式。有论者认为：如果我们从总体上把握马克思的文
艺学、美学思想，就不难看出马克思主义文艺学、美学体系的
哲学基础"主要的是认识论"，否定反映论的哲学基础地位
"恐怕也站不住脚"。并进一步指出："这种认识论是纳入'实
践'范畴的辩证唯物主义认识论，是辩证法、认识论、逻辑三
者一致的认识论，是主观辩证法与客观辩证法相一致的认识
论。"② 王元骧在《反映论——马克思主义文艺学的哲学基础》
一文中具体分析了反映论与主体论、价值论、再现论的关系，
指出唯有反映论才是马克思主义文艺学体系的真正的哲学基
础。③ 还有人将马克思主义文艺学体系的哲学基础在反映论的
基础上进一步限定为"历史唯物主义的意识形态论和辩证唯物

---

① 栾栋《文艺理论的两块基石》，见《外国文学研究》1983 年第 1 期。
② 尹恭弘《也论马克思美学思想的哲学基础——与郑涌同志商榷》，见《文
学评论》1983 年第 1 期。
③ 王元骧《反映论——马克思主义文艺学的哲学基础》，见《求是》1989
年第 15 期。

主义的认识论",① 但有论者对此观点进行了批评,指出:反映论不仅不能作为马克思主义文艺学体系的哲学基础,而且是十分有害的,因为"历史唯物主义的基础与核心是实践论,离开了马克思主义的实践论,认识论就会沦为机械反映论,历史唯物主义就会沦为庸俗唯物论","历史唯物主义的社会意识理论,就不仅包括认识的内容,而且包括价值论的方面",因此如果把马克思主义关于社会意识的理论归结为意识反映政治经济,那么"人就成为政治经济环境的模铸物",就不再是"历史的创造主体",而成为"历史条件的奴隶"。② 还有论者指出:把认识论、反映论作为马克思主义文艺学体系的哲学基础,既不符合马克思主义创始人的思想,也经不起文学历史实践的检验。马克思主义文艺学体系"应该以其本体论即关于人的活动的理论为哲学基础"。③ 如果文艺不仅仅是一种认识,"那只以辩证唯物主义的认识论作为哲学基础,就不够全面、正确了"。④ 还有学者进一步将马克思主义文艺学体系的哲学基础限定为能动的反映论,并且指出:"抛弃了马克思主义的能动反映论,就是抛弃了马克思主义世界观方法论,马克思主义文艺学也就不存在了",如果"不牢固地站在能动反映论基石上,马克思主义文艺学体系的建设,势必受到严重的影响"。

---

① 陈涌《文艺学方法论问题》,见《红旗》1986 年第 8 期。
② 白雪明《评陈涌〈文艺学方法论问题〉》,见《当代文艺探索》1986 年第 4 期。
③ 九歌《主体论文艺学》,中国社会科学出版社 1989 年版,第 354 页。
④ 朱立元《略论马克思主义文艺学、美学的哲学基础》,见《上海文论》1990 年第 2 期。

能动反映论的发展，"对马克思主义文艺学体系的变革来说，至关重要"。①

有一些学者坚持认为不平衡理论是马克思主义文艺学体系的基石，因为它提供了科学的世界观与方法论，它对研究文学史、认识文艺的特殊性，都是极其重要的理论基础。正如有的人所说：艺术生产与物质生产发展的不平衡关系，就是文学艺术和生产力之间的关系，它和文学艺术是意识形态的观点是辩证唯物主义与历史唯物主义的精髓，构成了马克思主义文艺学体系的重要理论基石。这种不平衡现象是一种规律性的文艺现象。马克思所揭示的这一规律为我们观察文艺现象以及文学史的发展提供了理论根据，而且至今对于我们社会主义社会的文艺发展还在起着支配作用，那种认为在社会主义条件下不平衡理论已经过时的观点是十分错误的。② 而有人对此观点提出了批评，认为把"不平衡"关系提到"普遍规律"和马克思主义文艺学体系基石的高度，是不符合两种生产的基本实践和马克思主义经典作家有关这一问题的全面论述的，也经不起实践的检验。因为马克思主义文艺理论是科学的体系，它是多方面的、有系统的，其中的主要观点如生活是创作的源泉、现实主义创作方法、典型问题等，都不能说是以"不平衡"理论为基础的。"把两种生产的'不平衡关系'称为'基石'，表面上似乎是抬高了这个命题，实质上却是降低了或损害了马克思主义

① 栾昌大《能动反映论与马克思主义文艺学》，见《文艺理论与批评》1988年第2期。

② 张怀瑾《艺术生产与物质生产发展不平衡是马克思主义文艺理论的基石》，见《外国文艺研究》1978年第1期。

文艺理论的总的科学体系。"① 还有人指出：即使不平衡理论是一条规律，也不能说它就是马克思主义文艺学体系的基石，充其量只能是马列文论的组成部分之一。因为"在马克思主义文艺理论的科学体系中，只有能解决根本问题的理论，才能称得上'基石'"。②

除以上观点外，还有其他一些看法，如钱学森认为：在文艺学和其哲学基础之间有一个桥梁，"文艺理论到马克思主义哲学的桥梁就是美学"。③ 其理由是文艺区别于其他社会意识形态的主要特征是审美。王仲则在总结分析众人论争观点的基础上，将马克思主义文艺学体系的哲学基础分为两部分，即元哲学基础和人类社会哲学基础。他指出：传统马克思主义文艺学体系的元哲学基础应是马克思主义哲学——辩证唯物主义，不是历史唯物主义，在这一点上郑涌等同志把社会历史哲学和元哲学这两个不同的范畴混淆了。"马克思主义哲学——辩证唯物主义——的对象是研究世界一切运动和发展的最一般的规律，而历史唯物主义的对象是研究人类社会发展的最一般规律，也不是辩证唯物主义加历史唯物主义"，在这一点上郑涌和王庆璠等人同样把范畴混淆了；传统马克思主义文艺学体系的人类社会哲学基础是马克思主义实践唯物主义和历史唯物主义，实践本体论是人类哲学的核心，而不是元哲学的核心，徐崇温等人把实践提升到世界本原的行列中去，导致了物质—实

①　艺声、石岚《论艺术与物质生产的内在联系》，见《文学评论》1981 年第 2 期。

②　栾栋《文艺理论的两块基石》，见《外国文学研究》1983 年第 1 期。

③　钱学森《关于马克思主义哲学和文艺学美学方法论的几个问题》，见陆梅林、盛同主编《新时期文艺论争辑要》，重庆出版社 1991 年版，第 69 页。

践二元论，"在世界本原问题上陷入了逻辑的泥淖"。①

　　马克思主义最重要最基本的思想、观点、方法和原则存在着不可分割的内在联系。对马克思主义哲学基础的完整、彻底的把握，不可能一蹴而就。只有多侧面、全方位、立体地对这个重要问题进行切实有效的探讨，才能将它推向纵深，为全面、深刻地解决这一问题提供有益的思想资料。前述各种观点都从各自独特的角度和层面回答了马克思主义文艺学体系的哲学基础问题，对于全面了解和把握马克思主义文艺学体系的整体面貌都是有益的。这些观点之间的关系既相异又统一，既互逆又互补，从本质和深层的意义上说，是相互丰富和推进的。正是各种不同论点的竞赛和论争，撞击出真理的火花，给论争各方以深刻的启示，才逐渐形成了对马克思主义文艺学体系的哲学基础的全面、整体的把握和理解。马克思主义文艺学体系当然是以马克思主义哲学的某一重要理论作为其哲学基础，而不可能以其他哲学思想作为自己的理论基础。马克思认为实践是人的基本的存在方式，并一再强调从实践的角度观照人的存在，从人的存在的角度理解实践。从一定意义上讲，马克思主义已经达到了当代哲学的"存在论"高度，"实践"就是它所抓住的最根本的"存在"或者"实在"。因为整个世界的其他一切存在，都只能是在"实践"的基础上向人历史地呈现的。所以说，实践存在论是马克思主义哲学最基本的理论之一（关于实践存在论，我们将在后文具体加以论述）。也正因为此，我们认为，马克思主义文艺学体系的哲学基础既不是反映论或

――――――――

　　① 王仲《革新：无法回避的历史课题》，见《天津社会科学》1989 年第 1
期。

不平衡理论，也不是单纯的实践论或单纯的主体论，而是以实践为基础、以人为主体的实践存在论。

第二节　本质特征

对于马克思主义文艺学体系的本质特征，人们向来众说纷纭。对此问题，虽然在新时期并没有出现像有无体系那样激烈的学术论争，但它却一直是文艺理论工作者所关注的一个重要问题，并且在研究上取得了较大进展。新时期以来，在对马克思主义文艺学体系本质特征研讨的过程中，人们总结出了许许多多的特征，但概括起来，大家普遍认同的主要有以下几点：

第一，革命性。有学者指出，马克思主义文艺学体系表现出"鲜明的革命批判性"，具体体现在"它作为真正的科学与无产阶级革命斗争的不可分割的联系上"。[①] 马克思、恩格斯不是学院式的文论家，不是书斋里的革命者。他们毕生把对艺术和美学问题的关注，同无产阶级革命事业、同创立科学共产主义学说紧密联系在一起。其他马克思主义文艺理论家也大多是投身于革命洪流中的实践者。文艺在马克思主义经典作家手里，始终是整个社会科学研究的一个对象，始终是进行精神战斗的武器。理解和认识由马克思、恩格斯所开创的马克思主义文艺学体系，必须牢记恩格斯所说的那句话：马克思首先是一个革命家，而不是专门躲进书斋里的学者，"斗争是他的生命

---

① 克地《马克思恩格斯文艺思想体系初探》，见《理论学习》（吉林大学学报哲学社会科学版）1978 年第 3 期。

要素"。① 也正因为此,新时期许多文艺理论工作者都坚持认为马克思主义文艺学体系最主要的特征之一就是它的革命性。

第二,开放性。任何体系系统的生命力都在于它的开放性。开放性是一门学科现代化的自我更新的机能,也是学术界所普遍认同的马克思主义文艺学体系的一个重要特征。马克思主义文艺学是实践的文艺学,文艺实践的丰富性决定了马克思主义文艺学体系的开放性。有学者认为,马克思主义文艺学体系是一个以一元为主导的多元化的开放体系,因此开放性是它最主要的特征。其开放性主要表现为:一、马克思主义文艺学体系在其理论前提方面具有极大的开放性,它充分借鉴、继承了前人及当时人类社会的思想精华;二、马克思主义文艺学体系在具体方法上具有开放性,运用了历史和逻辑统一的方法、从抽象上升到具体的方法、美学的历史的方法、合力论的方法、艺术生产论的方法等多种方法;在对待资本主义文艺学的方法方面具有开放性,广泛吸收改造了资产阶级的文艺学方法。② 在现阶段,阻碍马克思主义文艺学体系有所突破从而限制其开放性的因素主要表现在:一、马克思主义文艺理论的科学研究,只限定在经典著作的注释与解说上;二、学术视野只停留在某些历史上早已形成的固定格式上,不能适应新时期经济改革和文学艺术发展的客观形势;三、研究方法单一;四、缺少不同观点与学派之间的经常性的学术论争。③ 但是也有论

---

① [德]恩格斯《在马克思墓前的讲话》,见《马克思恩格斯选集》第三卷,人民出版社 1995 年版,第 777 页。

② 石文年《建构马克思主义文艺学开放体系》,见《理论与创作》1990 年第 1 期。

③ 张松泉《论马克思主义文艺理论的当代性》,见《北方论丛》1991 年第 3 期。

者对此有不同看法，认为"科学体系作为一个在一定思想原则指导下和一定逻辑起点基础上所建立起来的概念、范畴和定理的系统，从相叉的意义上来说确实是封闭的……没有选择，兼收并蓄的绝对'开放'的体系是不存在的。任何体系都是如此，马克思主义文学理论的体系也不例外"。① 当然，这是从特定角度来否认绝对的"开放性"。对待马克思主义文艺学体系的"开放性"特征问题，有的论者的看法比较辩证，他们坚持认为："理论体系具有封闭性是必然的。没有一定的封闭，始终处于一种开放状态，人们就不能感受和认识世界"。马克思主义文艺学的理论体系如果不能确立自己理论"封闭性的疆界"，"始终处于一种向各种观点任意开放的'不设防'的状态中"，那只能说它"还处于童稚阶段，不能自立"。但是，"人们的认识并不是绝然封闭的，所有的认识无不是封闭性与开放性的结合"。所以马克思主义文艺学体系的重要特征之一就是封闭性与开放性的统一，"唯其有封闭性，才能保持其理论体系的独立性；唯其有开放性，才能保持其体系的活力。两者的矛盾，就构成一个理论体系的张力"。②

第三，实践指向性。马克思主义文艺学的生命力在于其发展性和开放性，而它的全部生命力的根本动因则在于它的实践指向性。马克思认为，哲学不仅解释世界，更重要的是在于改变世界。③ 马克思主义学说不是教条，而是行动的指南。马克

---

① 王元骧《就建构马克思主义文学理论体系问题谈三点意见》，见《理论与创作》1989 年第 4 期。

② 何国瑞《马克思主义文学理论建设的方法论问题》，见《文学评论》1991 年第 6 期。

③ 参阅《马克思恩格斯选集》第一卷，人民出版社 1972 年版，第 19 页。

思主义文艺学说作为马克思主义文艺工作的指导思想和理论基础，它的实践指向性要求能够科学地回答和解决新时期文艺实践中提出的各种现实问题和理论问题，分析各种文艺思潮，总结新时期文艺创作、欣赏和理论批评的新鲜经验。① 马克思在创立其哲学和美学时，有意抛弃了众所习惯的范畴体系的形式。他的哲学是"大哲学"，他的美学是"大美学"。马克思并不是专就文艺学或美学的问题进行系统的抽象的思辨演绎。他没有描述文艺学或美学范畴自身的运动，而是把其有关思想见解融入政治、经济、文化、艺术和历史的各个方面的分析之中，使文艺学问题与时代、社会、历史、现实紧密相连。②

第四，统一性。统一性是马克思主义文艺学体系区别于以往各种旧的理论体系的一个重要方面。在文艺理论发展史上，康德、黑格尔等人都曾试图使自己的理论体系达到感性与理性的统一、主体与客体的统一，但是在他们的体系中，这种统一并没有真正实现。马克思主义文艺学体系却真正实现了各种统一，它讲究主体与客体、感性与理性、理想与现实、表现与再现、物象与意象、社会功能与审美功能、文学本体与文化范畴、民族性与世界性、内容与形式等的对立中的统一。③ 所以说，统一性是马克思主义文艺学体系的一个重要的本质特征。马克思主义文艺学体系的统一性是建立在实践存在论基础上的

---

① 参阅杨治经、曲若镁、张松泉主编《马克思主义与当代文艺理论建设》，中国文联出版公司 1992 年版，第 7～8 页。

② 参阅董学文《走向当代形态的文艺学》，高等教育出版社 1989 年版，第 4 页。

③ 参阅《建设具有中国特色的马列主义文艺理论体系》，见《语文导报》1987 年第 11 期。

统一性。通过实践，马克思克服了以往文艺理论主客二分的思维弊端，将其文艺思想凝结为实践存在论文艺观，显示了与其他文艺理论体系不同的特质，实现了文艺理论研究的历史性突破。

20 世纪 90 年代，陆梅林等人在《马克思主义文艺学大辞典》中对马克思主义文艺学体系的基本特征进行了如下总结：科学性与革命性的统一、理论与实践的统一、社会性与审美性的统一。① 应该说这一总结和概括还是比较全面的，基本上将新时期以来对马克思主义文艺学体系特征的各种观点进行了比较全面、比较科学的总结和概括。

第三节　方法论

方法是有一个内在规律的系统，方法的展开必然形成一定的逻辑框架，同时也构建起一定的理论观念体系。也就是说，一定的思想观念总是通过一定的方法论构架和体现出来的。文艺学体系研究的突破口是方法论。体系与方法分不开，体系决定方法，方法论是体系的基础。可以说，方法论问题是所有理论体系中极为重要的问题，它是一理论体系区别于其他理论体系的一个主要因素，所以在新时期体系问题的论争中，学者们还对传统马克思主义文艺学体系的方法论问题进行了探讨和研究。

刘再复于 1985 年发表在《读书》上的《文学研究思维空

---

① 参见《〈马克思主义文艺学大辞典〉条目选登》，载《文艺理论与批评》1993 年第 3 期。

间的拓展》一文较多地论及了马克思主义文艺学体系的方法论
问题，这是一篇引起较大争议的文章。文章介绍了新时期以来
我国文艺界的研究方法的变化，剖析了一些新的研究方法，并
以较长的篇幅谈了对马克思主义文艺学体系之方法论的看法。
作者把传统马克思主义文艺学体系的方法论说成是"单纯从哲
学的认识论或政治的阶级论角度来观察文学现象"，"主要侧重
于外部规律，即文学与经济基础以及上层建筑中其他意识形态
之间的关系"。① 在《论文学的主体性》、《文学的反思和自我
超越》等文章中，刘再复提出，应对我们的文学的基本理论、
基本观念和基本思维方式进行重新审视。因为在他看来，我们
的文艺研究已经形成了一种直观反映论的线性思维惯性，这是
不能适应现代社会发展的需要的。

　　刘再复的观点博得了许多学者的赞同，《文学评论》上刊
出了一批与之观点相同的文章。但是也有一些理论工作者对刘
再复的观点持反对意见，陈涌认为：刘再复等人的观点实质上
是"借口文艺的特殊性来排斥文艺的社会意识形态属性"，把
马克思主义的意识形态论和认识论说成是过时的"传统观念"、
"传统方法"，妄图用所谓的"新观念"、"新方法"去代替马克
思主义的观念和方法。"文艺学方法论的一个重要课题，就是
要正确解决文艺作为社会意识形态的普遍本质和文艺作为反映
生活的特有方式的特殊本质的关系问题。"马克思主义文艺学
体系的方法论，"只能建立在历史唯物主义的意识形态论和辩
证唯物主义的认识论的基础上"，这是我们"考察全部意识形
态问题的理论基础，同时也是考察全部意识形态问题的方法论

---

① 　刘再复《文学研究思维空间的拓展》，见《读书》1985年第2、3期。

的基础"。① 他进而把对这一问题的看法提到了政治的高度，严肃指出："这不是枝节问题，也不只是个别理论问题，是关系到社会主义文艺的命运的问题。"②

于是，马克思主义文艺学体系的方法论问题立即引起了人们的普遍关注。围绕着刘、陈之争，有毁有誉，众多学者纷纷撰文发表各自的看法，提出了不同的观点和意见，展开了激烈的论战。

栾昌大重点探讨了马克思主义文艺学体系方法论的前提，认为马克思主义文艺学体系的方法论"以马克思主义哲学为最高层次的方法论前提"，"以属于马克思主义哲学（辩证唯物主义）之下的自然辩证法（自然科学观）、心理学（心理科学观）和历史唯物主义（历史科学观），为下一层次的方法论前提"，以居于自然辩证法、心理学以及历史唯物主义之下的具体科学为更下一层次的方法论前提。③ 陆贵山认为：马克思主义文艺学体系的方法论是恩格斯所倡导的"历史的和美学的"观念和方法，它"勾勒了文艺的科学方法论的基本轮廓"，"正确概括了文艺的外部规律和内部规律、一般规律和特殊规律的辩证关系"，"建构了文艺方法论体系的理论框架"，"因而成为方法论体系中的最高标准、最高层次"。④ 董学文在《走向当代形态的文艺学》中则具体分析了马克思主义文艺学体系的方法论问题，强调了历史唯物主义方法论原则、历史主义方法、辩证法和"美学的历史的"方法在马克思主义文艺学理论体系中的重要作用，并且特别指出：坚持严格的历史性原则是马克思主义

---

① ② 陈涌：《文艺学方法论问题》，见《红旗》1986 年第 8 期。

③ 栾昌大《背景 方法 框架》，见《文艺争鸣》1989 年第 5 期。

④ 陆贵山《论文艺学方法论的层次结构及其相互关系》，见《文艺争鸣》1986 年第 1 期。

文艺学方法论的一大特色，历史唯物主义方法和历史主义方法在马克思主义文艺学理论体系中是互为表里的。① 后来在《马克思主义文论教程》中他又进一步指出：马克思主义创始人将历史唯物主义的方法论应用到文艺学研究中来，"其产生的理论冲击波足以震撼和摧毁一切思辨的、唯心的，即以虚假意识所编织成的各种文艺学理论体系。"② 朱立元指出："马克思、恩格斯首先把历史唯物主义和辩证唯物主义运用于文艺研究时，虽然社会历史的方法占了重要的地位，但也不是唯一的方法"，他们还提出了美学方法与历史方法的结合，"而且把美学方法放在中心地位，这显然不能概括为单一的社会学方法"。"随着文艺创作与理论实践的发展，马克思主义方法论的触角理所当然可以而且应当进一步伸到心理学、结构学、接受学等新的领域与层次"。虽然 20 世纪以来，"马克思主义文艺学家在这方面的工作还做得不够，而且在我国到'文革'为止的前二十多年中，庸俗社会学的倾向严重存在，阻碍了这一工作的正常开展，但这不能怪罪于马克思主义方法论本身，也不能就此把马克思主义方法论与社会学方法简单划等号"。③ 应该说朱立元的分析还是比较客观的，基本摆脱了传统的二元对立的思维方式的束缚。尤其值得一提的是钱学森的《关于马克思主义哲学和文艺学美学方法论的几个问题》（载《文艺研究》1986 年第 1 期）一文，文章高屋建瓴，见解精辟。文中所构

---

① 参阅董学文《走向当代形态的文艺学》，高等教育出版社 1989 年版，第 270～285 页。

② 董学文《马克思主义文论教程》，广西师范大学出版社 2002 年版，第 73 页。

③ 朱立元《试论建构当代马克思主义文艺学体系的方法论问题》，见《天津社会科学》1990 年第 2 期。

想的以马克思主义哲学为核心的、包括九门科学和九座"桥梁"在内的科学体系发人深思，极富启发性。

需要指出的是，那种认为马克思主义文艺学体系研究的方法论是辩证唯物主义和历史唯物主义的观点在新时期是一种比较普遍的观点，但它实际上是以一般哲学方法论代替了马克思主义文艺学体系的方法论。其特点往往是以一般代替个别，或者用艺术现象作为例证来阐释马克思主义哲学原理和规律，或者把艺术的阐述归结为马克思主义的一般哲学原理。其实，马克思主义文艺学有其自身的特点和规律。我们认为，马克思主义文艺学体系的方法论是以马克思主义的唯物辩证法和实践唯物主义思想为指导，在研究文艺和文艺理论中形成的一种适合于文艺本身特点和规律性但又区别于其他文艺学体系的思维模式或研究模式。马克思、恩格斯用以掌握文学的方法论，有一个最根本的特点，这就是：美学的、历史的和心理学的统一。这个特点渗透在马克思、恩格斯全部文艺论述中，也渗透于整个马克思主义文艺学体系框架中。马克思、恩格斯重视从社会学、历史学和经济学角度对文艺加以研究，这是人所共知的，然而有一些论者因此把马克思主义文艺学体系的方法论归结为单纯的艺术社会学范围，这是不妥当的。之所以产生这样的误解，与长期以来我们忽视马克思、恩格斯的文艺研究包含着心理学方法这一点有着一定的关系。事实上，马克思、恩格斯十分重视对文艺从心理学的角度加以考察，他们讲到的"合力论"首先是从人的意志这个角度提出来的："历史是这样创造的：最终的结果总是从许多单个的意志的相互冲突中产生出来的，而其中每一个意志，又是由于许多特殊的生活条件，才能成为它所成为的那样。这样就有无数互相交错的

力量，有无数个力的平行四边形，而由此就产生出一个总的
结果，即历史事变，这个结果又可以看作一个作为整体的、不
自觉地和不自主地起着作用的力量的产物。……各个人的意志
……虽然都达不到自己的愿望，而是融合为一个总的平均数，
一个总的合力，然而从这一事实中决不应作出结论说，这些意
志等于零。相反地，每个意志都对合力有所贡献，因而是都包
括在这个合力里面的。"① 而这里的"意志"，就是心理学的一
个重要范畴。他们还认为，文艺作品对我们来说，是"一本打
开了关于人的本质力量的书，是感性地摆在我们面前的心理
学"。② 西方有学者曾经指出：作为一个探寻社会深层原因的
理论体系，马克思主义文学批评与精神分析批评具有许多相似
之处。③ 由于马克思结合着社会的历史的方法研究心理学现
象，这就使其心理学的研究和阐述达到了一般心理学所不能达
到的深度和广度。

当然，上述的有关争论侧重的主要是传统形态的马克思主
义文艺学体系的方法论，随着语境的变化，随着当代形态的马
克思主义文艺学理论框架的形成，马克思主义文艺学体系的方
法论将呈现出一个更加多样化的发展趋势。

第四节　理论形态

经过一段时间的激烈论争，学术界在马克思主义文艺学有

---

① 《马克思恩格斯选集》第四卷，人民出版社 1972 年版，第 478～479 页。
② 《马克思恩格斯全集》第 42 卷，人民出版社 1979 年版，第 127 页。
③ 参阅 http://www.lawrence.edu/dept/english/courses/60A/marxist.html, 2004.01.28.

无体系这一问题上已经基本达成了共识，即马克思主义文艺学是有体系的。于是有人指出："现在的问题不是争论马克思的文艺思想是否具有完整的体系，而是如何准确地、全面地学习、理解马克思的文艺思想。"① 那么，从共时性来看，这个体系有哪些表现形态呢？从历时性来看，它又可分为几种类型呢？对此，论者看法不一，各持己见，展开了深入的论争，为建构当代的、具有中国特色和世界意义的、科学的马克思主义文艺学新体系做了较为坚实的理论准备工作。

一、隐体系与显体系

在具体的理论形态上，马克思主义文艺学体系表现为隐体系与显体系，这一结论是新时期文艺理论工作者经过深入的探讨研究所得到的一项极为深刻的认识。

众所周知，马克思主义创始人有关文艺方面的论述主要表现为散见于各种信件、谈话、笔记和哲学、经济学著作中的观点和看法，这可以说是马克思主义创始人文艺理论体系的外在的表现形态。为此，有论者指出：在文艺思想方面，"由于在马克思和恩格斯那里，它的有关理论见解一方面是包含在关于马克思主义学说的整个论述中，即并不具有独立完备的理论形态；另一方面也表现为比较分散的、存在一定内在联系的若干专论文学艺术言论，即虽有系统性却不具备系统的理论形态"。② 但是有些论者的观点则与此不尽相同，他们认为马克思主义经典作家的文艺理论体系"并不是零散的、即兴的、相

---

① 陈德顺《坚持马克思主义文艺理论的科学体系》，见《雪莲》1983 年第 1 期。
② 严昭柱《马克思主义文艺学建设的重点》，见《文艺研究》1988 年第 5 期。

互间没有联系或残缺不全的，而是有着独立、完整的内在体系的"。也就是说，马克思主义经典作家的文艺理论体系主要是一种有着内在联系和严谨的思维逻辑的内体系、潜体系。那么这个内在体系的系统性表现在哪些方面呢？马克思主义经典作家文艺理论体系内在的系统性即体系性，具体表现在三个方面：一是内在的关联性和严谨的逻辑性。马克思主义经典作家散见于著作中的文艺、美学观点"形散而神不散"，将这些具体的观点或论述综合起来看，是一个系统构架，环环相扣，不可分割。二是基本思想的前后一贯性与统一性。三是具有内在的完整性。那些具体的文艺、美学思想都已化入了马克思主义这块"整钢"之中，具有了这块"整钢"的严整性和统一性。[①] 有论者认为马克思主义文艺学体系有两种具体形态，即隐形体系和显形体系。马克思主义经典作家所建立的文艺学体系是一种隐形体系，而我们目前的任务则主要是根据当代条件继续运用马克思的哲学方法论不断更新马克思主义文艺学，把这种隐形体系转变为显形体系，并把这个显形体系推进到一个当代形态的新水平。[②]

与马克思主义文艺学体系分为显形体系和隐形体系的观点相对应，有论者认为，在马克思主义文艺学体系中，马克思主义的文艺批评也可以分为两个层面，即隐体系和显体系。金惠敏在《马克思主义文艺批评论纲》一文中指出：马克思主义文艺理论的隐体系"庞大繁杂，暗含着发展的种种契机"，发掘

---

① 朱立元《关于建设当代马克思主义美学和文艺学体系的若干思考》，见《文艺争鸣》1990 年第 2 期。

② 王仲《革新：无法回避的历史课题》，见《天津社会科学》1989 年第 1 期。

这个隐体系"与其说是一种研究，毋宁说是一种新的创造"。该文从文艺观念、阐释原则、评价原则、美学观点、美学和历史、政治—文学批评体系等几个方面具体剖析了马克思主义文艺批评的显体系。文章认为，马克思主义文艺批评体系以"文艺是生活的反映"这一观念作为基础，以历史观点和阶级分析方法作为其阐释原则，以现实（革命性或政治性）作为其评价的基本原则，以现实主义作为其美学的观点，其文艺批评的最终标准是美学和历史的统一。美学和历史，或者说历史唯物主义和现实主义的连接点是革命性和认识性。马克思主义文艺批评从传统社会历史批评中独立出来，是由于"现实"被赋予了历史唯物主义的解释，即现实的发展是由经济所决定的，它的演变（在阶级社会）实质上也就是阶级斗争的发展史。作为无产阶级革命的政治家，马克思和恩格斯相当重视文艺的宣传教育作用，他们高度评价那些具有强烈政治鼓动作用的谣曲、诗歌和绘画。马克思主义文艺批评一经产生，它便体现出浓重的政治色彩，不论是它的表现内容还是表现形式。"政治在这里不再是对文学理论诞生的一种催产素，也不是对文学艺术的一种外在要求，它已经深入文学批评的骨髓，化作理论本身的血肉。"于是，"构成马克思主义文艺批评核心之一的现实主义美学及其与历史主义的统一方式被彻头彻尾地政治化了"。① 应该说，金惠敏的论述是比较详细和全面的，视野也是十分开阔的，但由于受到认识论思想以及以往那种二元对立的思维模式的影响，有些看法不免失之偏颇。深入挖掘马克思主义实践存在论思想，突破二元对立思维模式的束缚显得越来越紧迫了。

---

① 金惠敏《马克思主义文艺批评论纲》，见《文学评论》1987 年第 4 期。

在此基础上，有论者进一步指出：马克思的"片段表述型的文艺思想作为体系更多地还是一种潜在的形态，而使它由片段走向完型、由潜在走向显在则正是马克思主义文艺美学研究者义不容辞的任务"。① 而肖君和则是在挖掘马克思主义文艺学隐体系方面做出较多努力的学者。肖君和赞同将马克思主义文艺批评分为隐体系和显体系、隐体系暗含着发展的种种契机的观点，并进一步指出，马克思主义整个文艺学体系也可以分为两个体系，即隐体系（潜体系）和显体系。他指出，马克思主义文艺理论隐体系就是"他们的美学思想、文艺思想的全部或主体部分"，其构成有三个前提：一是与马克思主义哲学对立统一规律紧密关联的全面性，二是与马克思的经济理论体系相一致、相类似的系统性，三是不为现实斗争所左右。这个隐体系由若干层次构成：（1）哲学基础是"主体——客体"理论（而马克思主义显体系的哲学基础是列宁的反映论）；（2）美学基础是"心物联系"说，即"美是人和自然之间的联系"的观点；（3）主体理论是"艺术生产"理论，重在阐明"人和自然变换物质"；（4）主要观念是"人和社会生活之间的交融变换"；（5）阐释原则是从审美价值和社会意识形式得以实现的角度进行阐释；（6）评价原则是"美学观点"与"历史观点"。隐体系的"美学观点"与显体系的"美学观点"不同，它没有被政治化，也不单单指现实主义，它是纯粹的、本来意义上的美学观点。② 肖君和的论述建立在主体与客体、人与自然、人

① 邵建《马克思主义文艺美学本质辨识——兼与陆梅林先生商榷》，见《文艺争鸣》1991年第3期。

② 肖君和《马克思主义文艺理论隐体系论纲》，见《理论与创作》1989年第4期。

与社会生活的交互性的基础上,密切结合人的"实践"与时代特色,显示出新时期文艺理论工作者试图摈弃反映论(认识论)、突破二元对立思维模式、逐步向实践存在论靠近的努力。肖君和对于马克思主义文艺学隐体系的发掘无疑是具有一定的现实意义的,它极大地拓展了我们的研究视野,对于正确掌握马克思主义文艺学体系的整体面貌和结构框架无疑是大有裨益的。

二、历史形态

既然从共时性角度考察,马克思主义文艺学体系表现为隐体系和显体系两种形态,那么从历时性角度考察,马克思主义文艺学体系是只有一种形态还是有多种形态呢?如果有多种形态,那么具体而言可分为哪些类型呢?只有搞清楚了这些问题,才能更好地把握马克思主义文艺学体系的全貌,才能更好地丰富和完善它,才能明确今后研究工作的努力方向。其实,早在 20 世纪 80 年代中期,就已经有学者提出了马克思主义文艺学体系的历史形态问题。① 而这一问题到 80 年代末以至 90 年代,则受到了越来越多的学者的关注,并逐渐成为新时期马克思主义文艺学体系论争中的一个重要的论题。

在马克思主义文艺学体系的历史类型这一问题的具体论争中,有论者指出,马克思主义文艺学体系可以分为经典形态(或曰"历史形态")和当代形态。② 有些学者则持有异议,表

---

① 董学文《建设马克思主义文艺学的当代形态》,见《文艺报》1987 年 4 月 4 日第 3 版。

② 董学文《马克思主义文艺学当代形态论纲》,见《文艺研究》1988 年第 2 期。

示这种观点"很难令人苟同"，因为这种分类方法"显然是把马列文论和'后人'对马列文论的理解和阐述都混为一谈了"，"把马列文论和各种各样的'后人'的文艺观念都捆在一起，都称作'经典形态'，就很容易造成这样一种思想混乱，即把几十年来中国和苏联在文艺问题上所形成的教条主义、宗派主义等'左倾'错误（冠之以'传统观念'的名义）都与马列文论挂上钩，进而认为马列文论是产生'左'倾错误的理论根源，以致在批判'左'倾错误时就把马克思列宁主义、毛泽东思想的基本原理也否定掉了"，因此"不能简单地用'经典形态'来涵盖"过去的马克思主义文艺学体系形态。①

陈辽则认为：从历史的角度看，马克思主义文艺学的体系形态可以分为三种：经典形态、现代形态、当代形态。② 和陈辽一样，劳承万也坚持三分法，他认为马克思主义文艺学体系的形态可以分为经典形态（马、恩）、传统形态（列、斯、毛/普列汉诺夫、卢卡契等）和当代形态。而且经典形态、传统形态与当代形态是一种"源"与"流"的关系。③ 后来，劳承万又对自己的观点进行了进一步的阐释，他说：任何一门科学的发展，按照科学史惯例，都可以分为"经典形态"（创始者的原型结构）、"传统形态"（后继者在历史发展中形成的"增殖结构"）、"当代形态"（现实生活中"后继者"创立的次生

---

① 郝孚逸《马克思主义文艺理论与当前文艺学研究中的一些问题》，见《湖北社会科学》1989 年第 4 期。

② 陈辽《论马克思主义文艺学的当代形态和民族形式》，见《苏州大学学报》1988 年第 3 期。

③ 劳承万《关于建设马克思主义文艺学、美学体系的逻辑起点问题》，见《雷州师专学报·社科版》1991 年第 1 期。

"增殖结构")。同样道理，马克思主义文艺理论也存在三种形态，即"经典形态"（马、恩）——"传统形态"（列、斯、毛等）——"当代形态"（当代马克思主义者）。所谓"当代形态"是相对于"传统形态"而言的。①

王列生则根据学理空间的不同，将马克思主义文艺学体系划分为原典形态、承传形态、阐释形态和发展形态。他指出：具体而言，马、恩阶段的经典性著作是马克思主义文艺学体系的原典，既具历史起点意义又有逻辑起点意义，本身所具有的陈述丰富性和蕴藉可阐释性对后人而言是一个无限性目标。忠实而精确全面地显示这个目标无疑是一个学理空间。原典空间的马克思主义文艺学体系可以称为马克思主义文艺学体系的原典形态；马克思、恩格斯之后，其文艺思想在移位后的空间里以不同的方式（应用、补充或新议）获得延续，从而形成了情形复杂的承传空间。由这一空间里的研究成果所形成的理论体系可称为马克思主义文艺学体系的承传形态；大批从事马克思主义文艺学研究的文艺学家致力于对原典形态和承传形态的体系做注解式或阐释式的研究工作，由此形成了马克思主义文艺学发展进程中的庞大学理空间。由这一空间里的研究成果所形成的理论体系是马克思主义文艺学的阐释形态；马克思主义文艺学的知识创新和学说递进给当下和未来提出了严峻的挑战，也提供了必然的机遇。由在这一挑战和机遇中产生的理论成果所综合而成的理论体系，可以称为马克思主义文艺学体系的发

① 劳承万《什么是马克思主义文艺理论研究中的范畴概念》，见《文艺理论研究》1993年第1期。

展形态。① 王列生的论述拓展了马克思主义文艺学体系问题思考的角度，较好地体现了马克思主义文艺学"与时俱进"的品质，使体系问题的论争进入了更深的层次。

可见，对于马克思主义文艺学体系的理论形态，参与论争的学者们之间的观点并无大的分歧，区别仅是如何分类才更细致更准确的问题。而且对于这一问题的论争，论者们的言辞并不激越，大都局限于学理思考的层面，显示出思维模式向多元并存、多极互补方向发展的趋势，实践存在论思想也渐渐引起人们的重视。当然，随着时代的发展变化，对于这一问题，人们的认识还有一个继续深化的过程，还需要结合时代特色，更多地从关注人的现实生存状况的角度加以阐述和探讨。

---

① 王列生《论马克思主义文艺学当代发展的基本框架》，见《马克思主义美学研究》第 5 辑，广西师范大学出版社 2001 年版，第 13～36 页。

第三章 走向建构论：坚持与突破、发展与重构

从 20 世纪 20、30 年代开始，马克思主义的文艺思想就被一定规模地引进中国。而 1949 年以后，马克思主义更是在中国文艺学领域居于主导性地位，建构"中国的马克思主义文艺学体系"几乎成了所有中国文艺理论家的学术主张，诸如《1844 年经济学－哲学手稿》、恩格斯致哈克奈斯的信（关于典型）等文献则成了人们据以思辨文艺学的"马克思主义"性质的最基本素材。进入新时期，随着体系问题探讨的深入，对传统的马克思主义文艺学体系是坚持还是突破，是发展还是重构，逐渐成为学术界论争的热点问题。

第一节 突破论与坚持论

对于传统的马克思主义文艺学体系，明确提出坚持与发展问题，是 20 世纪 80 年代初的事情。这个问题被提出来的时候，人们的耳目为之一新。到了 20 世纪 80 年代中后期，究竟坚持什么、发展什么、怎么坚持、怎么发展、主要是坚持还是发展等等一系列问题，才真正逐渐引起学术界的关注。受西方

文化思潮的影响，在对待传统马克思主义文艺学体系和框架问题上，有部分人采取了完全否定的态度，从而形成了"突破论"。与此同时，有些学者则采取完全肯定、坚决维护和坚持的态度，反对"突破"、"过时"等论调，从而形成了"坚持论"。二者围绕如何对待传统马克思主义文艺学理论体系问题展开了激烈论争。

"突破论"认为：原有的传统马克思主义文艺学体系已经僵化，严重阻碍了文艺思想的解放和文艺生产力的发展，应该突破原有的理论框架，对之进行革新，重构一个新的体系框架。"过时论"是"突破论"的主要表现。有人以马克思主义经典作家的文艺理论体系不完整为由，提出了"过时论"，即认为由于马克思主义创始人的文艺理论是历史条件的产物，是他们在对 19 世纪中期以前及当时的现实主义文艺总结的基础上提出的，许多论述都是针对当时的具体文艺实践而言的，不具有普遍性。再者，一百多年来，文艺现实已经发生了重大变化，他们当时的许多论断已经不适合于当今文艺的实际情况了，他们所讲的一些原则已经成为束缚文艺进一步发展的僵化的条条框框，所以说经典形态的马克思主义文艺学体系已经"过时"了，"无能为力"了，必须加以突破。

"坚持论"的主要观点是：原有的传统马克思主义文艺学已经具有完整的体系，基本适应文艺实践发展的需要，也基本适合我国的具体国情，无需革新和重构，只需继承、坚持、学习、掌握、运用这个体系即可。总之，为了促进文学艺术沿着正确的轨道前进，必须坚持现行马克思主义文艺学的框架体系，维护马克思主义文艺学的主导地位及其纯洁性。

体系问题上的"突破论"与文艺创作上的"文艺要突破框

框"的"观念更新"思潮密切相关。《雨花》1981年第12期刊载了《也谈突破》、《谈谈军事文学的突破》等数篇有关文艺创作"突破"问题的文章，认为在文艺创作方面，政治上要突破"四项基本原则"，文艺理论上要突破以《讲话》为代表的旧文艺观，生活领域上要突破狭小的圈子，创作素材上要突破革命题材的局限，另外创作技巧上也要有大的突破。① 受这一观点的影响，在对待马克思主义文艺学体系问题上，一些文艺理论工作者认为传统的马克思主义文艺理论的"框框"也必须打破，以清除文艺领域"左"倾思想的影响。"突破论"一出现，就立即引起强烈反应，反对文艺创作突破观的文章纷纷涌现。河南日报、青海日报等报刊也相继发表社论或评论员文章，② 批驳"突破论"。这样，在对待马克思主义文艺学理论体系问题上，就形成了尖锐对立的两派观点，即要突破"旧框框"的"突破论"和坚持原有框架的"坚持论"。

由于彼此的观点截然对立，"坚持论"与"突破论"进行了激烈的论战，而且持续时间较长，直到20世纪90年代，随着二元对立思维模式的逐步被突破以及马克思主义指导下的多元并存、多极互补思维模式的确立，人们开始愈加关注人的现实生存状况，学术界的观点趋于一致，这场争论才渐渐平息下来。"突破论"强调指出：发展，必须有突破。无所突破，无所否定，一直沿着"祖宗成法"走下去，就无所谓发展。所以说，"突破论"者的论证全是无可辩驳的常识。马克思主义文

① 参阅《雨花》1981年第12期。
② 参阅《河南日报》1981年5月14日第3版、《青海日报》1981年5月23日第1版。

艺理论的有些原理，今日是"基本"，明日未必是"基本"。马克思主义文艺学的大发展往往是在过去某一个时期是"基本"的结论上有所更新、有所突破。这样的突破无损于马克思主义的光辉，丝毫不影响马克思主义文艺学在人类历史上的伟大地位和作用。只求在细枝末节上的突破，是不会有大的发展的。[①] 与西方文论相比，一个多世纪以来，"马克思主义的理论研究却大多执守着单纯从社会历史角度研究文艺的立场，不是显得有点故步自封吗"？[②] 有的"突破论"者则极力批判所谓的马克思主义"代替"论，进而提出必须突破马克思主义文艺学传统体系的主张，指出："'马克思主义'在相当长的一段时间里，不仅'代替'了社会学、伦理学、心理学、美学……还'代替'了各学科中许多具体的研究方法……必不可免地使文艺研究的方法变为一种……僵化的模式。"[③] "坚持论"则与"突破论"针锋相对，旗帜鲜明地指出："在辩证唯物主义和历史唯物主义指导下的马克思主义文艺理论……会不会像有些人说的那样'已经过时'了呢？我们的回答是一个字：不！"因为马克思主义文艺学体系"绝不是充满门户之见的偏狭的、封闭的体系"，它"不仅是吸收了全人类知识中的有益东西而产生的，而且一直要继续吸收它们去向前发展"。[④] "马克思、恩格斯所提出的文艺的基本原理即所谓的经典形态，不仅为马克

---

① 参阅邓伟志《马克思主义研究中的"突破"》，载《人民日报》1986 年 3 月 14 日。

② 陈伯海《马克思主义与理论创新》，见《文艺理论研究》1985 年第 3 期。

③ 潘泽宏《建立文艺研究方法的开放性体系》，见《求索》1985 年第 5 期。

④ 鲍昌《为建设开放的、发展的、自我调节的马克思主义文艺理论体系而努力》，见《文谈》1986 年第 3 期。

思主义文艺理论的进一步发展奠定了坚实的基础，而且具有重大的方法论意义，对于理解文艺的本质和功能、文艺创作的规律和文艺批评的标准，以及 20 世纪文艺发展的过程等，同样是适用的，决不会过时"。① "坚持论"还尖锐地指出：包括"过时论"在内的"突破论"实际上犯了"只见树木，不见森林"的毛病，② "其实质是在'科学革命'的华丽辞藻下，否定乃至取消马克思主义的文艺理论科学"。③

对于突破还是坚持，有的论者则持一种相对辩证的观点，认为"应当允许在建设当代马克思主义美学、文艺学体系的过程中，对经典作家不属于'基本原理'的某些个别结论或观点进行讨论或争鸣"，但对于基本的原理则应该予以坚持。④ 其实，如前所述，作为马克思主义文艺学体系中主要组成部分的马克思和恩格斯的文艺理论体系是不完整的，但正因为其主要部分不完善所以我们才有必要发展、完善马克思主义文艺学体系。但是，马克思主义文艺思想既是一种历时态的、纵的发展过程，又可以看成是共时态的、具有多元发展前景的理论沃土。就马克思主义文艺学整个体系而言，它并没有陈旧和过时，它所蕴涵的丰富的实践存在论思想，它对人的现实生存境遇的极大关注，都完全适应当代社会文艺发展的需要，而且它一直处于发展完善当中——不可否认，自马、恩之后，一百多

---

① 吴元迈《认真学习和研究马克思主义文艺理论》，见《人民日报》1989年 12 月 12 日第 6 版。
② 鲍昌《为建设开放的、发展的、自我调节的马克思主义文艺理论体系而努力》，见《文谈》1986 年第 3 期。
③ 刘琪《"超越"还是否定》，见《文艺理论与批评》1992 年第 5 期。
④ 朱立元《关于建设当代马克思主义美学和文艺学体系的若干思考》，见《文艺争鸣》1990 年第 2 期。

年来，众多马克思主义文艺理论工作者都在为丰富和发展马克思主义文艺学体系而一直努力探索着。

马克思主义文艺理论体系是否真的完全"过时"了而应当加以突破呢？早在 20 世纪初，西方著名学者罗莎·卢森堡就针对当时一些人鼓吹的"马克思主义已经过时"的论调指出："如果认为马克思主义已经过时，以及我们已经取代了马克思，这都是不正确的。……如果说马克思已不能再满足我们的需要，这也是不正确的。恰恰相反，我们的需要还未能充分运用马克思的观点加以满足。"① 这一论述对于我们正确把握传统马克思主义文艺学体系，正确分析"过时论"、"突破论"、"坚持论"，都是有极大借鉴意义的。我们认为：马克思主义文艺理论体系会"过时"又不会"过时"。因为如其他的理论论述一样，马克思主义文艺理论体系同时包含两个侧面，一个是它的历史性，一个是它的普遍性。它具有历史性，就是说它的论断是依据一定的历史条件做出的。它的某些论述适用于特定的历史时期，随着历史条件的变化，就需要用新的理论概括去代替它，所以说这些论述会"过时"；具有普遍性就是它运用研究文艺问题的世界观、方法论以及概括广泛的文艺现象所进行的规律性的总结和基本的理论原则，尤其是它所蕴涵的丰富的实践存在论思想，过去有意义，现在有意义，将来还有意义。其实，不论是马克思主义文艺理论，还是西方各种文艺理论学说，也不论是中国各种古典文艺理论思想，都是人类文明的重

---

① ［波兰］罗莎·卢森堡《马克思主义的停滞和发展》，见梅·所罗门编《马克思主义与艺术》（杜章智、王以铸等译），文化艺术出版社 1989 年版，第161 页。

要遗产和财富，都具有自身存在与发展的学理和现实依据，在人类文艺理论发展史上都占有不可替代的一席之地（更何况是有着巨大理论深度和现实意义的马克思主义文艺理论呢）。因此，不能人为地以一种理论学说去取代另一种理论学说，只能是互相对话和交流。一种理论体系只能从其他理论学说中借鉴吸收有益的成分以获得自身继续存在和发展的理由，那种妄图以一种理论体系代替另一种理论体系的企图只能是虚妄的。阿尔都塞在 20 世纪 60 年代就发出了"保卫马克思"的口号，倡导创造性地阅读马克思的著作。也就是说，对待马克思主义文艺学体系，要坚持它的世界观、方法论，坚持它根据广泛的文艺现象做出的至今仍有意义的理论概括，尤其要坚持的是它所蕴涵的实践存在论思想，并不断地丰富它、发展它。"过时论"整体上说是错误的。马克思主义文艺理论体系不能全盘否定，不能全面"突破"，只能在坚持中不断发展和完善。这既决定于马克思主义文艺学本身的性质和特点，也取决于时代和现实的需要。可以这样说，从目前来看，除了马克思主义文艺理论体系，其他理论学说都不可能从全局上对当今世界和中国文艺的发展做出科学的解释。同时，那种对马克思主义文艺学体系进行"僵化"地坚持的做法，实质上是一种消极的"坚持论"，我们也是不赞成的。如果认为马、恩的文艺理论已经构成一个完整的文艺学体系，我们的任务仅仅是解释和应用它，防止对它的曲解，保卫它的纯洁性；认为现有的马克思主义文艺学体系已经尽善尽美、包罗万象，必须毫无异议地坚持它，这种观点无异于把马、恩的理论视为教条，无异于摈弃了马克思主义文艺学体系开放性、时代性的本质属性。我们的观点是，对于传统的马克思主义文艺学体系中最基本的、基础性的文艺理论观点必须坚持，这是保持文艺理论体系的马克思主义性质的界限，不能"突破"或"打破"。比如马克思主义的人性观、实践观、文艺史观、艺术生产观、审美理想及其实践存在论思想等，在马克思主义文艺学体系中必须给以应有的位置；对于一些解释具体文艺现象的论述、一些已经不适应时代要求的理论观点，则应根据文艺实践给以必要的改造和新的阐释。比如，对于文艺与政治、经济、法律、宗教、道德等方面的理论观点，有待于我们结合时代特点做出新的阐释、说明、论证和理论概括；对于文艺自身内部的规律，则需要我们去进行更加深刻的挖掘；对于自然科学的发展对文艺的影响、社会主义市场经济条件下的文艺发展规律等问题，需要我们进行创造性的研究和发展。

需要强调的是，坚持马克思主义文艺学体系中的基本原理、基本观念，还要同庸俗社会学的文艺观区别开来，不能把庸俗社会学的文艺观混同于马克思主义文艺观。庸俗社会学的文艺观渗透面很广，涉及的问题很多。它往往以二元对立的、唯客体的机械反映论取代主客体统一的能动反映论，去验证文艺与现实的关系；以唯经济决定论或唯政治决定论取代历史唯物论关于经济基础与上层建筑的关系的完整学说，去解释文艺的性质和发展规律；以哲学标准和政治标准取代文艺标准，去要求和评论文艺作品；以善取代美，以理取代情，以教育取代审美作用，去确定文艺的价值和意义；以虚无主义或实用主义取代历史的科学的分析，去对待文艺遗产。庸俗社会学文艺观的精神实质与马克思主义实践存在论文艺观迥异，但因其理论形态往往是片面地、歪曲地夸大马克思主义文艺观的一面而阉割其另一面，或把马克思主义的某些个别论点孤立于整体之外并加以绝对化，在表述上又常常采用马克思主义理论的名词术语，所以其貌有近似于马克思主义之处，给人造成"鱼目混珠"的错觉。

第二节　重建论与发展论

在 1987 年 8 月召开的全国毛泽东文艺思想研究会年会上，有人提出了"重新建构马克思主义文艺理论体系"的命题，但是也有人不同意这一提法，认为还是提"坚持和发展马克思主义文艺理论体系"为好。① 我们将前一观点暂且称为"重建论"，将后一种观点称为"发展论"。于是，两种不同观点的学者之间展开了一场热烈的争论。

"重建论"的主要观点是：随着时代的发展和进步，马克思主义文艺学日益显示出它的一些不足和缺陷，某些方面已经不能很好地适应新的历史条件的需要，尤其是它对文艺自身的特殊规律重视不够，为了使得马克思主义文艺学焕发新的生机和活力，必须打破过去那种将文艺局限于意识形态领域的理论框架，以新的理论概念、新的范畴、新的方法来重新构建马克思主义文艺学体系。不论是主张以主客体关系为基本骨架进行重新构建，还是以情感论代替反映论，亦或是以表现论代替反映论，总之都是要搭建新的构架，进而产生新的马克思主义文艺学体系。

"发展论"的主要观点是：马克思主义文艺理论自 19 世纪

---

① 参阅《重新构建还是坚持发展——全国毛泽东文艺思想研究会年会上的不同观点》，见《文艺理论与批评》1987 年第 6 期。

由马克思创立以来，经过中外几代马克思主义文艺理论家，尤其是俄国马克思主义者的阐释和丰富，以辩证唯物主义和历史唯物主义的世界观和方法论观察和分析文艺现象，已经确立了马克思主义文艺理论的基本原理，现有的马克思主义文艺理论可以说是一个比较完整的体系。尽管这个体系还不够完善，但它已经使文艺理论成为真正的科学，并为我们奠定了坚实的理论基础。我们现在应该在这个基础上继续开拓前进，回答新时代文艺实践提出的新问题，对新形势下的文论做出新的概括和总结，以不断发展马克思主义文艺学体系，而不应推倒或打乱这个理论体系重新构建。

"重建论"与"发展论"进行了激烈的论争和讨论，从而使理论界在马克思主义文艺学新体系的建设问题上有了更加深刻的认识，推动了马克思主义文艺学学科的向前发展。"重建论"认为，重新构建马克思主义文艺学体系是历史和现实的必然要求。后马克思主义时代所建构起来的马克思主义文艺学体系与马克思的文艺理论思想具有一些内在的差异性，它是特定的历史条件下革命斗争的产物。随着革命的结束，作为革命斗争的产物的文艺学体系"必然也不可能具有永恒的现实意义"。"新的历史条件下的文艺理论必须具有新的结构才可能适应并积极作用于新时代的文学艺术的发展"，"传统的文艺理论正在经历着一场深刻而又严肃的反思，因而也正面临着一个更新换代的时代"，"这种反思必然包含着对马克思主义文艺理论现状的批判性考察"，因此，重建马克思主义文艺学体系必然成为中国当代文艺理论建设的引人注目的课题。[①] "重建论"还指

---

① 南飚《马克思主义文艺理论的回归与重建》，见《探索与争鸣》1989 年第 1 期。

出：我们过去的马克思主义文艺学体系具有诸多理论弱点，"在许多方面已不能适应今天文艺实践的需要"，已经严重影响了它的活力，"是到了以马克思主义的创造精神，对过去的文艺学体系来一番革新的时候了"。① 我们现在只是"在一个50年代以来形成的框架中活动，没有多大的突破"，马克思主义文艺学的理论体系"确已走到了需要重新梳理和重新建构的阶段"。② 总之，"应当对现有体系进行总体突破，打破单纯认识论的格局，打破现实主义审美视角的一统天下"，"我们要焕发马克思主义的朝气和活力，建设一个年轻的、漂亮的、有魅力的马克思主义文艺理论新形态"。③ 至于如何重建马克思主义文艺学体系，"重建论"认为："改革马克思主义文艺理论传统，重建马克思主义文艺理论体系，就必须使由于特定的社会历史条件下所扭曲了的马克思主义的文艺思想恢复其本来面目"，也就是说，"只有在回归的基础上，才可能重建马克思主义文艺理论体系"。④ 还有论者认为，"社会历史观点与审美理论，理应成为马克思主义文艺学体系的两大理论支柱。但是，由于主客观的种种原因，后来马克思主义文艺学的发展却偏重于文学的社会历史层面，在理论认识上和在体系结构上都失落了审美理想这个关键性的理论环节"，"要适应今天的时代要

---

① 严昭柱《审美理想：文艺学失落的理论环节》，见《天津社会科学》1989年第1期。

② 董学文《走向当代形态的文艺学》前言第1页，高等教育出版社1989年版。

③ 董学文《建设马克思主义文艺学的当代形态》，见《文艺报》1987年4月4日第3版。

④ 南飚《马克思主义文艺理论的回归与重建》，见《探索与争鸣》1989年第1期。

求，对过去的文艺学体系进行革新，一个重要的途径就是研究和发展审美理想理论，并使之成为马克思主义文艺学的理论支柱之一"。① 而"发展论"则对"重建论"进行了批评，他们认为，马克思主义经典作家已经确立了马克思主义文艺学的基本原理，初步形成了一个比较完整的理论体系。尽管这个理论体系还不尽完善，存在这样那样的缺陷，但它毕竟已奠定了坚实的理论基础，现在是在这个基础上继续开拓前进的问题，而不是推倒或打乱这个理论体系重新建构的问题。马克思主义文艺学体系研究的突破口不应是方法，而应是观念，然后，在这个前提下，什么方法都可以用。针对"重建论"的观点，有人批评道：对中国以往的马克思主义文艺学体系全盘否定的做法是不符合实际的。对于它，"我们当然只能走坚持、发展的道路。马克思主义文艺学的要义，有相当一部分只能合理发展而不能根本否定"。② 所谓发展主要包括三个方面：一是根据社会生活和文艺发展的实际，在马克思主义基本原理和方法的指导下，研究新情况，回答新问题，探索新规律，提出新结论；二是对原有马克思主义文艺学体系中某些不够全面、不很确切、不那么科学的论点做出补充，加以完善，进行修正；三是吸收其他社会科学乃至自然科学的适用于文艺的新成果（包括新观念和新方法），融入马克思主义文艺学体系，使之得到丰富、充实和发展。③ 坚持"发展论"的学者明确指出他们反对

---

① 严昭柱《审美理想：文艺学失落的理论环节》，见《天津社会科学》1989年第1期。

② 栾昌大《文艺学体系变革论纲》，见《文艺理论与批评》1987年第1期。

③ 应启后《关于坚持和发展马克思主义文艺理论的断想》，见《苏州大学学报》（哲学社会科学版）1988年第1期。

"重建论"："马克思主义文艺理论和其他社会现象一样，无时无刻不在发展和变化，这种发展和变化积累到一定程度的时候就必然对原有的传统的体系和理论框架进行某些调整和较大的改变。基于这样的认识，我们不同意重建马克思主义文艺理论的说法，但建设一个马克思主义文艺理论的当代形态却是完全必要的。"① 有论者提醒说："发展不是离异，建设不是重建。"② 还有论者更是一针见血地批评"重建论"："所谓重建马克思主义，那只是否定马克思主义，代之以一种不再是马克思主义的主义。"任何一种以批判经典形态的马克思主义文艺学体系来发展马克思主义文艺学体系，离开对经典形态的马克思主义文艺学的依据而借助其他新观念、新方法来发展马克思主义文艺学理论体系的观点和做法都是错误的和有害的。③

针对"发展论"的批评和指责，"重建论"进行了一定的反驳，反复重申和论证自己的理论观点。有论者指出：在马克思主义文艺学体系研究中，试图调整旧的文艺学体系框架，以使其适应迅速发展变化的文艺实践，从而促使马克思主义文艺学在新的实践中得到发展，往往"会被视为对马克思主义文艺理论本身的背离和丢弃"；相反，对旧的文艺理论体系的维护和坚持，"会被视为对马克思主义文艺理论的真诚维护和坚持"，"问题的现实性和尖锐性在于，我们既不能丢弃和背离马克思主义文艺理论的基本原理，更不能无视文艺实践所提出的

---

① 李敬敏《突破"封闭"，走向"开放"——建设科学的马克思主义文艺理论的必由之路》，见《重庆师院学报》1988 年第 2 期。

② 狄其骢《文艺学问题》，山东大学出版社 1993 年版，第 185 页。

③ 狄其骢《马克思主义文艺理论建设的当代形态》，见《高校理论战线》1992 年第 6 期。

对理论体系重建的要求"。①

　　贯穿"坚持论"和"突破论"、"发展论"和"重建论"之争的一个重要问题是，对于现有的马克思主义文艺学体系，是坚持还是发展？在这一问题上，经过深入的研讨和论战，目前学术界似乎并无大的分歧，已基本取得了一致的看法，那就是："'坚持'和'发展'……它们是一个整体的两个方面，不可偏废。否则，这个整体不复作为整体而存在。只讲'坚持'，不求'发展'，是一种偏向，它必然导致僵化。而马克思主义文艺理论一旦被弄成僵化的东西，也就丧失了马克思主义的重要品性而走向其反面。只讲'发展'，丢开'坚持'，是又一种偏向，它必然导致背离。而背离了马克思主义的文艺理论，当然不成其为马克思主义文艺理论。所以，不求'发展'的'坚持'，到头来是难以坚持，或者说，到头来只能'坚持'走了样、变了质的'马克思主义文艺理论'；而丢开'坚持'的'发展'，迟早要走上歧途，结果是越'发展'离马克思主义文艺理论越远。"②"坚持与发展是不能割裂的。坚持是发展的前提和基础，发展是坚持的过程和结果；坚持是条件，发展是目的；坚持马克思主义文艺学基本原理，必然推动马克思主义文艺学的发展，而发展又必然包括在坚持之中。发展的关键在于创新，对丰富的实践作出新的理论概括，提出新的视角和新的理论主张"，"学习、研究马克思主义文艺学、美学的基本原理，目的正是为了在新的历史条件下发展这个学说。一个当代

---

　　① 程金城《文艺理论体系的调整与马克思主义文艺理论的坚持和发展》，见《当代文艺思潮》1987 年第 3 期。

　　② 应启后《关于坚持和发展马克思主义文艺理论的断想》，见《苏州大学学报》（哲学社会科学版）1988 年第 1 期。

形态的具有中国特色的马克思主义文艺学的新体系，它只能是坚持与发展马克思主义文艺学基本原理的结果"。① 至于应该坚持什么，发展什么，理论界的观点是有差异的，包忠文对此全面阐述了自己的观点。他认为，坚持马克思主义文艺学体系，主要应该坚持三个方面：第一，"在文艺研究中必须坚持马克思主义的方法论，其中包括哲学方法论和文艺学方法论"；② 第二，"坚持马克思主义文艺学的批判、革新的精神"；③ 第三，"坚持马克思主义的'合力论'为哲学基础，以历史观点、美学观点相统一为文艺学方法论"，以揭示文艺整体观照人生、人心和人格的审美本性为中心而构建的马克思主义文艺学美学体系。④ 至于发展，包忠文认为，主要涉及三点：一是修正某些不正确、不科学的文艺学论点，比如"文艺从属于政治"的观点；第二，以马克思主义为指导，吸收现代自然科学和其他人文科学、社会科学的新成就、新观念、新方法；第三，以马克思主义文艺学为指导，批判地吸收 20 世纪以来外国文艺学、美学各种学派的思维模式、文学观念来丰富、发展自己。⑤ 应该说这一论述还是比较辩证和全面的，显示了突破二元对立、走向多元并存的趋向。

实质上，不论是"发展论"还是"重建论"，都有其不足

① 李衍柱《建设和发展有中国特色的马克思主义文艺学》，见刘纲纪主编《马克思主义美学研究》第 3 辑，广西师范大学出版社 2002 年版，第 163～164 页。

② 包忠文《艺术与人学》，江苏文艺出版社 1991 年版，第 206 页。

③ 包忠文《艺术与人学》，江苏文艺出版社 1991 年版，第 209 页。

④ 包忠文《艺术与人学》，江苏文艺出版社 1991 年版，第 210 页。

⑤ 参阅包忠文《艺术与人学》，江苏文艺出版社 1991 年版，第 213～218 页。

之处，它们仍然没有摆脱二元对立思维模式的束缚，相对忽视了实践存在论在马克思主义文艺学体系中重要的理论意义和基础作用。从一定意义上讲，所谓的"发展论"是一种片面的、狭隘的"发展论"，而"重建论"则是一种过于激进的"重建论"，对于促进马克思主义文艺学学科发展、完善马克思主义文艺学理论体系都是不利的。

第三节 走向建构论

卢卡契曾经对"对于一个圆满的理论体系，没有用通俗的方式给以补充"这种做法进行过批评。[①] 也就是说，他主张根据时代要求，对马克思主义美学、文艺学用新的方式加以补充、完善。因此，综合考虑"重建论"和"发展论"的不足并借鉴它们的长处，在马克思主义文艺学体系问题上我们主张"建构论"。

"建构"一词源于皮亚杰的发生认识论原理。他认为，认识既不是主体决定的，也不是客体决定的，而是主客体持续不断地相互建构，即相互作用的结果。"建构"用于说明理论体系，不是指一般的理论提出或理论建设，它是对理论的进一步加工制作，使之更加完善成熟，达到体系化。具体而言，体系建构是各种理论、学说、观点之间或理论、学说、观点的各构成要素之间互相沟通、互相补充融合，最终形成一种完整的框架结构。这是理论活动中的一种积极的思维，是多元互补思维

---

① ［匈］乔治·卢卡奇《历史和阶级意识——马克思主义辩证法研究》序言（张西平译），重庆出版社1989年版，第51页。

的体现，是一种高层次的理论建设。通过建构，就可以把不同理论之间的历时性的阐释和整合变成共时性的互补，大大缩短了不同文艺理论之间的互补和交融。① 文艺学体系建构的范围很广，包括哲学基础、逻辑起点、方法手段、结构框架以及具体的论点论据等。建构论认为，体系建构的途径大体可分为三种："自上而下"的建构、"自下而上"的建构和"横向平行"的建构。所谓"自上而下"的建构，就是将马克思主义哲学观点推演、转化成文艺学观点，从而形成一定的理论体系；所谓"自下而上"的建构，就是以人为理论建构的出发点，在对人的现实生存状况进行深入思考的基础上，把现实提出的具体的文艺学观点进行马克思主义式的加工升华，进而形成一定的理论框架；所谓"横向平行"的建构，就是把古今中外文艺学理论放在同一个平面上切磋研磨，取长补短，用马克思主义加以改造。建构论追求的是实现两个"和谐"：一是理论体系与实践的和谐，使新的理论体系合乎现实的逻辑；二是理论体系内部各要素之间的和谐，使体系的结构框架符合自身的逻辑。总之，就是要使从现实中得出的新的观点理论具有科学性、完善性，使马克思主义经典作家的理论焕发时代感和现实的活力，使马克思主义文艺学体系获得永不衰竭的蓬勃生机。

提出建构论的理论依据是恩格斯的理论建构思想，恩格斯在致弗·梅林等人的信中，曾经提出过理论体系建构的两个要素：一是经济因素，即广义的现实生活；二是思想材料因素。理论体系的形成是由这两个因素在内的各参与因素交互作用的

---

① 参阅张弼《应当重视文艺理论发展中建构的作用》，见《北方论丛》1996年第 1 期。

结果。① 我们提出建构论还有现实的依据，即吸取"左"的路线下"以破代立"和新时期理论频繁更迭的经验教训。前者扫荡一切理论体系创新，后者虽新论层出，但是立而不坚。这说明，如果缺乏理论体系的建构观念，一味追求僵化的"坚持"或单纯的"发展"或激进的"突破"或完全的"重构"，当代有中国特色的科学的马克思主义文艺学体系就难以真正建立起来，即使产生了，也是短命的。主张建构论还有一定的学科依据，我们知道，马克思主义文艺学属于人文科学，无论是在对象还是在方法上，它都具有非精确性和非纯粹性，在"科学"和"人文"之间总处于不断的运动变化中。主体和客体一旦发生变化，理论体系就必然进行相应的调整和完善，缺乏自然科学那种绝对的稳定性和客观性。其实，马克思主义经典作家早就指出自己的理论体系需要建构。列宁在谈到马克思主义理论的历史发展时说："不同的历史时期使马克思主义某一方面更加突出。"② 马克思、恩格斯在创立历史唯物主义过程中，最初就是把重点放在从经济事实中引出政治、法律、美学、宗教、哲学等观念而忽略了思想材料的作用，"为了内容而忽略了形式方面"。③ 因此，恩格斯晚年十分重视理论体系的建构，特别强调思想材料对理论体系建构的作用。

其实，新时期以来所出现的不少关于马克思主义文艺思想的专著、教科书、论争、评述、年鉴、概观、辞书、概论之类的著作都是马克思主义文艺学新体系建构这一宏大的系统工程

---

① 参阅《马克思恩格斯选集》第四卷，人民出版社 1972 年版，第 479 页。

② 转引自［苏］M. C. 卡冈主编《马克思主义美学史》（汤侠生译），北京大学出版社 1987 年版，第 40 页。

③ 参阅《马克思恩格斯选集》第四卷，人民出版社 1972 年版，第 500 页。

的重要组成部分。

我们所说的"建构论",既不同于消极的"坚持论"、片面的"发展论",也不等同于错误的"突破论"、激进的"重建论"。"建构"既不是推倒重来,也不是理论的简单重复。"建构论"的实质是坚持、发展、完善和重构的综合,就是要求我们与时俱进,努力把握时代发展特色和时代精神,站在历史发展的前沿,在坚持马克思主义创始人最基本的文艺思想和理论原则及其实践存在论基础上,以现实的人作为从事理论研究工作的出发点,剔除现有体系中不适合时代发展要求的因素,适当调整现有体系的结构框架,广泛吸收各种理论学说的精华,用人类文明的最新成果不断充实和完善这个框架,从而最终建构起比以往体系更为先进、合理、科学的新体系。正如狄其骢先生所言:"我们说的建设体系,就是指的这种体系发展的内在需要,就是马克思主义文艺理论体系自身的调整、更新、自我完善。建设马克思主义文艺理论体系的任务,是经常性的,永无止境的……马克思主义文艺理论体系的建设不能停顿,不会止步……"① 所以,从某种程度上说,我们所主张的"建构论"就是渐进的重构论。我们之所以不将其等同于前文所说的"重建论",是因为我们反对那种全盘否定以往理论家在完善马克思主义文艺学体系上所做的努力的做法,反对一概否定前人成果的做法。我们说它是一定程度上的"重构论",是相对于以往的教条式的、僵化的文艺学体系而言的,而非针对马克思主义创始人的理论框架而言的。我们反对马克思主义发展史上

---

① 狄其骢《马克思主义文艺理论建设的当代形态》,见《高校理论战线》1992 年第 6 期。

所出现的种种歪曲马克思主义文艺思想和基本原则的机械主义、教条主义的错误做法，力图推翻和打破在此条件下建立的所谓"马克思主义文艺学体系"（比如，"文化大革命"期间在"三突出"、"高大全"等思想或原则指导下建立的所谓"马克思主义文艺学体系"；又如，在前苏联 20 世纪 30、40 年代文艺学模式的基础上建立的马克思主义文艺学体系），并努力构建与此不同并能够适应时代发展需要的新体系。

我们主张建构马克思主义文艺学新体系，这个体系是当代的、科学的、具有中国特色和世界意义的马克思主义文艺学新体系，是区别于马克思主义文艺学的经典形态和阐释形态的新体系。落实到具体的操作层面，我们认为可以从以下几方面着手：第一，从马克思主义哲学观点到马克思主义文艺学体系的建构。对此问题学术界多有研讨，故在此不再赘述。第二，从马列文论到马克思主义文艺学理论体系的建构。马列文论大都是针对具体问题而发的，不少是论战的产物，必然有所倾斜，因此不能等同于一般的文艺学原理随意引用，必须通过理论体系建构使之成为科学的体系框架的组成部分，克服倾斜而实现平衡。马列文论可以分为哲学理论层次、一般意识形态理论层次和文艺特殊意识形态理论层次。马列文论不但要从哲学上给马克思主义文艺学体系建构骨架，而且还要在其他层次上充实血肉。马列文论总的说来，对于一般意识形态理论的论述多于对文艺特殊规律的论述。它虽然提出了诸如对世界的艺术的掌握方式、艺术生产和物质生产的不平衡关系等问题，但未能进行充分的解释，这都需要我们将其作为新的马克思主义文艺学体系的重要组成部分认真地加以理论建构。第三，要把经典作家的个人趣味偏爱和马克思主义文艺学原理区别开来。马克思主义经典作家既是文艺的行家，又是文艺活动的个体，他们不少文艺和审美见解主要体现的是个人的趣味和偏爱，不一定具有普遍原理性质，应实事求是地加以区别。例如马克思、恩格斯对于现实主义和浪漫主义的褒贬，列宁对现代派艺术的否定，毛泽东对李白、李贺、李商隐诗的偏爱等，在新体系建构时，都应该进行具体的分析。第四，经典作家某些不符合当下文艺实践发展要求的观点是建构新的马克思主义文艺学理论体系时必须重新加以思考和认真分析的，从完善体系的意义上讲，可以将其中的某些不科学的说法加以改造或排除在新体系之外。

第四章　当代性与中国特色：
建构之目标

必须建构马克思主义文艺学新的理论体系，在这一点上理论界经过论争研讨已基本达成了共识。其研究工作的着眼点就是把马克思主义文艺学的内体系转化为外部的理论表述体系。从一般学理上讲，理想的文艺学理论体系应该是什么样子呢？在新时期里，有论者指出，理想的文艺学理论体系应该具备几个重要特征：首先，"它是揭示文学内在矛盾的科学理论"；其次，"它全面、深刻地反映文学的本质和规律，具有严密的逻辑系统"；再次，"它是从发展中反映文学活动，是历史的流动的科学理论"。① 那么我们究竟应该构建什么样的马克思主义文艺学新体系呢？换言之，我们所要建构的目标是什么呢？对此，新时期的文艺理论家们主要是从当代性与中国特色这两个角度展开论述和争鸣的。

第一节　当代形态

马克思主义文艺学体系不是一个永恒不变的体系，它是不

---

① 任仲伦《关于文学理论体系化的方法思考》，见《上海师范学院学报》1984 年第 4 期。

断发展变化的,"我们提出新体系建构的全部针对性就在于原有体系的陈旧、不合时宜。因此,我们所建构的新体系必须能够反映新时代的特点,随新时代的步伐而不断进步",① 也就是说,它必须具有当代性。也正因为此,马克思主义文艺学体系的当代性问题就成为新时期理论界论争的一个重要问题。对于这一问题,理论界已有多年的讨论。我国学者就建构马克思主义文艺学的当代体系问题做了大量建设性工作,并引入和提出了不少有见地的观点和学说。

早在 20 世纪 80 年代中期,赵宪章、文德培就提出马克思主义文艺学体系应该由过去的"批判型"向"建设型"转变,以"孕育一个独立的、多层次的、充满生命力的耗散结构"。② 接着有学者正式提出,我们的目标应该是建构当代形态的马克思主义文艺学。董学文是较早提出建设马克思主义文艺学当代形态的学者。③ 劳承万也是当代形态论的积极倡导者,他指出:作为马克思主义文艺理论工作者,我们所追求的应该是建构当代形态的马克思主义文艺学新体系,而所谓"当代形态"是相对于"传统形态"而言的。④ 但是,也有一些论者反对"当代形态"的提法,认为这一说法不确切,因为"形态"是指已经"成形"的东西,就理论而言则意味着业已建成的体

---

① 王汶成《方向、视野、原则——关于文艺学新体系建构的几个基本理论问题》,见《山东大学学报》(哲学社会科学版) 1995 年第 2 期。

② 赵宪章、文德培《从批判文艺学向建设文艺学的历史性转折》,见《南京大学学报》(哲学社会科学版) 1986 年第 3 期。

③ 参阅董学文《建设马克思主义文艺学的当代形态》,见《文艺报》1987年 4 月 4 日第 3 版。

④ 劳承万《什么是马克思主义文艺理论研究中的范畴概念》,见《文艺理论研究》1993 年第 1 期。

系，而我们所要建构的马克思主义文艺学新体系目前还没有"成形"。①

那么，什么是马克思主义文艺学体系的当代形态呢？有人认为，马克思主义文艺理论的当代形态与传统形态不同，它"应当反映当代的文艺观念、审美观念和价值观念，应该概括当代文艺的新经验"。如果仍然固守传统形态，必然使文艺理论失去鲜明的时代感。② 而有些学者则不同意这种观点，他们认为，所谓马克思主义文艺学的当代形态，"更多的是指如何把我国和西方古代、现代、当代文艺思想中有价值的东西吸收到马克思主义体系中来，更多的是指运用新方法对当代文学现象和文学运动规律进行新总结、新概括……'当代形态'的建设也是个过程……"③

为什么要提倡建立当代形态的马克思主义文艺学体系呢？有的学者主要从马克思主义文艺学体系自身出现了一些缺陷和不足这一角度来思考的，他们认为：马克思主义文艺学自 19世纪由马克思创立以来，随着它的不断体系化，"并没有使在它适应时代潮流的过程中不断获得新的活力，而是变得越来越不适应时代潮流，以至于窒息甚至丧失了它原有的活力。从二次大战以来的情况看，无论在苏联，还是在中国，马克思主义文艺学理论实际上走的是一条越来越'左'、越来越窄、越来

---

① 毛崇杰《当前马克思主义文艺学的态势与前景》，见《天津社会科学》1989 年第 1 期。

② 李敬敏《突破"封闭"，走向"开放"——建设科学的马克思主义文艺理论的必由之路》，见《重庆师院学报》1988 年第 2 期。

③ 董学文《马克思主义文艺学当代形态论纲》，见《文艺研究》1988 年第 2 期。

越僵化、封闭的道路，以致于出现了很长一段时间的停滞和危机"。所以，我们应该建立当代形态的马克思主义文艺学新体系，以应对各种危机和挑战，实现马克思主义文艺学的现代化。① 正如某位学者所说：建设当代形态的马克思主义文艺学体系，既是完整、准确地理解马克思主义文艺思想必须进行的一项基础性的工作，同时也必然是建设有中国特色的社会主义文艺理论的组成部分。当代形态的马克思主义文论的建设，将会给现行或者说传统意义上的马克思主义文艺学体系的那种几乎是"超稳定"的架构模式带来变革。这种"变革"从打破传统形态的"封闭性"入手，必然会使新世纪的马克思主义文艺学体系成为"开放"的，充满"张力"的，适应时代需要的理论体系。② 但是有部分论者的看法与此不尽相同，他们主要从理论体系应适应时代发展要求、适应文艺实践这一角度展开研究的。他们认为：建设马克思主义文艺学体系的当代形态，是20 世纪以来世界发展的新趋势。面对新的变革的世界，马克思主义文艺学体系也相应要求自身的新的变革，按照变革了的世界新形态建构自己的当代形态。以变化了的世界的新的实践经验来建设和发展自身，是马克思主义文艺学理论体系革命性和科学性高度统一的表现。这部分论者甚至将当代形态的建设提到马克思主义文艺学的"生死存亡"的重要的地位，指出："建设当代形态是马克思主义文艺理论发展的必由之路，从某种意义上看，这是一场激烈的生死存亡的斗争，因为没有当代

---

① 蒋培坤《也谈当代形态马克思主义文艺学的建设》，见《文艺研究》1988年第 6 期。

② 刘谦《"马列文论"当代形态刍议》，见《北京师范大学学报·人文社会科学版》2001 年第 3 期。

形态的建设，马克思主义文艺理论就会跟不上时代发展，就无法对时代变革中的新情况、新问题作出敏锐反应和正确的解释。不能满足时代对文艺理论的要求，在激烈的意识形态的斗争中就会被击败。"①

关于如何建构当代形态的马克思主义文艺学体系，人们的观点也不尽相同。有学者者指出：建构当代形态的马克思主义文艺学体系，首先"必须坚持和发展马克思主义哲学的理论思维传统"，其次"必须解决出发点即实践原则问题"，再次"还必须立足于马克思主义经典作家关于文艺问题的基本理论"。② 狄其骢先生认为，建设当代形态的马克思主义文艺学体系关键在于正确认识和处理当代形态与经典形态的关系，不应当把当代形态看作是经典形态的"对抗和离异"，而应看作是经典形态的发展和建设，这样才能使其"不迷失方向"、"不变形走样"。③ 而在学术界引起较大争议的则是董学文的有关论述，他认为，马克思主义文艺学体系建设应该是从经典形态向当代形态过渡。建设当代形态马克思主义文艺学体系的突破口是当代认识论研究，而生长点则是艺术认识论中主体化原则的确立。他就文艺学侧重点的历史性转变提出了这样一个公式：本体——认识——主体。他认为目前处于主体化的阶段，即人的真正自由的阶段、彻底人道主义的阶段。建构马克思主义文艺学的当代形态，应该走"先分类、后综合"的路子，因为只有

---

① 狄其骢《马克思主义文艺理论建设的当代形态》，见《高校理论战线》1992 年第 6 期。

② 邹贤敏《制高点·出发点·立足点——建构马克思主义文艺学体系的前提》，见《湖北大学学报·哲学社会科学版》1991 年第 6 期。

③ 狄其骢《文艺学问题》，山东大学出版社 1993 年版，第 183～184 页。

在分类研究的基础上有相当的进展和突破，"新形态"的建立才有着落。"文学艺术的特殊性在于它是意识形态和非意识形态的集合体"，只有创立这个"集合体"的"理论体系"，"才能完成马克思主义文艺学当代形态的创造和建设"。① 董氏的观点引起了学术界的极大关注，学者们纷纷发表各自的看法。蒋培坤认为，董氏的观点存在一些不足和缺陷，主要是不应把马克思主义文艺学体系建构的突破口和生长点局限在认识主体化的范围内，即不宜局限在从"一般认识论文艺学向主体论文艺学"的转变上。建设当代形态的马克思主义文艺学体系，不能在"认识论圈子里打转转"，应该明确提出人本学视角或人类学本体论视角，"不仅有赖于认识论方面的突破，而且有赖于本体论方面的突破，而且后者是带有根本性的"。体系建设的生长点"也不应仅仅局限于认识的主体化，还应该是人特别是作为个体的人在自然、历史面前的本体化"。② 还有的学者认为，提出马克思主义文艺学体系要由"经典形态"向"当代形态"过渡，这一思路"很难令人苟同"。因为那种认为经典形态无体系、无逻辑，已经过时、僵化的观点，是极其错误的。经典形态与当代形态是发展过程中的两个阶段，但发展不是离异，建设不是重建。"经典形态的马克思主义文艺理论体系，是我们建设的基础，发展的根据"，要建设马克思主义文艺理论的当代形态，必须从这个根本点出发。当代形态虽然越来越远离经典形态，越来越有自己的风貌，但同时又是越来越

---

① 董学文《马克思主义文艺学当代形态论纲》，见《文艺研究》1988 年第 2 期。

② 蒋培坤《也谈当代形态马克思主义文艺学的建设》，见《文艺研究》1988 年第 6 期。

接近地向经典形态返回，越来越把经典形态的基本精神表现出来，发扬光大。① 还有人对董学文的"意识形态和非意识形态的集合体"的说法提出了尖锐的批评：所谓的创立意识形态和非意识形态集合体的"理论体系"，实际上是要对马克思主义的意识形态理论加以"突破"，这"暴露了他的理论与马克思主义的基本原理是背道而驰的"。②

在马克思主义文艺学体系当代形态的具体建构方面，叶纪彬的《艺术创作规律论》（东北师范大学出版社 1987 年 12 月版）可以说是较早的探讨性专著，而董学文的《走向当代形态的文艺学》（高等教育出版社 1989 年 10 月版）和朱立元的《思考与探索——关于当代马克思主义文艺学体系的建构》（上海社会科学院出版社 1991 年 2 月版）则是在探讨如何建构马克思主义文艺学体系的当代形态方面所取得的比较厚重的研究成果。叶纪彬的《艺术创作规律论》在历史唯物主义哲学基础上结合现代心理学、美学理论，从艺术创作这个关键的角度，建构了一个独具特色的马克思主义文艺学当代形态的基本骨架。该书在坚持艺术反映论的前提下，对以往文艺学中争议多、难度大而对艺术实践具有重要指导意义的基本理论，进行了较为广阔的理论探讨与阐述，大胆地提出了自己的学术见解，对艺术典型、情思等文艺学中的许多基本概念和范畴进行了重新研究，为当代形态的马克思主义文艺学体系大厦的建立做出了有益的理论尝试。董学文的《走向当代形态的文艺学》

---

① 狄其骢《马克思主义文艺理论建设的当代形态》，见《高校理论战线》1992 年第 6 期。

② 郝孚逸《马克思主义文艺理论与当前文艺学研究中的一些问题》，见《湖北社会科学》1989 年第 4 期。

从三个方面来建构马克思主义文艺学体系的当代形态，即"当代形态的宏观设定"、"当代形态的微观设定"和"当代形态的理论依据"，其主要成绩在于：它尝试性地探寻了马克思主义文艺学体系从"经典形态"、"历史形态"过渡到"当代形态"的理论起点，即"艺术生产"；探索了艺术生产理论较为完整的范畴体系，使马克思主义文艺学体系框架更接近全面；开拓了当代形态的马克思主义文艺学体系建构的多维的思维空间。而朱立元《思考与探索——关于当代马克思主义文艺学体系的建构》一书则主要取得了两大成果，一是总体构想，二是具体理论的突破。其中，"总体构想"以设计马克思主义文艺学体系新模式为核心，从四个方面展开，即探讨马克思主义文艺学究竟有无完整的体系，设计这个体系的新模式，把握这个体系的基本理论原则，鉴定这个体系的真正标志。作者从马克思"经济学——哲学——科学社会主义"体系的内在结构入手，将以"实践"概念为基础的唯物史观作为中介环节，去透视人类的精神生产，以"艺术生产——艺术作品——艺术消费"的三一式流程结构作为建构体系的新模式，这样，它一方面把"艺术"还原为"生产"，另一方面又对应于西方美学发展史的重要环节"作者——作品——读者"。作者将"马克思主义"和"当代形态"作为建构马克思主义文艺学新体系的两个关节点，更为重要的是该书为我们找到了从经典形态到当代形态的连接点和交叉点。从这部著作中，我们既可以窥见新时期以来学术界关于当代形态的马克思主义文艺学理论体系论争的基本情况，也可以获得今后如何进一步建构当代有中国特色马克思主义文艺学理论体系的启示。

此外，有的论者认为，传统形态的马克思主义文艺学体系往往只强调对"经典原著"的阅读、对"马列文论"本身的学习，却忽视了马克思主义文艺思想产生、发展和传播的宏阔的时代背景和现实的理论环境，忽视了对马克思主义文艺思想发展过程中经典作家之外的那些马克思主义"著作家"们（如威·李卜克内西、梅林、蔡特金、卢森堡、卡·李卜克内西、拉布里奥拉、拉法格等）的理论成果的学习。从这个意义上说，传统形态的马克思主义文艺学体系存在的最大弊病就在于它的"对外"和"对内"的"封闭性"，即基本上没有把马克思主义文艺思想放在一个宏阔的时代背景和理论环境之中来把握，也没有给予马克思主义创始人之外的那些马克思主义"著作家"们的理论成果以应有的重视。前者属于一种"对外"的"封闭"，后者则是一种"对内"的"封闭"。因而，建设当代形态的马克思主义文艺学体系，必须从打破这两个"封闭性"入手。[①] 在论争中还出现了这样一种现象，即有些学者把建构马克思主义文艺学体系的当代形态变成了一种变相的"突破论"，他们认为：建构马克思主义文艺学的当代形态，必须超越直观反映论体系和《讲话》（毛泽东《在延安文艺座谈会上的讲话》）体系，引进文本理论、接受美学、主体性哲学等当代理论，重建马克思主义文艺学的基本范畴。[②] 这是需要我们予以注意的。

第二节　中国特色

毛泽东曾经指出：要努力"使马克思主义在中国具体化，

---

① 刘谦《"马列文论"当代形态刍议》，见《北京师范大学学报·人文社会科学版》2001 年第 3 期。
② 叶纪彬《马克思主义文艺学当代形态建设的思考》，见《社会科学辑刊》1989 年第 2 期、第 3 期。

使之在其每一表现中带着必须有的中国特性"，① "中国文化应有自己的形式，这就是民族形式"。② 建设有中国特色的马克思主义文艺学体系，可以说一直是有远见的中国文艺理论家所追求的理想境界。新时期伊始就有人指出："离开民族形式和民族特点来谈马克思主义文艺学，是一点也不懂马克思主义文艺学的表现"，中国的马克思主义文艺学体系"必须建立在系统总结我国传统美学遗产的基础上，采用符合自己民族特点的形式加以发展"。③

　　早在 20 世纪 50 年代后期，周扬就发表了《建立自己的马克思主义文艺理论和批评》一文，呼唤建立中国自己的、有中国特色的马克思主义文艺学体系，并亲自带领邵荃麟、林默涵、何其芳等到北京大学开设课程，尝试探索。④ 此后乃有蔡仪和以群分别主编的《文学概论》和《文学的基本原理》。这两部著作虽然在质量和影响上居当时同类著作之首，在与中国传统文论和文学实际的结合上有所进步，但由于时代条件的限制，仍未能从体系框架上摆脱苏式理论的影响、完成质的突破。在停滞了多年之后，至 20 世纪 80 年代，开放改革又将建设和发展有中国特色的马克思主义文艺学体系这一课题摆在我们面前。客观地讲，20 世纪 80 年代的马克思主义文艺学体系

---

　　① 毛泽东《中国共产党在民族战争中的地位》，见《毛泽东选集》第二卷，人民出版社 1991 年版，第 534 页。

　　② 毛泽东《新民主主义论》，见《毛泽东选集》第二卷，人民出版社 1991 年版，第 707 页。

　　③ 刘梦溪《关于发展马克思主义文艺学的几点意见》，见《文学评论》1980 年第 1 期。

　　④ 参阅王永生《我国五四以来对建立文学理论体系的探索》，见《淮北煤师院学报·社科版》1989 年第 3 期。

建设，与此前的三十年乃至更长的历史时期相比，无论在量上还是质上，的确有了深刻的长足的发展，出现了一批新的具有一定突破性的论著，尤其 80 年代后期，讨论渐趋热烈，并取得了一批令人瞩目的研究成果。但如果从时代的和世界的眼光来看，又的确如有些学者所说：在整个 20 世纪世界文学理论批评领域，还听不到中国独立的理论声音。① 而且就学界整体而论，20 世纪 80 年代的中国马克思主义文艺学体系问题的研究还处在急于借鉴模仿的兴奋与浮躁之中，还不能更集中更踏实地就"中国特色"问题进行多方位的研究与探讨。这种状况，对于中国知识界来说，无论有何种现实原因，都不能不是一个深深的遗憾。于是到了 90 年代，在新一轮的反思中，"建设中国特色的马克思主义文艺学体系"的问题，被提到特别突出的位置。随着我国社会主义市场经济的创建，文艺理论工作者面对人们审美观念的急遽变化和大众文化、通俗文艺的悄然崛起，开始反思 80 年代探索热衷一味求新求变而疏于从中国的传统与现实出发进行系统的理性思考的缺陷，逐渐走向自觉地寻求建构现代性崭新形态的理论支点和价值系统，从而推进马克思主义文艺学研究重新总结历史的经验教训，致力于建设一种真正具有中国特色的马克思主义文艺学新体系。这一时期虽然失却了 80 年代的轰轰烈烈，但学者们的精神更为集中，研究也更为扎实。

---

① 美国著名学者亚伯拉姆斯在谈到现代文学理论与批评时，曾列出二十种 20 世纪最有影响的文论潮流和主义，均与中国无缘。参见黄维梁《〈文心雕龙〉"六观"说和文学作品的评析》，见《北京大学学报》1996 年第 3 期。

新时期以来，一些学者将建构具有中国特色的新体系提高到社会主义建设伟大事业的高度，认为具有中国特色的马克思主义文艺学体系是中国社会主义文化的重要组成部分，而建构具有中国特色的马克思主义文艺学体系则是我们广大文艺理论工作者的神圣职责。① 有人认为，马克思主义文艺学体系的当代性问题的核心，"就是建设一个具有中国特色的马克思主义文艺理论体系"。② 董学文则由原来提倡建设"马克思主义文艺学的当代形态"转而倡导建构"有中国特色的马克思主义文艺学"。因为他这时觉得马克思主义的当代形态"这个概念并不准确"，所以"还是提出有中国特色的马克思主义文艺学更准确一点"。③ 还有学者指出："坚持和发展马克思主义文艺学，同建设和发展具有中国特色的马克思主义文艺学实质上是一回事。因为坚持和发展马克思主义文艺学，就必须适应时代的需要，结合不同国家民族的实际。脱离了时代、民族的实际，而空谈坚持和发展是毫无意义的。"④ 但是也有人对"有中国特色"的提法表示反对，认为"新的文论体系的建构自在系统说明所有的文艺现象，能够解释所有文艺现象的文论体系不一定是中国'民族特色'的，因此，在新的文艺理论体系前

---

① 陆梅林《回顾过去，展望未来——近十年来文艺理论论争一瞥》，见《文艺理论与批评》1992 年第 1 期。

② 杨治经、曲若镁、张松泉主编《马克思主义与当代文艺理论建设》，中国文联出版公司 1992 年版，第 3 页。

③ 《文学：呼唤与社会变革相适应的新道德——首都部分专家学者座谈会纪要》，见张婷婷、杜书瀛《新时期文艺学反思录》附录一，山东文艺出版社 2001 年版，第 382 页。

④ 李衍柱《建设和发展有中国特色的马克思主义文艺学》，见刘纲纪主编《马克思主义美学研究》第 3 辑，广西师范大学出版社 2002 年版，第 162 页。

加上'民族特色'的定语，实在是画蛇添足，不伦不类"。①
还有人反对"建构具有中国特色的马克思主义文艺学理论体系"的命题，他们认为文学本身是没有阶级和政治属性的，只是运用文学形式创造文学作品的主体是隶属于不同社会阶级和政治集团的；文学本体自身是没有国度疆域的，只是不同民族给它赋予了不同的色泽。因此，文学理论作为文学的理论，就不该给它以阶级的属性和国度的界限。它既然是揭示对象的本质和规律，既然阐述的规律具有普遍性和抽象性，那就不能使科学规律本身有阶级的色彩和国度的界定。它应成为人类共有的文化财富，为全人类所有。因此，"建构具有中国特色的马克思主义文艺理论体系"的命题本身，就是违背科学的。这是一种社会政治思想理论在文学理论中的套用演化，最终导致文学理论失去本体自身。② 当然，这种反对之声毕竟很微弱，也不是马克思主义文艺学体系建构问题论争中的主流思想，在新时期的文艺理论界并没有掀起大的波澜。

什么是马克思主义文艺学体系的"中国特色"？人们对此做出了不同的各有见地的理论界定。许奕谋论述马克思主义文艺学体系的"中国特色"着重于它的"特殊性"，他指出："不能简单地以中国'特有'来确定中国特色"，因为"特色"并不等于就是"特有"。所谓"特色"就是特殊性，或叫做个性。中国特有的东西，有可能反映出中国特色，但特有的东西，并不一定都能表现出中国特色。"所谓'中国特色'，应该是指那

---

① 祁志祥《一个行动胜过一个纲领》，见《文艺争鸣》1999 年第 6 期。
② 参阅《建设具有中国特色的马列主义文艺理论体系》，见《语文导报》1987 年第 11 期。

些既能体现文学发展的共同规律和基本原则，又能反映我国文学发展的特殊规律和特点，具有中国特性的民族风格和民族形式"。① 董学文在对将"中国特色"等同于"民族化"的狭隘观点进行批评的基础上，指出"中国特色"包括比"民族化"更深广的内涵，"中国特色"的含义至少包括以下几方面的内容：第一，"它必须是中国理论传统，尤其是具有革命性、民主性、人民性的优秀文艺理论传统的继续和升华"；第二"它必须是以唯物辩证法和唯物史观为其指导原则的，必须是在注意总结无产阶级和劳动群众的审美文化经验的基础上建构的"；第三，"它还必须是为中国的社会主义现代化事业服务的，必须符合亿万中国人民走向社会主义的共同愿望和审美理想，体现社会主义中国人的价值标准和艺术准则"；第四，"它也必须是吸收了一切外国优秀文艺学说的最新成果，必须是批判地继承和融合了一切现代有价值的审美文化精神的产物"。② 周可认为，"中国特色"应包含两个方面的内容：一是这种理论的民族特色，二是作为发展有中国特色的文艺理论的价值取向的社会主义文艺的根本属性与基本精神，而且后者更为重要。因此，"所谓有'中国特色'主要应指那种为当代中国的社会主义现代化事业服务，符合亿万人民群众在中国共产党的领导下走社会主义道路的共同心愿和共同理想，并符合社会主义文学根本审美要求的理论品质"。③ 显然，董学文和周可所讲的马

---

① 许奕谋《应该怎样理解中国特色的文学理论的基本内容》，见《当代文艺思潮》1984 年第 2 期。

② 董学文《谈谈"中国特色"》，见《文艺研究》1991 年第 1 期。

③ 周可《关于"建设有中国特色的马克思主义文艺学"的初步思考》，见《文艺报》1991 年 10 月 19 日。

克思主义文艺学体系的"中国特色"着重突出了它的当代性和"社会主义"性质。而杜书瀛则突出强调了"中国特色"的创新性、开放性、动态性，他认为，所谓中国特色，主要有四个方面的表现：一是充分表现着当代时代特点的、与文艺实际息息相关的、活的文艺学体系，而不是注经解经式的、本本主义的、死的文艺学体系；二是充分表现着中华民族特点的文艺学体系，而不是数典忘祖的、民族虚无主义的文艺学体系；三是善于吸收其他优秀成果的、开放的文艺学体系，而不是民族排他主义的、封闭性的文艺学体系；四是不断形成、不断发展着的文艺学体系，而不是凝固的、停滞的、似乎有了某种定型而不再变动的文艺学体系。[①] 在探讨文艺学体系的中国特色方面，值得一提的还有孙耀煜、郁沅等主编的《文艺理论教程》（人民文学出版社 1991 版）、曾永成的《感应与生成——感应论审美观》（成都科技大学出版社 1991 年版）和夏之放的《文学意象论》（汕头大学出版社 1993 年版）等，前者尝试用"感应"说以弥补"反映论"之不足，后者则力求用"意象"说来扬弃"形象认识"说的缺陷，在他们看来，"感应"、"意象"等来自中国传统文艺学的范畴较之来自西方的"反映"、"形象"等范畴要更加全面和确切，可以避免它们过于注重客体方面以致造成主体性失落的偏差。到了世纪之交，对于何为"中国特色"，人们有了更新的认识和理解，有论者指出：把"中国特色"理解为"民族性"、"社会主义性"等观点，都值得商榷。"所谓'中国特色'，归根到底，就是指由中国学者所创建

---

① 杜书瀛《九十年代：建设和发展有中国特色的文艺学》，见《文艺理论研究》1992 年第 4 期。

的具有独立品格的理论系统，关键是要有属于自己的理论声音。这种理论应该具有原创性、体系性和普适性。所谓普适性，即是理论的先进性、超越性，它产生于中国，又有能量的强势，具有向外的辐射力，能在不同的民族地区进行传播，发生影响，获得世界性的认可。当世界学界谈起某一理论，共同指认它来自中国时，这一理论自然是具有中国特色的，反之，如果达不到这样的理论境界，而只是自我标榜有'中国特色'，那恐怕也只能是一厢情愿。"① 此种观点突出强调的是新的理论体系的独特性，标志着对于马克思主义文艺学体系的"中国特色"问题的认识提高到了一个新的水平。

至于如何建构有中国特色的马克思主义文艺学新体系，有学者指出：第一，马克思主义文艺学的体系构成，要尽可能切合中国文学艺术发展的客观实际，并从中国文学艺术发展的历史与现状出发，实事求是地引出其中固有的规律性；第二，创立具有中国特色的马克思主义文艺学新体系，一方面要在时间的纵向联系中切实地注重本民族文学艺术发展的民族传统，另一方面又要在空间的横向联系中不断地吸收各国各民族文学艺术的一切有益成分；第三，创立马克思主义文艺学新体系，应尽可能地把文艺学说的基本原则同其他学科领域中的科学方法和研究手段相互交融，扩大延伸与全面深化马克思主义文艺理论的科学基础。② 朱立元的看法与此不尽相同，他把民族化当作文艺学中坚持、发展马克思主义的重要环节，并对建构体系

---

① 汤学智《90 年代文艺理论批评走向考察（续）》，见《文艺评论》2000 年第 4 期。

② 参阅杨治经、曲若镁、张松泉主编《马克思主义与当代文艺理论建设》，中国文联出版公司 1992 年版，第 4～5 页。

的民族化问题进行了通盘思考，他指出："关键是要找到马克思主义文艺学的理论构架、基本思路、推演轨迹、核心概念等同中国文论交叉的契合处。"① 因此，在具体的研究探索中，他努力从哲学思维、基本观念、范畴概念三个层次上寻找马克思主义文艺学体系民族化的途径，寻求马克思主义文艺理论与中国传统美学、文艺学的契合点，以求超越浅层次的比照，局部、零碎的拼接，而达于整体的、深层的融合。② 朱立元还认为：从中国几千年来的文化史来看，建构有中国特色的马克思主义文艺学新体系，必须注重整体思维、两端中和、流动图合以及直觉妙悟的思维方式，抓紧"政治伦理"层面，用中国传统的"形－神"、"情－景"、"真实－玄诞"等大量"成双""成对"的范畴替代、补充马克思主义文艺学体系中的原范畴，并将它们融入具体的理论体系建构中，才能显出中国特色。③有的论者指出，可以以创造为起点，从"实践本体论——创造美学——艺术创造论"的思路来建构有中国特色的马克思主义文艺学新体系，以此建构起来的理论体系称为"艺术创造论"，它分为三大块：艺术创造动力学、艺术创造形态学和艺术创造信息学。这"既是对中国传统文艺学的继承和批判，也是我国'五四'以来，特别是1942年延安文艺座谈会以来，几代理论家、政治家建设有中国特色的马克思主义文艺学体系的必然结果，同时还是以西方古典文艺理论，特别是以西方马克思主义

① 朱立元《思考与探索》，上海社会科学院出版社1991年版，第63页。

② 参阅朱立元《寻找基本观念上的契合点》（载《复旦学报·哲社版》1990年第6期）、《关于马克思主义文艺学民族化的思考》（载《学术月刊》1990年第8期）。

③ 参阅朱立元《思考与探索》，上海社会科学院出版社1991年版。

文艺学为参照系比较研究的合逻辑的结论"。①

我们认为，"中国特色"指的是学科建设的深层文化背景。我们建构马克思主义文艺学新体系应该走本土化的道路，体现民族性，具有中国作风、中国气派，这才是我们努力的目标和方向。在这一点上，随着论争的深入，目前学术界已经基本达成了共识。但同时，"中国特色"并非传统的"原色"，它是一种"混合色"，即在坚持"以人为本"、真正满足人民群众精神和审美需求的基础上，以当代中国文化氛围为底色，兼收古今中外各种"间色"的有机构成。也就是立足当代，统摄古今；立足中国，面向世界。目前我们正处在一个全球化的时代。从人类文化的基本趋向角度看，全球化是指地球上各种不同文化（包括物质文化和精神文化）通过各种形式、各种途径的交流、碰撞，互相影响、互相渗透、互相融通。全球化的核心问题是处理好全球化与本土化的关系。"全球化"是一个悖论，其基本特点是趋同，但是在这种趋同的总体态势中又包孕着趋异的动向，也就是所谓"地方化"、"本土化"。全球化不等于西化，也不等于同化。从这一意义上讲，建构有中国特色的马克思主义文艺学新体系是有着一定时代内涵的。

实现马克思主义文艺学体系的中国特色暗含着一个古老的课题，即如何处理中西文化之间、传统文化与马克思主义基本文艺原理之间的关系。这是一个近百年来一直争论不休的问题，也是新时期人们在研讨马克思主义文艺学体系问题时所必须面对的问题。马克思主义文艺学体系要具有中国特色，就必

---

① 张玉能《反映论、创造论与文艺学的建构》，见《学术月刊》1994 年第 9 期。

须以当代实践存在论文艺观为核心，以现代化为动力，在超越中西文化传统局限的更高层次上，在感性与理性、整体与个体相统一的基础上，在中西文化的交汇点上，树立起自己的特质。现代化的马克思主义文艺学体系要具有中国特色，不能脱离自身所赖以生存的文化土壤而面壁虚构，需要我们在继承传统文论精神，把握当代中国文化特质，汇通西方文论的理念和方法的基础上，将我们民族的艺术实践中的优秀传统和经验、美学与艺术理论中的有生命力的范畴和理念有机地融入整个马克思主义文艺学体系的建构中。

从世界范围的马克思主义文艺理论发展历史来看，毛泽东、邓小平等中国马克思主义理论家提出的"文艺为人民大众"、"文艺为人民服务，为社会主义服务"等都是具有中国特色的现代文艺理论命题，是他们结合中国实践对马克思主义文艺理论的进一步丰富和发展。毛泽东指出："在我们，文艺不是为上述种种人（指地主阶级、资产阶级、帝国主义者，笔者注），而是为人民的"，[1] "我们的文学艺术都是为人民大众的"。[2] 党的十一届三中全会以后，邓小平根据文艺实践和形势发展的需要，提出了文艺为人民服务、为社会主义服务的"二为"方向。1980年7月26日《人民日报》发表了题为《文艺为人民服务、为社会主义服务》的社论，明确指出为人民服务、为社会主义服务是我们党重要的文艺方针。在毛泽东和邓小平那里，现实存在的人是其思考文艺问题的根本出发点

---

① 毛泽东《在延安文艺座谈会上的讲话》，见《毛泽东选集》第三卷，人民出版社1991年版，第855页。

② 毛泽东《在延安文艺座谈会上的讲话》，见《毛泽东选集》第三卷，人民出版社1991年版，第863页。

和归宿，毛泽东说：文艺"为什么人的问题，是一个根本的问题，原则的问题"，① "我们的问题基本上是一个为群众的问题和一个如何为群众的问题"。② 邓小平也指出：文艺工作者"要始终不渝地面向广大群众"。③ 也就是说，文艺的目的就是满足人的现实需要，为现实的人服务。这显示了他们对人的现实生存状况的深切关注，与马克思的实践存在论思想是一脉相承的。总之，中国老一辈理论家提出的文艺为人民服务、为社会主义服务的思想是中国特色的马克思主义文艺思想，理应受到重视，我们应自觉地将其渗透到马克思主义文艺学新体系的具体建构中，进一步提出新的具有中国特色的现代文艺理论命题，形成自己的范型和话语，从而在世界文论尤其是世界马克思主义文艺理论的未来发展中，凸显中国的形象和中国文艺学的独特思路与神韵。

第三节　在阐释中追求当代性与民族化的统一

一、历史的阐释

中国的马克思主义文艺学体系是在对经典文本的不断阐释中建立、发展起来的。阐释是后人对马克思主义创始人文艺思

---

① 毛泽东《在延安文艺座谈会上的讲话》，见《毛泽东选集》第三卷，人民出版社 1991 年版，第 857 页。

② 毛泽东《在延安文艺座谈会上的讲话》，见《毛泽东选集》第三卷，人民出版社 1991 年版，第 853 页。

③ 邓小平《在中国文学艺术工作者第四次代表大会上的祝词》，见《邓小平文选》第二卷，人民出版社 1994 年版，第 211 页。

想所进行的一种新的理解和有益探索，它存在于阐释者的释义过程中。这个过程具有明显的解释学特征，它包含着两个不可分割的方面，即它不仅是对马克思主义创始人原本意图的重建，同时也是对这些经典文本原有意义的扩展。的确，马、恩所写的关于文艺学或美学理论方面的鸿篇巨制是很少的，然而"也许正是由于这点，所以使人们可以自由解释并可以防止把马克思主义的美学简化为一堆刻板的公式，更使它不可能沦为干巴巴的学院主义"。①

20 世纪初，马克思主义文艺思想刚刚传入中国，就令人耳目一新，表现出巨大的震撼力。1942 年，毛泽东发表了著名的《在延安文艺座谈会上的讲话》（以下简称《讲话》）。《讲话》高瞻远瞩，纵横开阖，论述缜密，体大虑周，自创格局。它是以毛泽东为代表的中国马克思主义者根据时代特点和中国国情，对马克思主义文艺思想所进行的一种创造性的阐释，因此它必然地打着时代的、民族的印记和阐释者个人的主观印记，不可能是对经典文本的丝毫不变的原样照搬。毫无疑问，在《讲话》中，毛泽东提出的文艺为工农兵服务、文艺与生活的关系、文艺的人民性、普及与提高、政治标准与艺术标准等问题，都是对马克思主义文艺思想所进行的一种符合时代要求的阐释，是对马克思主义文艺学的极大丰富和发展。毛泽东这些基本的、带有指导性阐释色彩的文艺观念以及由此而建构起的那个带有中国特色的文艺思想体系，对后来中国马克思主义文艺学的建设和发展产生了重大影响。如果说《讲话》造成了

---

① ［美］梅纳德·索洛蒙《马克思和恩格斯的艺术观》（陈超南译，胡天惠校），见《现代外国哲学社会科学文摘》1981 年第 5 期。

马克思主义文艺思想在传播过程中一次具有关键性意义的、而且影响深远的本土化，那么稍后由周扬主编的小册子《马克思主义与文艺》则可以说是对马克思主义文艺思想所进行的一次通俗化的尝试。《马克思主义与文艺》成书于 1944 年，按"意识形态的文艺"、"文艺的特质"、"文艺与阶级"、"无产阶级文艺"、"作家、批评家"等五个专题辑录了马、恩、列、斯、毛以及鲁迅、高尔基、普列汉诺夫等人有关的论述。由于它以简明扼要的形式介绍了马克思主义文艺思想一些重要的观点和理论，便于学习和宣传，所以"刊印以来，流布极广，深受欢迎，对宣传马列主义文艺理论起了巨大的积极作用"。① 这部书可以说是我国最早的以体系的形式整理、辑录、介绍、阐释马克思主义文艺思想的理论著作。新中国建立后，我们引入了当时苏联的文艺学体系，将别林斯基、车尔尼雪夫斯基等人的俄国革命民主主义的文稿，马、恩关于文艺的一些观点和理论，列宁的文论，斯大林的一些观点与毛泽东的文艺思想结合起来，建构起一种比较完整的文艺学理论框架。较有代表性的著述有霍松林的《文艺学概论》（陕西人民出版社 1957 年版），钟子翱的《文艺学概论》（北京师大出版社 1957 年版），李树谦、李景隆的《文学概论》（吉林人民出版社 1957 年版），山东大学中文系编写的《文艺学新论》（山东人民出版社 1959 年版），以群主编的《文学的基本原理》（上海文艺出版社 1963 年 2 月版），蔡仪主编的《文学概论》（人民文学出版社 1979 年版），等等。

当然，阐释是历史性的，它不可避免地要受到阐释者所处

---

① 《马克思主义与文艺·出版说明》，见周扬编《马克思主义与文艺》前言，作家出版社 1984 年版。

的历史条件、革命形势等客观因素以及个人的学识、经历、认识水平、理论素养等主观因素的制约。一切阐释都不可能是对经典文本原封不动的描述。后人的任何转述、理解与释义，都只是一种改写，一种或多或少的误读。事实上，所有的阐释者总是从既定的、当时所面临的历史文化环境和艺术氛围出发，去接受马克思主义文艺遗产，他们总是倾向于选择并突出经典文本中与当时的现实状况紧密相关的问题，把这些内容根据当时的现实条件具体化，自觉不自觉地忽视或排斥了文本中与当时的现实缺乏紧密联系的部分。如上所述，20世纪40年代以后，我们逐渐建立起了自己的文艺理论体系。但是，正如新时期有的学者所指出的：由于在这个体系中，马克思、恩格斯、列宁、毛泽东等人的观点和理论占了相当显著的地位，所以一般人都把它等同于马克思主义文艺学的理论体系，认为这就是马克思主义文艺思想的全貌。但实际上，这个体系以《讲话》为基本框架，只是纳入了马、恩和列宁等人的一些重要的观点和理论，并没有把马克思主义的，特别是马克思、恩格斯的丰富深刻的文艺思想全部包容于其中。它大量介绍和阐释的只是恩格斯的现实主义文论，诸如"真实性"、"典型环境中的典型人物"、"莎士比亚化"、"席勒式"等等，而相对忽略了马克思的"艺术生产"等其他理论。长期以来，我国文艺界一直把恩格斯的现实主义文论视为马克思主义文艺思想唯一的正宗和主流话语形态，以至于形成一种"现实主义至上论"，其根源便在于这个体系。如果把恩格斯的文艺批评理论理解为马克思主义文艺学体系的全部，那就显然是一种误解和误导。因此，可以这样说，20世纪40年代以后我国所出现的文艺学体系只是一个经过简化和通俗化的马克思主义文艺思想体系，它在长期流传的过程中造成了一种把马克思主义文艺思想简单化，甚至于教条化、公式化的根深蒂固的负面影响。①

因此，有必要对以往的阐释加以总结和反思。事实上，随着形势的变化，精神文化需求的高涨，必然激发起作为精神活动最高层次的理论建设的热潮。在这个时候，过去那种把马克思主义文艺学体系简单化、浅显化甚至教条化的做法就必然会引起人们的怀疑和不满，激发起深刻反思与彻底变革的要求。如果没有一种内在的符合于马克思主义原典特点的解读和阐释的方法，是不能打开它的奥秘的。近百年来我们都在不断地学习、解读和阐释，但是我们却一直满足于那种"只见树木，不见森林"的学习方法，纠缠于单篇注释、个别观点，甚至于某些无足轻重的细节材料的繁琐考证之中，使我们的研究常常沦为对某些既定的原则、框架、观点的注疏或证明。在新时期有关这一问题的讨论中，有学者指出，以往阐释的误区主要表现在四个方面：（1）阐释的封闭化倾向。以往的阐释往往只是停留在几篇经典文献和几个熟知概念的注释上，没有立足于当代文化现状和文化语境；（2）阐释的政治化倾向。阐释的方向只是习惯性地沿着意识形态性、阶级性、斗争性、党性的单一政治维度滑行，并把所有解释都归结为是"坚持"还是"反对"的政治问题，动辄认为"两军对垒"，"社资之辩"根深蒂固，把文艺研究纳入政治轨道，形成了一种"非此即彼"、"彼必取而代之"的两极对立思维模式；（3）阐释的定型化倾向。习惯于把自己所理解的马克思主义遗产看作是唯一正确的理解和解

---

① 李益荪《阐释的遮蔽和去蔽的阐释——马克思主义文艺思想发展问题的反思和展望》，见《西南民族学院学报·哲学社会科学版》2001年第3期。

释，看作是马克思主义文艺学体系的唯一固定模式，认为对马克思主义文艺遗产的正确解释只能存在于自己一家一派；（4）阐释的非个性化倾向。由于忽视、甚至压抑个性而造成的非个性化现象，泯灭了解释者、研究者的独特见解。从对经典文献的概念、范畴的解释，到我们的文艺学的概念范畴、表述方式、行文风格直至整个理论框架结构，众多的研究者都往往极为相似，千人一面，千篇一律，研究者的个性色彩更多地消融在共性和相似之中。① 应该说这一分析是极为深刻的，对于我们建构新的马克思主义文艺学理论体系具有十分重要的启发意义。我们认为，以往的所谓马克思主义文艺学体系是在二元对立、主客二分思维模式主宰下产生的，它对马克思主义文艺理论经典的解读往往没有密切联系人的现实生存状况，相对忽视了人民群众丰富多彩的精神生活和审美需要，因此不可避免地具有时代的局限性。

从本质上讲，马克思主义是一种具有无限开放性和巨大包容性的理论学说。虽然马克思主义经典大师对文艺问题做出了许多基本的回答和探讨，但他们的论述多是原则性的，他们未给我们留下充分完善的理论体系，需要后人的进一步阐释和发挥，也正因为此，我们才有继续发展的可能和必要，我们才更不应该把自己封闭在以往的固定的主客二分、二元对立的思维模式中。也正是从这一意义上，马克思主义为我们开拓了通向真理的无限可能性。对此，卢卡契有一段非常精辟的论述：从某种意义上来讲，马克思主义美学、文艺学既存在又不存在。

---

① 代迅《如何建立、发展马克思主义文艺学》，见《文艺研究》1994 年第 2 期。

马克思主义美学、文艺学不存在于选本里，不存在于一两部著作中，而是在马克思主义的全部著作里。完整的马克思主义美学、文艺学体系要靠我们自己在头脑中去构造，而我们在头脑里构造出来的体系只不过是对实际存在的马克思主义美学、文艺学体系的一种表述。① 这告诉我们：构建新的马克思主义文艺学体系需要我们运用新的方法，从新的角度对马克思主义经典作家的有关论述不断进行新的阐释。

在新时期，有论者曾指出："经典作家要求我们的，绝不是要我们为他们的理论观点作注脚，或去寻找原始材料的依据，而是要应用辩证唯物主义和历史唯物主义的观点和方法去研究历史和现实中的问题，从中找出规律性的东西来。"② 也就是说，我们建构新体系不能只是对经典作家的基本文艺观点简单地作注脚，而应沿波讨源地回溯历史情境和回归文本语境，以获得特定叙述文字的意义指向和精辟所在，进而根据具体实践，站在时代的高度，不断地、创造性地进行新的解读、新的阐释和新的理解。因为，阐释"不仅是指新的错误源泉不断地被消除，以致真正的意义从一切混杂的东西被过滤出来，而且也指新的理解源泉不断产生，使得意想不到的意义关系展现出来"。③ 所以，从一定意义上说，在对马克思主义创始人文艺思想的理解过程中，任何对它的阐释和理解都是对这一历

---

① 参阅［匈］乔治·卢卡契《审美特性》第一卷（徐恒醇译）前言第5～6页，中国社会科学出版社1986年版。

② 刘梦溪《十二论马克思主义文艺学的发展问题——关于建立具有中国民族特色的文艺学理论体系》，见《文艺争鸣》1986年第1期。

③ ［德］伽达默尔《真理与方法》上卷（洪汉鼎译），上海译文出版社1992年版，第383页。

史的介入，受此历史的影响并汇入这一历史，都是对马克思主义文艺学体系的一种积极的建构。卢卡契也曾说过：论争不是为了努力维护马克思主义美学、文艺学体系的完整性，"论争的目的是对马克思的一种解释，一种说明，正像马克思所理解的理论那样"。① 阐释固然不可避免地要打上时代特色、客观条件及阐释者个人因素等印记，但这并不意味着它就可以和应该是任意的，无客观的标准和尺度可循。一个真正成功的阐释者必须花大功夫下大力气去切入和体验历史的情境，进入一种与历史神会意通的境界，唯其如此，才能最大限度地切近和再现那真实的历史。马、恩总是从现实的人出发去阐述他们的文艺思想。恩格斯在评论巴尔扎克、评论挪威文学时，甚至比法国人、挪威人还更了解他们的历史，还更能体验和把握他们民族的性格特征和深层心理、情感，因而也就总是能切中肯綮，抓住要害。因此，阐释的合理性在于：它应该始终关注人，关注人的现实生存，关注人的本质需求，应对文本的语境及文本自身的内涵、特征等有尽可能正确和准确的理解、把握。只有在这样的基础上，才谈得上在新的语境中对文本意义的开拓和扩展。阐释的意义和价值往往正是在于此，它使文本获得了新的生命，成为"说不尽的"，成为人类思想行进的轨迹。其实，对于马克思主义文艺学体系框架，我们应该采取一种总体性的、系统观的方法去探究、解读和阐释。在新时期马克思主义文艺学体系论争中，有论者指出，这个方法应有这样三个层次的内涵：一是要树立起马克思主义文艺思想乃是历史唯物主义

① ［匈］M. C. 卢卡奇《历史和阶级意识——马克思主义辩证法研究》序言（张西平译），重庆出版社1989年版，第48页。

总的思想体系中的子系统的观点，必须从上层建筑、意识形态和经济基础的结合之中去研究和分析它。第二个层次是坚持认为马克思和恩格斯这两位创始人，在原则上一致的文学观念的基础上，根据个人不同的理论兴趣，创立了内涵不同、理论走向和思路各异的理论体系。在晚年的几封关于文艺问题的重要书信中，恩格斯对典型、现实主义、文艺研究与批评的方法等问题提出了许多深刻的理论观点，建构起了一个以唯物史观为指导思想、极具精辟洞见和理论深度的现实主义文论体系。而作为一位卓越的经济学家和视野开阔、博大精深的思想家，马克思较多地注意、思考了社会生产、经济因素以及社会形态的变化发展等与艺术之间的内在的、复杂的联系，在《〈政治经济学批判〉导言》、《〈政治经济学批判〉序言》等著述中，一系列新颖独到的见解和观点构成了他的"艺术生产"理论的丰富内涵。所以，自马克思主义文艺思想诞生之日，就形成了两种不同的理论走向。一个是恩格斯的现实主义文论和批评的走向，它体现着深厚的文学素养和对西欧文论批评传统的深刻理解与自觉继承。另一个是马克思的"艺术生产"的理论思想和走向，它表现出一种对文艺随社会形态的转型而发生深刻变化的理论洞察力和预见性。其最大的特点是突破了文学的局限，从经济学、社会学、历史学等学科的更为开阔的、横向打通的视野上去观察和剖析文艺的变化和发展。第三个层次是对马克思主义文艺思想一个半世纪以来的发展历程，应该持一种"内在差异性"的看法。既然起点是同中有异，那么发展和延续也就必然会有差异。马克思主义文艺思想不是一个以其创始人的某些文艺观点和理论为既定的范围、框架和思路的，也不是单线承传延续的模式，而是一个以马、恩两人同中有异的理论体系分别为历史和逻辑起点的运动发展过程。它包含着诸多的不同质的阶段，有许多不同的分支系统、理论学说和实践的思路，并充满了种种的不同、差别，甚至于矛盾，是一个呈现出多元发展趋向的"有机全体"和动态模式。① 毫无疑问，这是一种基于多元并存、多元统一思维方式上的分析和论述，体现出对人的个体性和现实状况的关注，极具建设性和启发意义。

新时期以来，我国的马克思主义文艺学体系问题的论争和研究是深入扎实、成果丰硕的，堪称是我国文论界对马克思主义创始人的文艺思想进行全面阐释的一次大丰收。1980 年，中国艺术研究院创办了大型学术性论丛《马克思主义文艺理论研究》。1982 年，由全国马列文论学会主办的不定期的理论刊物《马列文论研究》又相继问世。这样，我们便有了专门研究马克思主义文艺思想的刊物，较之过去的几十年，这是令人振奋的巨大进步。1983 年，在纪念马克思逝世一百周年之际，由陆梅林先生辑注的两卷本《马克思恩格斯论文学与艺术》（人民文学出版社 1983 年版）、中国社会科学院文研所编辑的一卷本《列宁论文学与艺术》（人民文学出版社 1983 年版）先后出版发行。此外，杨炳以年代为线索编辑的约 64 万字的《马克思恩格斯论文艺和美学》（文化艺术出版社 1982 年版）上下两卷也同时出版发行。这几部书的出版，提供了关于马、恩、列的文艺思想的完整而系统的第一手文献资料，填补了半个多世纪以来我国马克思主义文艺思想研究中的重大空白，较之前苏联里夫希茨主编的那部享有世界声誉的《马克思恩格斯

① 李益荪《阐释的遮蔽和去蔽的阐释——马克思主义文艺思想发展问题的反思和展望》，见《西南民族学院学报·哲学社会科学版》2001 年第 3 期。

论艺术》，在内容辑录、分类编排上都有新的补充和发展。在专著方面，也可以说是琳琅满目，丰富多彩。有通史性质的《马克思恩格斯文艺思想初探》（陈辽著，四川人民出版社1983年5月版），有专题研究和探索性质的《马列文论百题》（全国马列文论学会主编，陕西人民出版社1982年版）、《马克思与美学问题》（董学文著，北京大学出版社1983年版《文艺美学丛书》），也有通论性质的旨在进行体系性把握和阐释的《马列文论导读》（陆贵山、周忠厚主编，作家出版社1991年版）、《马克思恩格斯文艺思想论稿》（李益荪著，四川大学出版社1991年版）、《马克思主义文艺美学基础》（赵宪章等著，南京大学出版社1992年版）、《马克思恩格斯艺术哲学》（狄其骢主编，山东文艺出版社1991年版），还有进行分支学科的专门研究的《马克思主义文艺社会学原理》（李益荪著，四川文艺出版社1992年版）、《马克思主义文艺批评学》（唐正序等著，四川人民出版社1999年版）。近年来又有一大批高质量的论著，如李衍柱等主编的《马克思主义文艺思想在中国的传播和发展》（广西师范大学出版社1995年版）、董学文主编的《文艺学当代形态论："有中国特色马克思主义文艺学"研究》（北京大学出版社1998年版）、王善忠主编的四卷本《马克思主义美学思想史》（中央编译出版社1999年版）、傅腾霄主编的《马列文论引论》（社会科学文献出版社1999年版）、陆贵山等主编的《马克思主义文艺学概论》（花山文艺出版社1999年版）、刘崇义的《文艺科学的一次辉煌的日出》（学林出版社2000年版）、董学文主编的《马克思主义文论教程》（广西师范大学出版社2002年版）、周忠厚等主编的《马克思主义文艺学思想发展史教程》（中国人民大学出版社2002年版）等陆续问世。上述论著，总的看来，都打破了原有的认识论格局，运用了许多新方法，提出了许多新观点、新见解，达到了前所未有的理论广度和深度。当然，在对马克思主义文艺思想体系的整体把握上以及个别、局部问题的认识和阐释上，上述编著并不完全一致，甚至有很大的差异和分歧。但这多元并列、百家争鸣的新格局的出现意味着一个新的时代的开始，意味着我们已经打开了一个无限广阔的马克思主义文艺学体系的阐释空间。

二、当代性与民族化的统一

其实，建构马克思主义文艺学新体系只强调其当代形态或只强调其中国特色，都有一定的偏颇。我们认为，新的马克思主义文艺学体系应该是既凸显当代性又具有民族特色的体系，换言之，当代性和民族化是建构马克思主义文艺学新体系的基本要求和基本目标，我们所要建构的马克思主义文艺学新体系是具有当代性和中国特色因而具有世界意义的、科学的马克思主义文艺学新体系。20 世纪 40～50 年代，我们就逐渐实现了马克思主义文艺学体系的中国化，那种文艺学体系在当时来说是基本适合时代要求的（因而站在那时的角度，可以说它具有当代性）。但是随着形势的发展变化，原来符合时代要求、具有"当代性"而又有中国本土特色的马克思主义文艺学体系，逐渐不再适合时代要求了，以现在的眼光来看也不具有"当代性"了——虽然它可能仍然具有"中国特色"。也正因为此，在新的世纪里，我们要努力建构符合 21 世纪时代要求又具有中国特色的马克思主义文艺学新体系。可见，"当代性"与"中国特色"都是开放的概念、发展的概念，二者是辩证的统一。新时期以来，曾经有学者提出过类似的主张，即建立既是当代形态的又具有民族形式的马克思主义文艺学新体系。陆贵山说的好：建设和发展马克思主义文艺学，必须解决两大问题，一是马克思主义文艺学体系的当代形态问题，一是马克思主义文艺学体系的中国特色问题。"这两大问题是相互联结的，既不能脱离中国特色追求当代形态，也不能脱离当代形态去追求中国特色。"① 对于马克思主义文艺学体系建构的当代性与民族化的关系，曾经有过这样的论述："马克思主义文艺学的当代形态和民族形式不是对立的，而是一致的……简言之，马克思主义文艺学的当代形态，内容是当代的马克思主义，是社会主义，形式则是民族的……其内容应有马克思主义文艺学基本原理的发展，某些新的基本原理的发明，若干具体结论的发展，具有新的构架，新的研究方法，在语言表述上也有新的变化，而内容应该是当代的马克思主义，是社会主义，但其形式又必须是民族的，着重研究和解决我国的文艺实际问题，新鲜活泼，为中国读者所喜闻乐见，有中国作风和中国气派，并很好地继承和发扬我国文论的优良传统。"② 但是，这种观点将马克思主义文艺学的新体系划分为内容和形式两个方面，简单地将当代性与民族性加在一起，依然没有摆脱二元对立传统思维模式的负面影响。我们主张建构的马克思主义文艺学新体系应该是在此基础上的进一步深入融合，当代性与民族特色应该水乳交融地、不可分割地交织在一起，共同形成新体系的显著

---

① 陆贵山《在斗争和实践中建设和发展马克思主义文艺理论》，见《文学评论》1991 年第 2 期。

② 陈辽《论马克思主义文艺学的当代形态和民族形式》，见《苏州大学学报》1988 年第 3 期。

特征。

建构马克思主义文艺学新体系必须寻求当代性与民族性的深度融合。世纪之交，中国社会、文化变革面临新的选择，即从原有的计划经济向社会主义市场经济转变。马克思主义文艺学体系的现代发展，同样面临这样的选择：不变革传统马克思主义文艺观念与理论范式，文艺和文艺理论的现代化就难以实现；而完全照搬西方马克思主义、西方现代主义和后现代主义的理论体系及其发展模式，又不符合中国社会、文化转型与发展的实际。人们正是从文艺探索和理论嬗变的实践中认识到，需要在对经典原著不断进行创造性阐释中，在不断超越传统文论体系、超越西方文艺与文论中找到建构马克思主义文艺学崭新体系的坐标。这个新坐标的选择，是自觉的现代意识与民族意识深度融合的产物。因为开放、对话与交往，已成为当今文艺学发展的必然趋势，任何体系学说，想在自我封闭中求得大发展是愈来愈不可能了。可以说，创建既有中国特色，又富于现代精神和学术个性及新观念、新范型与新话语的马克思主义文艺学体系，不但是历史发展的必然要求，也是新时期以来众多马克思主义文论家一直探索、追求的梦想和在未来一个世纪为之奋斗的目标。当然，这个目标的实现不是一蹴而就的，需要我们扎扎实实地做出具体的努力。

首先应把马克思主义文艺学当代形态问题提到人学的高度加以思考。人是马克思主义的核心问题，马克思早在《1844年经济学哲学手稿》中就提出了以"人"为中心、以人的"劳动"为主题、以"异化理论"为武器的文艺学新思路。在马克思看来，劳动创造了人，同时也创造了美；"劳动"是人类最基本的实践活动，因而也是文学艺术和美的源泉。但是，资本主义的"异化劳动"却使人成为"非人",于是,"劳动为富人生产了奇迹般的东西,但是为工人生产了赤贫。劳动创造了宫殿,但是给工人创造了贫民窟。劳动创造了美,但是使工人变成畸形"。① 这种强烈的社会批判精神是马克思文艺理论的基本品格,其中饱含着他对整个人类社会的深切忧虑。马克思、恩格斯始终将争取人类的全面解放,求得人的自由和全面发展的精神自觉地贯穿到自己的包括文学艺术在内的所有研究中。因此,我们认为把马克思主义文艺学当代形态问题提到人学的高度来思考是马克思主义学说的题中应有之意。

其次,以民族性求得世界意义。进入 20 世纪 90 年代,有论者曾经指出:"民族性不是狭隘的民族主义,不是让我们将自身牢牢地困囿于中国一隅,只看中国,不看世界。民族性的真正含义恰恰在于立足民族,放眼世界。因此民族性与世界性这一对范畴有内在联系。世界性以民族性为基础,民族性又须提升到世界性。"② 早在一百多年前,马克思主义创始人就断言,随着资本主义经济的发展,随着世界市场的形成,各民族的文学必将融合为一种"世界的文学"。③ 文学要有世界性,文艺学体系更要有世界性。在开放、交往的条件下,我们建构马克思主义文艺学新体系避免不了来自外国的冲击和影响,异质性的文论良莠杂糅,其中那些有意义的理论则可以激活我国传统马克思主义文艺学体系的变革、创新。但另一方面,借鉴

---

① 《马克思恩格斯全集》第 42 卷,人民出版社 1979 年版,第 93 页。

② 王汶成《方向、视野、原则——关于文艺学新体系建构的几个基本理论问题》,见《山东大学学报》(哲学社会科学版) 1995 年第 2 期。

③ 参阅《马克思恩格斯选集》第一卷,人民出版社 1972 年版,第 254～255 页。

与激活仍替代不了中国的马克思主义文艺学自身的创造，创新的根基毕竟脱离不了本民族的社会土壤与文化母体。因为，文学艺术作为一种负载人类文化精神的"人学"，总是与人的自我意识和人的生存发展需要血肉相连。但处于不同社会、历史语境的中西方文化，现代以来有关人的观念存在较大差异。因此，中国文艺学所凸显的"人学"特性与人文关怀的现代意蕴，就与西方文论存在着差异甚至冲突。但从我国现代化发展的前景来看，西方现代文艺所张扬的个体的自由创造精神以及文论中所包含的人的本体之思的现代审美意识，则是我国文艺与文论所缺乏的，因而是值得积极借鉴的。然而，现代审美意识的形成以及理论体系的世界意义的获得，又总是通过民族审美传统的自我调整与革新去实现的。中国文学的审美传统表现在许多方面，最主要的是追求内在美的审美心理，具有内涵丰盈的文化心态，因而超出了一般的审美享受，对人格精神的建构具有独特的价值。因此，如果我们能对传统审美意识中的封建性成分加以扬弃，注入现代以来形成的新人文理想，并使之与西方文学与文论的自由开放精神相结合，就有可能真正建构起当代有中国特色的马克思主义文艺学新体系，并使其在理论上具有更广泛的普适性和世界意义，为世界文艺理论的发展做出贡献。

再次，要实现马克思主义文艺学体系当代性与民族性的深度融合，关键仍在于从中国社会、文化的现代转型的实际出发，重构现代审美意识中的个体意识与社会群体意识、自我价值与社会、群体价值的关系及所隐含的民族文化特性。由于具有封建宗法群体特性的中国传统文化，长期以来忽视个体生命与价值，因此近代以降，特别是自"五四"新文化运动起，体现现代意识的新文学主张，始终以唤起人们的个体意识、解放和张扬个性为目标。因为不从人的解放入手，不关注人的现实生存，具有现代意识的文学与文论就难以建立。但是，中国社会、文化的现代转型，又显然有别于西方社会、文化的现代转型的独特性；个体意识的觉醒和个性的张扬必然导向对自身现实生存状况和生存环境的自觉关注，从而把个性解放与民族解放和以人民群众为主体的社会现代化的实践相结合。这个导向，既内含着对个体、自我的肯定，又可以在现实生活的变革中使个体、自我升华到一种崇高宽广的境界；既可避免个性解放向"自我中心主义"的极端倾斜，又引领着每个人的社会责任感和积极的人生追求。因此，如果我们确认文艺活动不是同人自身的解放和生存发展需求无关的话，那么，就可以肯定地说，在当今中国人争取自身解放、广大群众的科学精神和民主意识亟待提高之际，我们所要建构的马克思主义文艺学新体系的立足点，绝不能脱离人的现实境况而漂游得太远。马克思主义文艺学新体系的建构，既蕴含百年文论史的经验教训，又体现对新时期文艺变革的反思。新时期文艺变革从反叛"工具论"，摆脱"为政治服务"的束缚开始，愈来愈走向重视文艺自身的审美特性，而且作为对以往文艺偏向的一种反拨，又愈来愈向文学的审美自由一端倾斜，在取得文艺自身解放的同时，造成一些作家、学者的文艺探索有意无意地疏远社会，淡化现实，即便是对人本身的思考，也往往是对其原初意义或终极意义上的所谓"本体之思"，缺少对人的现实生存的忧患和对人的全面发展的关注，以致愈来愈忽视文艺的社会、文化特性，而追求空灵、淡远的意境，或荒诞离奇的艺术畸变。针对这种情况，马克思主义文艺学在反思中重新认识到，文艺并不全等于审美，并不只具有审美本质，它为人类文化的大系统所涵盖，内含诸如作家的社会责任感、现实忧患意识、历史使命感等其他成分，因而应当形成文艺审美与非审美的复合结构和动态、开放的系统。比如，文艺当然不能等同于哲学思考，但文艺的意义又不能不包含着对人的哲学沉思，而且这种思考还不仅仅是本体意义上的玄思，还需要充满人生的体悟，关注人的现实生存。同样，文艺不应是政治或道德说教的工具，但文艺又不可能摆脱现实的政治和道德的时代要求，当然这种政治道德要求不能是以往那种外在于主体需要的东西，而应当是与人的自我解放和文艺发展的内在要求相一致的。因此，马克思主义文艺学新体系的建构，应循着时代发展要求和文艺自身的规律去深化对文艺现代性与民族性的探索与开掘，才能充分体现它的当代性与中国特色。

第五章　多维的实践探索：
　　　　如何建构之争

　　普列汉诺夫和卢卡契是马克思主义文艺学发展史上较早的自觉建构马克思主义文艺学理论体系的理论家。普列汉诺夫不但在经济基础与上层建筑之间，发现了互相过渡的中介环节——心理结构，而且面对艺术起源的斯芬克斯之谜，做出了一元历史观的回答（艺术起源社会劳动说），极大地丰富了马克思主义文艺学理论体系。卢卡契曾经说过，早在 20 世纪 30 年代，他就产生了一个愿望，就是以他"所具有的文学、艺术及其它方面的知识这一长处去建立一个马克思主义美学体系"。[①]卢卡契以列宁的反映论为主要根据，结合亚里士多德的模仿说（尤其是"净化"范畴），作为建构马克思主义文艺学、美学体系的出发点。他提出用"劳动"范畴去建构他的伟大工程"社会存在本体论"。可以说，卢卡契所建构的文艺学、美学体系是由反映论和劳动实践（社会存在本体论）支撑起来的。虽然普、卢二人的体系建构还存有一些不足和缺陷，但是对于我们今天建构当代有中国特色的、科学的马克思主义文艺学体系是

---

　　① ［匈］M. C. 卢卡奇《新版序言（1967）》，见《历史和阶级意识——马克思主义辩证法研究》（张西平译），重庆出版社 1989 年版，第 43 页。

有积极借鉴意义的。因为要寻求建构新的体系框架，没有前人的或者"同向"与"异向"的理论参照系，是很难抓住关键的。

从 20 世纪 80 年代中后期开始，国内许多刊物都纷纷开辟了有关建设科学的马克思主义文艺学新体系的专栏，如"发展马克思主义文艺理论笔谈"（《文学评论》）、"建设有中国特色的马克思主义文艺理论"（《文艺理论与批评》）、"革新与发展马克思主义文艺学美学笔谈"（《天津社会科学》）、"关于马克思主义文艺理论的建设问题"（《文学评论》）等栏目，发表了一系列有分量、有见地的文章。1986 年 11 月在海口召开的全国高校首届文艺学会上，争论的一个中心议题是如何判断当前文艺理论的"走向和趋势"，进而思考和探讨怎样建设马克思主义文艺学的新体系和新形态。这说明，当代有中国特色的、科学的马克思主义文艺学新体系的建设已经提到了某些高校教师的科研日程。1990 年 11 月，《文艺研究》编辑部又召开了旨在"推进有中国特色的文艺理论建设"的座谈会，并于次年该刊第 1 期刊发了董学文等人的一组文章。接着，一大批相关的文章也纷纷出现于其他刊物。① 经过了对以往一些过时的观念的反思、清理和冲击，经过了西方各种文艺思潮和批评方法

---

① 如彭立勋的《意识形态论与审美论的统一——马克思主义文艺学体系建设的思考》（载《学术月刊》1992 年第 1 期）、董学文的《关于有中国特色马克思主义文艺理论研究的几个问题》（载《甘肃社会科学》1996 年第 1 期）、萧君和的《从〈资本论〉体系到新文学理论体系的构建——关于构建文学理论体系的再思考》（载《佛山科学技术学院学报·社会科学版》2000 年第 4 期）、谭好哲的《从历史与现实中寻求前行的动力》（载《河北学刊》2000 年第 3 期）、周忠厚的《关于建构有中国特色的马克思主义文艺学新体系中心范畴的思考》（载《马克思主义美学研究》第 5 辑）、劳承万的《当前文艺学理论研究中的几个问题》（载《学术月刊》2002 年第 4 期）等著述都对如何建构马克思主义文艺学新体系这一问题进行了有益的探讨。

的引进、洗礼，以及新名词的轰炸和炫目，人们终于开始真正思量起中国自己的马克思主义文艺学体系的具体建设问题了，开始由新时期早期的经典"重读"走向脚步更加沉实的新的体系框架的"建构"。自20世纪80年代后期，许多学者就已经开始了建构当代具有中国特色的马克思主义文艺学体系的努力，并且取得了可喜的成果，陆续出版了一批颇具新意的马克思主义文艺学专著和教材。这批专著和教材以崭新的面目与20世纪60年代乃至80年代的同类著作形成了鲜明的对照，预示着马克思主义文艺学将在更高的体系层面上有所突破和发生变革，从而开创出中国马克思主义文艺学的新境界和新天地。近年来出版的在这方面最具规模和代表性的著作，是朱立元的《思考与探索——关于当代马克思主义文艺学体系的建构》（上海社会科学院出版社1991年版）、童庆炳的《文学理论教程》（高等教育出版社1998年版）和吴中杰的《文艺学导论》（修订本，复旦大学出版社1998年版）。《思考与探索》一书前文已经论及，在此不再赘述。后两部书在1999年被列入教育部向全国高等学校重点推荐的教材，但它们并不是一般所谓的教科书性质的著作，而是颇具独创性的研究成果，具体显示了建构当代具有中国特色的马克思主义文艺理论体系的努力。大致说来，童庆炳的《文学理论教程》以马克思主义的文艺理论为立足点，广泛地吸纳西方各种文艺学说中的有价值的观点，对中国古代文论也有所撷取；吴中杰的《文艺学导论》则从马克思主义唯物史观的整体性出发，对马克思主义的文艺观进行了较深入的探索，并较多地用中国文艺和文艺理论的实例来加以阐明。早在1994年出版的陈传才、周文柏教授的《文学理论新编》（中国人民大学出版社1994年版）就已朝着这样的方向努力并做出了重要的贡献。这两部书则在已有的基础上，在建构具有中国特色的马克思主义文艺学体系方面又前进了一步，并为今后的工作提供了有益的、富于启发性的借鉴，所以是可喜的收获。除此以外，还出现了一批对马克思主义文艺学（美学）进行专题研究的著作，也都对当代具有中国特色的马克思主义文艺学体系的建构起了直接或间接的推进作用。其中既有单行的著作，也有丛书。具有代表性的是李衍柱主编的《文艺学范畴论》（山东文艺出版社 1996 年版）和赵宪章的《西方形式美学》（上海人民出版社 1996 年版）。前者试图系统梳理和论述马克思主义文艺学的范畴体系，也可说是国内第一部这样的著作；后者则是对西方形式美学的较为客观而具体的阐述。文艺的基本特征——审美功能是离不开艺术的形式的，所以，任何忽视艺术形式的文艺观点都是缺乏科学性的，我们所要建立的具有中国特色的马克思主义文艺学体系也不例外，必须吸收形式美学的积极成果。但由于"左"倾思想的干扰和前苏联的影响，中国文艺界的左翼自 20 世纪 20 年代开始就存在着忽视形式的倾向，以后愈演愈烈。在改革开放以后，这种情况虽有所好转，但并未根本改变。因此，《西方形式美学》关于形式美学的价值的阐述，对建设当代具有中国特色的马克思主义文艺学体系是具有积极意义的。另外，在论文方面，栾昌大的《背景、方法、框架》一文尤为引人注目，该文对未来马克思主义文艺学新体系的框架结构和具体表现形式进行了深入的探索和具有开拓性的设想。文章以主客体关系为中心线索，粗略地设想了一个"具有综合性的"、"不同于历史上任何时期的任何流派的体系"也"不同于传统的马克思主义文艺学体系"的新的马克思主义文艺学理论框架。① 该文共十一章,分上下两篇:(上)第一主客体关系——创作者与社会生活、与接受者;(下)第二主客体关系——接受与作品。具体的逻辑顺序是:从第一主客体关系到第二主客体关系,然后是两种关系的发展史。重点突出创作与欣赏这两个环节,使其成为新框架阐述的主要内容。而"其它关于文艺的历史起源、文艺批评的内容,暂不纳入新的体系"。②

尽管学术界对于马克思主义文艺学体系的一些具体问题仍然有不同的看法,但是经过深入的论争后,在建设什么样的马克思主义文艺学体系方面已初步达成了共识:构建当代有中国特色的、科学的马克思主义文艺学新体系已经成为大家共同追求的目标。但是如何实现这一目标,从什么角度入手,采取什么样的方法,具体走什么样的路子,则是更深层次的问题。对此,学术界多有争论,有着不同的看法和主张。

第一节　建构新体系的逻辑起点

人类思维发展的历史告诉我们,建构任何理论体系,都有一个定位问题,都必须首先找出其理论的前提和逻辑起点,否则就不能构成一个完整的体系。没有逻辑起点的理论框架只是一种外在的、杂乱无章的堆积。可以说,逻辑起点规定着整个的理论体系,寻找逻辑起点是建构新的文艺学理论体系的第一步。选择了正确的逻辑起点,就等于掌握了一把建立理论体系的金钥匙。因此,确立科学的理论前提和逻辑起点,是构建当

①②　栾昌大《背景、方法、框架》,见《文艺争鸣》1989 年第 5 期。

代有中国特色的马克思主义文艺学新体系的一项重要课题。

一般而言，理论体系的前提就是指建构理论体系的制高点、出发点和立足点。在新时期，有论者认为"元框架"论（"经济学——哲学——文艺学美学"三维一体结构）是建构马克思主义文艺学新体系的理论前提。[①]还有论者指出：建构当代马克思主义文艺学新体系的根本前提，"不是从马克思主义哲学回归到文艺学自身，而是从唯心主义和形而上学的思维复归到辩证唯物主义的思维，从对西方现代哲学的生吞活剥复归到对马克思主义哲学的重新学习与自觉掌握，坚持和发展马克思主义哲学的理论思维传统，登上当代马克思主义哲学的制高点"。而出发点则是文艺实践，"多年来，马克思主义文艺学体系的建构之所以成效不大，根本原因还是探索者们在不同程度上脱离了人类的一切文艺实践，违背了马克思主义的认识路线。其集中表现是：从既定的文艺观念、思想、精神出发，以此为本原去剪裁事实，文艺实践不过成了观念的摹写。比如，先将马克思主义经典作家关于文艺问题的言论分类编排，构成体系的框架，然后撷取文学史的事实去印证这些言论的正确性。这样的体系构成，在方法论上已经成为一些文艺理论研究者的思维定势。当他们不是坚持唯物主义的出发点而又企图重构新的体系时，必然摆脱不了已有框架的束缚，只能在章节编排上变变花样"，建构新的马克思主义文艺学体系还"必须立足于马克思主义经典作家关于文艺问题的基本理论"。[②]

---

① 劳承万《关于建设当代马克思主义文艺学、美学体系的逻辑起点问题》，见《雷州师专学报·社科版》1991年第1期。

② 邹贤敏《制高点·出发点·立足点——建构马克思主义文艺学体系的前提》，见《湖北大学学报·哲学社会科学版》1991年第6期。

不同的逻辑起点，会形成不同的体系结构。关于逻辑起点本身的特征，在新时期曾有学者指出："按照思维运动辩证法的要求，作为理论体系的逻辑起点应具备三个条件：一，它必须是研究对象最基本的本质规定；二，它以'胚芽'的形式包含着研究对象整个发展中的一切矛盾；三，它既是逻辑起点，也应该是对象发展和人们对它认识的历史起点。"① 有的论者主张从方法论角度出发，来寻找方法论、认识论与本体论三者的交叉点，以此确定逻辑起点，反对单从认识论、本体论角度寻找建构马克思主义文艺学新体系的逻辑起点。② 新时期以来，我国学者探索马克思主义文艺学新体系建构的逻辑起点一般都是以马克思的《资本论》为典型范例。马克思以"商品"为逻辑起点（"细胞"），建构了《资本论》体系大厦。马克思首先对商品进行了全面的考察，然后从中引发出逻辑起点的基本规定：简单性和可推演性。二者的运动则产生"先验"性的逻辑结构，因此马克思认为，这是政治经济学的一种"逻辑学"和"形而上学"。③ 当然，理论界对于建构当代有中国特色的马克思主义文艺学新体系的逻辑起点问题存在多种不同的看法，其中比较有代表性的观点有以下几种：

一是将"艺术掌握"作为建构马克思主义文艺学新体系的逻辑起点。陆梅林等学者认为：根据马克思的辩证逻辑思维的原理和活动学说，根据他关于人对世界的艺术掌握方式的论断

---

① 任仲伦《关于文艺理论体系化的方法思考》，见《上海师范学院学报》1984 年第 4 期。

② 劳承万《关于建设当代马克思主义文艺学、美学体系的逻辑起点问题》，见《雷州师专学报·社科版》1991 年第 1 期。

③ 《马克思恩格斯选集》第一卷，人民出版社 1972 年版，第 107 页。

和艺术生产过程的阐述，把建构马克思主义文艺学新体系的逻辑起点确定为"艺术掌握"这一文艺活动是适当的。因为"'艺术掌握'是一个含义广泛的概念，包括文艺活动的主客体、审美关系、审美过程、活动的手段、活动的结果等组成因素"，"无论是'掌握'还是'生产'，都是指的文艺活动，这是一种艺术地认识世界和以观念形式反映世界的精神活动，艺术地掌握世界包括全部文艺活动"，"'艺术掌握'是历史的社会文艺生活的起点，也是现实的社会文艺生活的开端"。因此，按照逻辑和历史本质上相一致的原则，建构马克思主义文艺学新体系的逻辑起点应该是"艺术掌握"。[①]

二是主张以"审美反映"作为建构马克思主义文艺学新体系的逻辑起点。有论者认为，马克思主义文艺学理论体系的逻辑起点应该从文艺的本质中寻找，而审美反映则是反映论和主体论的统一，展现了文艺的普遍本质。[②] 这种观点弥补了以往的单纯关注"反映"的不足，将"审美"与"反映"结合起来思考问题。但是从某种意义上讲，它仍然是二元对立思维模式支配下的产物，仍然具有机械的主客二分的痕迹，已经不能适应马克思主义指导下的多元并存、多元互补的时代形势的需要，所以近年来已经很少有人再坚持了。

三是以马克思主义的"创造"范畴作为逻辑起点来进行建构。理由是：第一，艺术是人的创造，但古今中外唯有马克思主义的社会实践本体论和社会实践认识论才使得艺术的创造得

[①] 参阅《〈马克思主义文艺学大辞典〉条目选登》，见《文艺理论与批评》1993 年第 3 期。

[②] 王元骧《就建构马克思主义文学理论体系问题谈三点意见》，见《理论与创作》1989 年第 4 期。

到了历史唯物主义和辩证唯物主义的科学解释；第二，以"创造"范畴作为逻辑起点可以比较好地改造我国现有的文艺学框架；第三，只有马克思主义的创造范畴才能使中国传统文艺学的特色扬长避短，真正实现扬弃。① 应该说，这一观点比较新颖，而且更重要的是它注意到了"人"这一文艺主体的能动性，具有一定的积极意义。

四是将"艺术生产"概念作为建构马克思主义文艺学新体系的逻辑起点。此种观点的理由在于：以"艺术生产"作为逻辑起点"符合马克思主义把人类活动看作一系列生产行为的思想体系"。"'艺术生产'是一个特殊的抽象"，"从这个规定出发，我们可以一步一步地按着历史的顺序和按着人类艺术活动规律本身的顺序，掌握各种艺术具体，并把它们当作一个个精神上的具体再现出来，可以把逻辑起点和历史起点统一起来"。② 持此观点者反对以"人"、以"艺术形象"、以"人与自然的联系"作为逻辑起点去建构马克思主义文艺学新的理论框架。③ 这种观点相对忽视了人，没有充分注意到真正关心人，促进人的全面发展，使人能够诗意栖居方是今后马克思主义文艺学发展的方向。当然，在坚持以"艺术生产"为逻辑起点的学者之间也存在一些分歧。劳承万主张只有在"生产—消费"系统中，紧紧抓住"'主观形式'的取向、发生"，才能找

① 张玉能《中国特色与文艺学的建构》，见《华中师范大学学报·哲社版》1993 年第 6 期。

② 董学文《走向当代形态的文艺学》，高等教育出版社 1989 年版，第 253～254 页。

③ 董学文《关于马克思恩格斯美学思想研究的几个问题》，见《文艺理论与批评》1987 年第 5 期。

寻到建构新的马克思主义文艺学体系的逻辑起点。① 但董学文对此持反对意见，他不同意"从已经复杂化的'关系'出发"和"从所谓'规律'出发"去寻找建构新体系的逻辑起点，反对将逻辑起点定位于"生产与消费的'互相创造关系中'"，认为"生产——消费"的相互关系只是从人的活动、人的艺术生产活动推演出来的，只是"抽象规定在思维行程中导致具体再现"的一个重要环节。② 后来，劳承万进一步修正了自己的观点，将"审美"引入这一问题的探索中，明确提出以"审美的主观形式"作为建构马克思主义文艺学新体系的逻辑起点。③还有论者针对过去以"文艺是什么"作为出发点的做法，提出以生产论的"人类为什么创造艺术"作为建构新的理论体系的逻辑起点，认为这样建构起来的体系"可以更好地贴近艺术本体"。④

五是主张以马克思的"实践"范畴作为建构新体系的逻辑起点。有论者指出：以"实践"范畴作为逻辑起点"意味着把包括自然、社会、人、科学、伦理、美在内的整个世界都看作一个系统——人通过社会性实践自我创造和自我实现的历史过程。以实践为起点，当然只能是人的历史"。⑤ 的确，马克思主义学说是实践的学说，"实践"是马克思主义学说中最基本、

---

① 劳承万《建立马克思主义文艺学的两个基本问题》，见《批评家》1987年第 3 期。

② 董学文《走向当代形态的文艺学》，高等教育出版社 1989 年版，第 268～269 页。

③ 劳承万《关于建设当代马克思主义文艺学、美学体系的逻辑起点问题》，见《雷州师专学报·社科版》1991 年第 1 期。

④ 何国瑞《马克思主义文艺学理论建设的方法论问题》，见《文学评论》1991年第 6 期。

⑤ 易中天《重新寻找文艺学体系的逻辑起点》，见《江汉论坛》1987 年第 3 期。

最基础的理论范畴。但是，"实践"毕竟是一个外延太大的范畴，它在逻辑上对主客二元进行了最高概括。即使仅就主体一端而言，它也几乎涵盖了主体的一切行为，而任何一种理论、学科与解释行为，在现实的环节上均无法有效地把握"实践"范畴的所有方面。如果将"实践"范畴作为建构马克思主义文艺学新体系的逻辑起点则有泛化的倾向。从一定意义上讲，"实践"范畴是整个马克思主义学说的逻辑起点，而非马克思主义某一分支学说的逻辑起点。

六是主张以"对文学作品的分析"作为建构新体系的逻辑起点。有学者指出："文学领域中的文学作品就相当于经济生活领域中的商品，因为两者都是各自领域中的普遍的存在"，"像马克思把分析商品放在《资本论》体系逻辑起点的位置上一样，我们把分析文学作品构成放在新的文学理论体系的逻辑起点位置上。由于文学作品像商品一样是'普遍的存在'，是物质性的东西，我们这样做便在确定文学理论体系逻辑起点的问题上，摆脱了唯心主义之嫌而坚持了唯物主义原则"。而且"以分析文学作品的构成为逻辑起点，在具体操作时，先以具体的文学作品为例子，分析文学作品的构成，再从对文学作品构成的分析引出对文学意象的把握，进而逐步引出或把握整个文学理论体系。这种方法符合人的从感性认识到理性认识，从具体到抽象的认识发展规律，因而容易被学生们接受、掌握。这么一来，我们的这个文学理论体系就容易与文学理论的教学实践相吻合、相结合了。这也就意味着：弥补了与教学实践不怎么吻合的缺陷"。总之，"只有以分析文学作品为逻辑起点，才能构建出一个唯物的科学的文学理论体系"。①

马克思在《资本论》的开篇处说："资本主义生产方式占统治地位的社会的财富，表现为'庞大的商品堆积'，单个的商品表现为这种财富的元素形式。因此，我们的研究就从分析商品开始。"② 马克思的话表明，《资本论》体系或马克思通过《资本论》所展示的"一般劳动过程范畴体系"是以包含着资本主义社会一切矛盾的萌芽的商品作为逻辑起点的。这启示我们，以包含一切矛盾之萌芽的因素作为起点的研究，才是科学的、唯物主义的理论研究。同样道理，建构当代有中国特色的、科学的马克思主义文艺学新体系，也应该以文艺领域中包含一切矛盾之萌芽的因素作为逻辑起点。马克思反对从某种固定不变的实体和属性中去寻求人的抽象本质的思维方式，而主张从人的活动及其方式的动态变化中去探讨人的现实本质。例如他指出："吃、喝、性行为等等，固然也是真正的人的机能。但是，如果使这些机能脱离人的其他活动，并使它们成为最后的和唯一的终极目的，那么，在这种抽象中，它们就是动物的机能。"③ 恩格斯曾说过："历史从哪里开始，思想进程也应当从哪里开始，而思想进程的进一步发展不过是历史过程在抽象的、理论上前后一贯的形式上的反映。"④ 历史起点处的事物往往是事物逻辑序列中深刻蕴含着以后事物发展的一切基本矛

---

① 萧君和《从〈资本论〉体系到新文学理论体系的构建——关于构建文学理论体系的再思考》，见《佛山科学技术学院学报》（社会科学版）2000 年第 4 期。

② 《马克思恩格斯选集》第二卷，人民出版社 1995 年版，第 114 页。

③ 《马克思恩格斯全集》第 42 卷，人民出版社 1979 年版，第 94 页。

④ 《马克思恩格斯选集》第二卷，人民出版社 1972 年版，第 122 页。

盾在内的最基本的因素。文学艺术领域中处于历史起点处、蕴含着以后事物发展的一切基本矛盾之萌芽的因素是什么呢？是审美活动。审美活动是艺术领域内最基本的实践活动之一。一切文学艺术实践都离不开审美活动，都是从审美活动开始的。马克思把包括文学艺术在内的人的实践称之为"自由的自觉的活动"。① 在这个自由自觉的生命活动中，人能够超越"直接的肉体需要的支配"而"再生产整个自然界"，② 即按照审美的态度来生产；能够在生产中不仅掌握"任何一个种的尺度"，而且"懂得怎样处处都把内在的尺度运用到对象上去"，③ 即按照美的规律来生产；还能够"自由地对待自己的产品"，④ 即在生产过程中对自己的创造对象进行审美观照并获得美感。从这个意义上讲，作为文学艺术领域内最主要的实践形式——审美活动，是人的一种真正合乎人性的存在方式。审美活动与人的存在密切相关，人的存在只有通过审美活动才能够更好地、更完整地得到显现，审美活动也只有从人的现实存在这一角度来理解才有意义。所以，建构马克思主义文艺学新体系的逻辑起点应该是"审美活动"。以往的以"模仿说"、"再现论"、"表现论"、"反映论"等为核心建构起来的文艺学体系，存在着这样那样的不足，其中最大的缺陷就是将其体系建立在主客二分、二元对立的思维模式基础上，立足于主客对立状态下主体对客体的投射与征服改造，它所包含的片面的主观性倾向、人类中心论倾向以及忽视人的现实生存的倾向，与

---

① 《马克思恩格斯全集》第 42 卷，人民出版社 1979 年版，第 96 页。
②③④ 《马克思恩格斯全集》第 42 卷，人民出版社 1979 年版，第 97 页。

马克思主义实践存在论相左，也恰恰是当代哲学、当代美学和文艺学所不能赞同的。而以"审美活动"作为建构马克思主义文艺学新体系的逻辑起点，考察的重点不再是艺术如何反映了现实，而是在审美活动中如何显现了存在；不再是艺术反映世界如何可能，而是在审美活动中人的存在如何可能。这就超越了从主客二元对立的关系中理解艺术和审美，在实践基础上把认识论与存在论较好地融合在了一起，吻合了文学艺术活动是人的一种特殊生命存在方式的观点，符合实践存在论的精神内核。

当然，关于建构马克思主义文艺学新体系的逻辑起点问题，学术界还有其他多种不同的看法，比如有论者主张以马克思主义"人学"理论作为建构新体系的逻辑起点，还有的主张以意识形态论、精神价值关系、审美价值等为逻辑起点。[①] 由于持有或赞同这些观点和看法的人比较少，其影响也较小，所以在此不再赘述，但是它们却都是有价值的，都是对建构马克思主义文艺学新体系的有益探索。总之，新时期以来，理论界对于建构当代有中国特色的马克思主义文艺学新体系的逻辑起点问题虽然有着多种不同的看法，但是在众说纷纭中却渗透着一个共同的思想，即人们已经不满足于静止地固守传统的、单一的认识论，而要从世界文艺和我国当代文艺实践入手，多层次、多侧面、多角度地寻求动态的理论体系的逻辑起点，以使马克思主义文艺学不断向前发展。

---

① 王元骧《对于推进马克思主义文艺学在当代发展的思考》，见《社会科学战线》1997 年第 5 期。

第二节　建构新体系的方法论

　　方法不仅关系到马克思主义文艺学整个体系的品格和走向，而且关系到马克思主义文艺观念的更新与发展。所以，建构当代有中国特色的、科学的马克思主义文艺学新体系的方法论问题自然就成为新时期中国学人们所关注的一个重要课题。

一、创新的关键：新体系的建构与现代化的研究方法和手段

　　方法手段的多元化是文艺学现代化的必然要求，马克思主义文艺学也不例外。对于建构马克思主义文艺学新体系的方法和手段，新时期以来文艺理论工作者进行了深入探讨和研究。

　　有论者具体分析了以往马克思主义文艺学学科体系建设的不足之处："长期以来，我们已经习惯于从马克思主义经典作家那里照搬世界观、历史观和方法论的原则或者从经典作家著作中寻找有关文艺学和美学问题的一鳞半爪的论述"，"教条主义和经院式的研究方法使许多文艺学工作者日益成为了失去创造性的头脑简单的阐释者，这使文艺学学科建设缺乏一个坚实的基础，也使文艺批评无力承担把握、批评、指导具体的文艺事实的责任，甚至于高举教条主义的原则和武器，粗暴地损害文艺活动的生机和活力，使文艺学的声誉一蹶不振。"① 应该说这一剖析是极为深刻和尖锐的。

　　在具体方法上，大部分论者都主张运用逻辑与历史相统一

────────────

　　① 谭运长《关于文艺批评标准及与此有关的文艺学学科建设问题》，见《文艺理论研究》1997 年第 6 期。

的方法来建构马克思主义文艺学新体系。董学文指出：建设马克思主义文艺学新形态，"要采取马克思主义的态度和方法：历史和逻辑的统一，从抽象发展到具体，全面地批判继承"。[①]后来他又进一步做了详细的论述："第一，要体现历史和逻辑的统一，用唯物史观来剖析人类文学艺术从产生直至社会主义、共产主义社会的发展规律"，"第二，要反映出概念、范畴、系列之间的内部有机联系，坚持'从最简单的关系进到比较复杂的关系'，坚持'逻辑的方式是惟一适用的方式'"，"第三，要符合'从抽象上升到具体'的辩证的叙述方法。体系建设要从最稀薄、最简单的规定出发，而不能从实在而具体的混沌表象出发"。[②] 王元骧也强调指出，应该在人文的和科学的、历史的与逻辑的和理解的与解释的两种方法的统一中，来探寻独特的建构方法。[③]

我们认为，中国文艺学理论体系的未来建构，关键是要找准古代文论现代转换的"切入点"，当代文论建设的"立足点"，西方文论和马克思主义文论中国化的"契合点"，熔铸古今、汇通中西的理论"结合部"和新世纪有中国特色的文艺理论的学术"生长点"。"熔铸古今、汇通中西"、"综合创新"等历史经验都是值得我们认真寻味和铭记在心的。具体来说，需要关注以下几方面的问题：

---

① 董学文《建设马克思主义文艺学的当代形态》，见《文艺报》1987 年 4 月 4 日第 3 版。

② 董学文《马克思主义文论教程》，广西师范大学出版社 2002 年版，第 62～63 页。

③ 王元骧《对于推进马克思主义文艺学在当代发展的思考》，见《社会科学战线》1997 年第 5 期。

　　建构当代有中国特色的马克思主义文艺学新体系，应该细致分析各种不同的方法，努力在文艺研究的当代水平上，博采众家之长，形成多学科综合性方法，对文艺活动进行多维的、多学科的、整体性的研究。这是由文艺活动这一研究对象的性质决定的。文艺活动作为人的一种特殊活动是极其复杂的。从内部结构看，文艺活动由不同的结构层面和结构要素所构成，并且，要素与要素之间、层面与层面之间还有并非单一的功能关系。从外部看，文艺活动同人类的其他活动存在着互相间接的关系。从动态过程看，文艺活动在各种因素交织成的一种合力的推动下，始终处在不断发展演变的过程中，在不同的历史阶段往往呈现不同的特点。正如卡冈所指出的："不管怎样，现在已经完全可以明晰地断言，艺术活动是复杂的多层次系统，因此对它的研究不仅允许，而且无可争议地要求一系列科学的努力"。① 可见，研究复杂的文艺活动，既要把握纵向的联系，又要把握横向的展开；既要进行微观探索，又要进行宏观考察；既要进行经验的描述，又要进行理性的阐释，这就不能不采用多学科综合性方法。首先，从"非此即彼"的二元对立的思维模式中跳出来，对文艺活动进行多维考察。长期以来，我们对马克思主义文艺学体系的研究，总是跳不出唯物与唯心、资产阶级与无产阶级这样一些对立的思维模式，非此即彼的极端性判断相当普遍，这在新时期以来有关马克思主义文艺学体系的前期论争中表现得也十分明显。世界上的事物是复杂的，既有"非此即彼"的现象，也有"亦此亦彼"的现象，

---

　　① ［苏］莫伊谢依·萨莫伊洛维奇·卡冈《美学和系统方法》（凌继尧译），中国文联出版公司 1985 年版，第 72 页。

具有多元性，还是恩格斯说得好："辩证法不知道什么绝对分明的和固定不变的界限，不知道什么无条件的普遍有效的'非此即彼！'，它使固定的形而上学的差异互相过渡，除了'非此即彼！'，又在适当的地方承认'亦此亦彼！'，并且使对立互为中介。"① 其次，从社会学这一单一的学科模式中跳出来，对文艺活动进行多学科研究。主体的文艺活动作为物质性实践活动、精神活动和心理活动，存在着多层次的规定和内容。从根本上讲，它是人追求自由、憧憬幸福的一种生命活动，具有人类的本质属性；然而它又是在一定社会历史条件下进行的，具有社会历史性；它必须以语言为媒介，以审美为过程，通过个体心理来实现。这就决定了必须跳出社会学的单一模式，运用哲学人类学、社会历史学、心理学、美学、结构主义符号学等多学科的方法，对文艺活动进行综合性的研究。正如新时期有的论者所说：系统科学方法、文艺心理学等方法对于建构当代科学的、具有中国特色的马克思主义文艺学新体系具有重要作用和意义，它们"有助于从整体上对文艺现象的把握，加强马克思主义理论的体系感"，"可以促使对文艺规律的揭示向纵深发展，使马克思主义文艺理论在具体层次上更系列化、有序化"，"能推动对文艺事业的管理实现科学化，建立和发展马克思主义的文艺管理学"，"有助于给马克思主义文艺理论和唯物主义辩证法的发展提炼新的范畴"。② 再次，从稳定性的专题研究的模式中跳出来，对文艺活动进行整体性思考。传统的马

---

① 《马克思恩格斯选集》第三卷，人民出版社1972年版，第535页。
② 李准、丁振海《马克思主义和文艺理论新方法的探索》，见《光明日报》1985年10月31日第3版。

克思主义文艺学体系已经形成了一种具有稳态性的专题理论框架，这种专题结构具有一定的可调节性。但每一专题的基本内容却往往是相对独立、相对封闭的。这种稳态性的专题研究模式久而久之使研究者的思维形成了一种较强的同化定势，对什么问题都习惯于纳入既定的专题去思考，使思维的求异特性和灵活性逐渐丧失。因此，如果需要，其专题序列可以重新调整。建构当代有中国特色的马克思主义文艺学新体系，从具体的操作层面上，我们并不简单地否定"专题"的形式，而是反对把"专题"稳态化。要求从文艺活动的自然序列出发，从文艺活动的整体性方面考虑，把理论展开的过程与文艺活动的过程协调起来，从而使理论论述和论证更富有生气，并创造理论与实践在思维展开中易于取得统一的条件。

　　建构当代有中国特色的、科学的马克思主义文艺学新体系，有一种方法应该引起我们的重视，那就是美国著名新自然主义美学家托马斯·门罗所提出的美学、文艺学研究的"中间道路"。门罗力图把各种基本倾向不同甚至完全对立的哲学调和、综合在一起，超越唯物主义与唯心主义的二元对立，将人的现实存在作为思考问题的独特视角和美学研究的切入点。他指出："自然主义的美学迫切需要澄清它自己在一个严格的哲学体系中所处的地位。它是灵活多变的，在某种程度上说来，它可以和形而上学、伦理学和认识论中的许多与之对立的学说达到一致。"他还主张，美学研究的方法应该"尊重感性材料……也尊重感觉生活、身体的欲望和情感"。① 具体来说，一

---

　　① ［美］托马斯·门罗《走向科学的美学》（石天曙、藤守尧译），中国文联出版公司 1984 年版，第 165 页。

方面，"它是与超自然主义、先验论、神秘主义、泛神论、形而上学的唯心主义或二元论相对立的"；① 另一方面，"它是和自文艺复兴以来西方文明的一般倾向相一致的，即主张人们应该把注意力由那个假设中的另外一个世界的事物转向本世界中那些以物质自然为基础的事物"。② 因此从某种程度上可以说，门罗主张的是一种综合的方法（当然还有其他特色）。而所谓"中间道路"，就是既不走西方传统文艺学、美学"自上而下"的道路，也不走西方现代文艺学、现代心理学美学"自下而上"的道路，而要走一条广义的实验美学的道路。他力主"有活力的自然主义"应该走作为传统的二元论或唯心主义和其他极端方法之间的"中间道路"。③ 这条道路运用的方法是经验描述的方法，是一种"永远是尝试性的和不带成见的方法"，④即对事实进行不带任何先入之见的观察和体验，然后将这种个人的内省经验客观地、不偏不倚地"描述"出来。这种方法不排斥哲学思辨，但主要不是哲学思辨，并不受哲学思辨的控制，摈弃"仅仅作为一种知识而存在"⑤ 的传统信条，从而使得文艺学、美学朝着具体的、经验的、描述的研究方法发展。它承认心理学在研究文艺学、美学方面的作用，但不追求自然

---

① 〔美〕托马斯·门罗《走向科学的美学》（石天曙、藤守尧译），中国文联出版公司 1984 年版，第 163～164 页。

② 〔美〕托马斯·门罗《走向科学的美学》（石天曙、藤守尧译），中国文联出版公司 1984 年版，第 164 页。

③ 〔美〕托马斯·门罗《走向科学的美学》（石天曙、藤守尧译），中国文联出版公司 1984 年版，第 166 页。

④ 〔美〕托马斯·门罗《走向科学的美学》（石天曙、藤守尧译），中国文联出版公司 1984 年版，第 6 页。

⑤ 〔美〕托马斯·门罗《走向科学的美学》（石天曙、藤守尧译），中国文联出版公司 1984 年版，第 23 页。

科学的准确度。这种方法论的变化，导致了文艺学、美学理论体系框架的巨大变革。对此，有学者曾做过细致的分析：原来按照"自上而下"的方法建立的文艺学、美学理论体系，侧重回答本体论问题，即什么是美，什么是艺术，艺术的本质是什么等。按照"自下而上"的心理实验方法建构文艺学、美学理论体系，则主要是对测定的审美心理反应的事实进行归纳概括，诸如什么样的线条、颜色、音响及其组合能引起什么样的心理反应等等。门罗则提出了独具特色的体系框架：审美（文艺）形态学、审美（文艺）心理学和审美（文艺）价值学。不是首先回答什么是美，什么是艺术，而是首先对文艺的存在形态进行研究，这很有启发性。以往的文艺学体系框架存在一个明显的弊病，就是理论家们的主要兴趣被对文艺的本质的思辨占据着，而对千变万化的具体文艺现象却无系统的具体分析，往往说不清各具体艺术部类的特点及其差别。于是，流行的一些关于艺术的定义，往往就具有明显的片面性。所谓文艺是生活的形象反映，是情感的表现，是审美意识物化的形式等等，都不能将实际存在的五花八门的艺术现象概括无遗。如果先把文艺具体存在的形态弄清楚，怎样给艺术下定义，或能否给艺术下定义，也就会清楚了。在这种情况下，即使未给艺术下定义，实际上对艺术的了解与感受也大大加强了。① 其实，针对特殊的对象就要有特殊的方法，研究文学艺术就要有研究文学艺术的特殊方法。简单地套用哲学方法，硬性移植自然科学方法，都不会得出真正合理的结论，也不会建构起科学的理论体系。须知，研究理论的方法不能顶替叙述理论成果的方法，马

---

① 栾昌大《文艺学体系变革论纲》，见《文艺理论与批评》1987 年第 1 期。

克思就曾明确指出："在形式上，叙述方法必须与研究方法不同。"① 在艺术理论发展史上，从一个基本原理去演绎整个理论体系，或者把整个学说体系建立在简单的枚举归纳的基础上等等，都时有所见。由此引起了文艺理论对美与艺术规律的规范性与描述性关系的长期纠缠不休的争论。现代科学对演绎这种传统的理论建构的逻辑方法本身的批判性反思使得描述性方法在文艺理论体系建构中开始受到越来越多的人的重视。其实，艺术不同于认识，认识的成果通常以概念、判断、推理以及构成命题的体系来进行表达，而艺术重在审美和情感，重在理解和阐释，而审美、情感、理解和阐释则都离不开个体的感受、体验和领悟，不是一些抽象的概念、范畴所能概括和表达的，因而不可能完全排除经验的描述。总之，门罗的方法还是比较切合文艺实际的，对于建构当代有中国特色的马克思主义文艺学新体系极具启发意义。而且，门罗提出的体系框架也完全可以作为马克思主义文艺学新体系框架的重要参照。

二、理论的生长点：新体系的建构与文艺实践

理论是实践经验的总结，没有实践就没有理论。中国古代文论和西方文论是我们的先人和外国人从他们彼时彼地的文艺实践中概括出来的，可以作为我们从此时此地所把握的文艺实践中抽象出理论时的借鉴，但无论如何不能代替自己的创造。谭好哲先生曾对 20 世纪 80 年代以来在马克思主义文艺学新体系建构问题的研讨中，人们只是较多地关注体系建构的逻辑起

---

① 马克思《〈资本论〉第一卷第二版跋》，见《马克思恩格斯选集》第二卷，人民出版社 1972 年版，第 217 页。

点和理论出发点而相对忽略理论生长点和现实语境的做法进行了批评，并且指出，马克思主义文艺学体系的建构不能脱离理论赖以发展的现实语境，尤其是具体的文艺实践，必须以之为立足点和理论生长点。①

马克思主义的生命力在于与实践相结合，只有在现实生活中不断总结和汲取新的实践经验，马克思主义才能丰富，才能发展。同样，马克思主义文艺学在中国要得到丰富和发展，就必须与中国的文艺实践相结合，在指导和总结中国现当代文艺实践中形成中国特色，蕴涵鲜明的时代性。众所周知，马克思主义创始人当时主要是以 19 世纪以前外国的文艺实践为依据来论述文艺问题、揭示文艺规律的，而且没有、也不可能论述到文艺的所有问题，揭示出文艺的所有规律。而马克思主义文艺学体系则是随着文艺实践的丰富而丰富，随着新经验的总结而充实，因此它的发展又是无限的，永无止境的。可是以往人们常常认为，只有马克思主义经典作家或无产阶级领袖人物对于文艺问题的论述才是马克思主义文论，而没有把其他用马克思主义立场、观点、方法评析文艺现象、总结文艺经验、揭示文艺规律的学说，归入马克思主义文艺学体系当中，对于那些对马克思主义经典作家的理论观点进行新的阐释和发挥的理论观点更是排除在马克思主义文艺学体系之外。结果我们的许多文艺理论教材，只将马克思、恩格斯和无产阶级领袖人物阐述文艺问题的言论连缀贯串，构成框架，分类铺叙，衍为成章，将不见经传的新经验、新认识摈斥在外。这似乎是捍卫了马克

---

① 参阅谭好哲《从历史与现实中寻求前行的动力》，见《河北学刊》2000 年第 3 期。

思主义文艺学体系的纯洁性、经典性、权威性，而实际上是阻碍了马克思主义文艺学体系的进一步充实和完善。所以，20世纪80年代中后期曾有学者指出：新时期以来，我们面临着建设现代化的具有中国特色的马克思主义文艺学体系的艰巨任务，虽然我们在"这方面作过种种努力，取得过一定成绩，但回顾一下过来的历程，总觉得徘徊多于前进"，其中一个主要原因就是我们在构建马克思主义文艺学体系时"没有立足于中国文学实践"。①

事实上，马克思主义文艺学理论体系的建构问题不仅是一个单纯的理论问题，也是一个实践问题，只有将这一问题置入马克思主义实践观的视野里才能加以正确解决。离开了常青的、鲜活的、永远奔流不息的文艺实践，来抽象地谈论和争辩马克思主义文艺学的意义框架和理论模式，来讨论不同的建构方式和途径，就成了一个纯粹经院哲学性质的问题。有论者说得好："从根本上说，理论的价值与生命在于它跟文艺实践的互动性关联，它来自于实践，又作用于实践，呼应、调适着时代的审美需求，又改造、提升着时代的审美需求。马克思主义文艺理论不能绝缘于时代的文艺实践和审美需求。"② 因此，要建构当代有中国特色的马克思主义文艺学新体系，不能从某些业已定型化的理解出发，而必须以中外文艺实践特别是中国文艺实践为出发点。要着眼于中国的文艺现象和文艺经验，使体系的内容和形式都具有中国特色；必须花大气力，重新研究

---

① 叶易《立足当代，统摄古今——关于中国马克思主义文学理论中国化、现代化的随想》，见《文艺报》1987年6月13日第3版。

② 谭好哲《从历史与现实中寻求前行的动力》，见《河北学刊》2000年第3期。

社会历史、文化史、文学史、艺术史，更新我们的历史和文学史、艺术史的观念和知识。不能像过去那样用历史唯物主义的套语来把自己相当贫乏的文学史、艺术史知识"尽速构成体系"；① 坚持"思维与对象的一致"② 的原则，来不断地调整、检验、再调整、再检验我们所建构的理论体系，以是否有利于解放文艺生产力，是否有利于促进当今中国文艺创作的繁荣和发展为标准，始终保持理论体系建构的现实性力量和阐释的此岸性，使之在与现实文艺生活的交流与融合中，不断注入新的源头活水，不断溶入我们的文艺传统和民族特色，从而最终使其成为一种不断自我更新、自我转换的开放型的创造性的理论体系。

三、理论资源：新体系的建构与传统文艺学遗产和西方文艺思想

建构当代有中国特色的马克思主义文艺学体系必须面对的一个重要问题，就是如何正确运用各种理论资源以不断丰富和完善新的理论结构框架，具体而言就是如何对待中国传统文艺学遗产和西方文艺思想。对此，新时期以来，学术界主要出现了两种截然不同的理论观点。一种观点主张以中国传统文化精神为基础，全面继承和发扬传统文艺学遗产，将中国传统文论作为建构马克思主义文艺学新体系最主要的理论资源，以中国传统文论中的"意象"、"意境"、"气"、"空"、"无"、"比兴"等概念范畴作为新体系的核心概念。有论者指出，建构马克思

---

① 《马克思恩格斯选集》第四卷，人民出版社 1972 年版，第 475 页。
② ［德］黑格尔《逻辑学》（上卷），商务印书馆 1981 年版，第 25 页。

主义文艺学新体系必须实现马克思主义文论与中国古代文论的沟通契合。具体来看，马克思主义文艺学与中国古代文论的沟通融合之处主要体现在三个方面：一是二者体现了对人的关注，二是二者在思维方式上具有相同的和可供彼此借鉴之处，三是二者的理论范畴可以起到互补的作用。① 另一种观点主张以西方文艺思想作为最主要的理论资源，以西方的逻辑思维方式和严密的概念范畴来建构严整的马克思主义文艺学的体系构架，这以刘小波、苏晓康等青年学者为代表。到 20 世纪 90 年代末，人们关于传统文论与西方文论对于建构当代有中国特色的马克思主义文艺学新体系的重要性的认识趋于成熟，提倡辩证的考察，主张二者的有机结合，呼吁改变过去那种中国传统文论研究与西方文论研究各搞一套的做法。②

一个有活力的文艺理论体系，必然是一个开放的体系。我们所要构建的当代有中国特色的马克思主义文艺学新体系就是一个开放的体系，它必然尽可能多地吸收借鉴各种有益的理论资源以使自身不断得到丰富和完善。

（一）继承和发扬中国传统文艺学遗产。建设有中国特色的马克思主义文艺学当代体系，这在学术界已经达成了共识，这也是历史赋予文艺理论工作者的庄严使命。马克思主义文艺学体系的中国化，不仅是一个理论的表达形式问题，而且还是深入到内质的民族化问题。一种观点是：马克思主义文艺学体系的中国化，重在理论根基的民族化。有论者指出，建设有中

---

① 毛宣国《中国当代文艺理论建构的重要选择》，见《文艺研究》1998 年第 6 期。

② 参阅代迅《从西化到传统：七十年代末以来中国文论发展走向》，见《文艺评论》1998 年第 5 期。

国特色的现代文艺学新体系，首先是为体系建设提供一个坚实的理论根基，而这根基就来自中国传统文论，同时这个根基又不是传统文论体系的简单照搬，而是经现代意识审视、改造了的产物。在此意义上说，传统是发展了的传统，当代是与传统相承续的当代，如此，我们就不会在立足点问题上左右为难，进退失据，游移于传统与当代之间。① 另一种观点是：马克思主义文艺学体系的中国化，重在文化内涵的中国化。有相当一部分学者反对那种满足于在外国搬来的理论框架中填塞一些中国古文论的范畴概念，或以中国传统文论为纲却抛去它们原有的理论内涵而强按西方文艺观阐发的做法。他们认为，马克思主义文艺学体系的中国化，"应该从中华民族的民族性，从中国文化的整体着眼，切实地对中国的文艺现象、文艺经验、审美心理、思维模式等方面，给以马克思主义的总结和阐述"。只有这样构建的马克思主义文艺学体系，才会具有中国特色。② 这两种观点实际上都是在强调马克思主义文艺学新体系必须突出中国化，而中国化的实质则是一种理论根基、文化内涵的中国化。

既然是中国特色，那么有一个问题无可回避，即必须面对中华民族的传统文化尤其是传统文论。孔、孟和老、庄，刘勰和钟嵘，司空图和严羽，王夫之和王国维，鲁迅和毛泽东，胡风和周扬等前人都为我们留下了极其宝贵的精神财富。如果无视他们，则谈不上什么中国特色。中国特色只能是源于中国的

---

① 参阅张海明《古代文论和现代文论——关于建设有中国特色的文艺学的思考》，见《文学评论》1998 年第 1 期。

② 叶易《立足当代，统摄古今——关于中国马克思主义文学理论中国化、现代化的随想》，见《文艺报》1987 年 6 月 13 日第 3 版。

历史和现实。毛泽东是一个伟大的马克思主义者，但他的文艺思想不是德国的，也不是俄国的，而是地地道道中国的，是在当时的历史条件下中国化了的马克思主义文艺理论。他所崇尚的美学理想是中国老百姓所喜闻乐见的中国作风和中国气派。也正因为此，他的文艺思想能够产生巨大的影响。中国特色的根是中国传统。历史证明，那种无视传统、不承认传统、全盘否定传统的民族虚无主义，是不会被大多数中国人所接受的。从 20 世纪 80 年代初以来的二十多年时间里，如何将古代文论研究与建设有民族特色的马克思主义文艺学结合起来，一直是理论界所关注的重要课题。早在 1982 年 10 月，《文史哲》编辑部在济南邀请参加《文心雕龙》学术讨论会的部分古代文论研究者，专门就古代文论研究和建设民族化的马克思主义文艺理论问题举行了座谈。与会学者一致认为，古代文论研究应该与建设马克思主义文艺学体系联系起来，有的代表（如徐中玉、张文勋）进一步提出，可以用古代文论体系的框架来编写马克思主义文学概论。① 经过多年的论争研讨，目前，文艺理论工作者普遍认为，中国古代文论是建构当代有中国特色的马克思主义文艺学体系不可或缺的理论资源。毛宣国在《中国当代文艺理论建构的重要选择》一文中详尽论述了古代文论对建构马克思主义文艺学新体系可供借鉴的方面，即对人的关注、独特的思维方式、独特而丰富的理论范畴等方面。② 而有些论者的观点则与此不同，认为从建设有中国特色的马克思主义文

① 参见《中国古代文论研究和建立民族化的马克思主义文艺理论问题》，载《文史哲》1983 年第 1 期。

② 参阅毛宣国《中国当代文艺理论建构的重要选择》，见《文艺研究》1998年第 6 期。

艺学体系的角度考虑，当前我们对古代文论之现代价值的研究，应该重点考察其理论体系和表现形态方面的意义，并由此深入到思维方式和文化心理层面，这才能为探本之论，才能真正推进当代文艺理论的建设。当然，就具体操作而言，自然必须从局部、从范畴命题入手，但在研究策略上，则不妨颠倒过来，将古代文论的整体构架和其内在支撑置于首位，予以充分的重视。倘能如此，则能使我们的理论建设有一个大的发展。①

古代文论与马克思主义文艺学具有许多可融合之处，这首先表现在对"人"的关注上。人学是中国文化的核心，中国古代文论在很大程度上就是人的哲学。从人学处入手，更能把握中国古代美学和文论的精神。马克思主义文艺学亦不例外，它在本质上重视人、关心人，从人类需要、人的生存方式、生命活动的角度看待文艺的价值和功能。把马克思主义文艺学新体系的建构和中国古代文论置于这种开阔的人学视野中，无疑能在更深层次上找到二者的理论契合交融点。马克思主义思想的精髓是实践存在论，它从人的特有生存方式，也就是从人的劳动生产实践来揭示、解决人的问题。马克思说："工业的历史和工业的已经产生的对象性的存在，是一本打开了的关于人的本质力量的书"，② "人类的特性恰恰就是自由的自觉的活动"，③ "劳动是人类生存的永恒自然条件"，④ 是人类的"生

---

① 参阅张海明《古代文论和现代文论——关于建设有中国特色的文艺学的思考》，见《文学评论》1998 年第 1 期。

② 《马克思恩格斯全集》第 42 卷，人民出版社 1979 年版，第 127 页。

③ 《马克思恩格斯全集》第 42 卷，人民出版社 1979 年版，第 96 页。

④ 《马克思恩格斯全集》第 49 卷，人民出版社 1982 年版，第 57 页。

命的表现和证实"，① 等等，都是从人类内在的生命世界去看待人、认识人。也正是由于此，马克思把审美看作是人类自由地实现自由的生命活动，是"按照美的规律来建造"② 的生命活动，把艺术看作是一种自由的精神生产。这一点，也正是中国古代哲学、美学的精神所在。孔子曰："天何言哉？四时行焉，百物生焉"（《论语·阳货》），《易传》曰："天地之大德曰生"，《管子》曰："人与天调，然后天地之美生"，《乐记》曰："乐者天地之和"，等等，莫不强调天地之美即在宇宙普遍生命之流行，人与自然、宇宙密不可分，美就存在于人的自由生命活动和体验中。钱钟书先生说，中国古代文学批评的特点就是把"文章通盘的人化或生命化"，"把文章看成我们自己同类的活人"。③ 中国古代正是从这种人与自然、人与宇宙生命同构的机体论和艺术和谐论出发，建立起完整的文论体系。把艺术、审美视为人类的一种最基本的生存方式和生命活动，马克思主义文艺学与中国传统文论的这种精神汇通，对我们理解文艺本质十分重要。在当今世界，随着科技的突飞猛进，现代工业文明的急剧发展，与人类生存相悖的负面效应也日渐突出。科技理性对人性和人文精神的压抑，片面物质利益追求和拜金主义的盛行，生态环境的恶化，都不能不使人们回到从人类生命活动、生存活动本位来关注和思考文艺问题。所以，从一定意义上讲，只有从人的生命活动这一角度出发，我们才能达到对文艺本性的真正理解，才能建立我们时代所需要的马克思主

---

① 《马克思恩格斯全集》第 25 卷，人民出版社 1974 年版，第 921 页。
② 《马克思恩格斯全集》第 42 卷，人民出版社 1979 年版，第 97 页。
③ 钱钟书《中国固有的文学批评的一个特点》，载《文学杂志》1937 年第 1 期。

义文艺学新体系。马克思主义谈人，还有一个特点，就是重在人的现实自由。马克思不仅深刻地剖析了资本主义人性异化的现实，突出显现这种异化人性的矛盾和痛苦，而且把它与先进阶级的自身解放、先进的社会理想联系起来，为消除这种人性异化提供了现实的可能。马克思主义认为，私有制、人剥削人是造成异化人性、造成人性矛盾和痛苦的最重要根源。无产阶级应在这种异化中看到自己"非人的生存的现实"。无产阶级要解放自己，必须消灭"集中表现在它本身处境中的现代社会的一切违反人性的生活条件"。[①] 无产阶级文艺应该努力表现工人阶级对压迫他们的环境的反抗，为人类的解放事业服务。马克思主义的这种对人的理解和关怀，与中国古代文化、文论亦有一致之处。中国古代文化和文论，始终深深植根于现实，表现出强烈的历史意识，处处体现出一种关心人的现实生存，为改变人的现实命运、追求崇高社会理想而勇于奋斗、勇于抗争的精神。孔子提出的"天地之性人为贵"、"爱人"、"贵仁"思想，孟子提出的"民为贵，社稷次之，君为轻"的"民本"和"仁政"思想，一直是中国古代文人反抗不平等现实、追求自己理想和抱负的重要思想武器。屈原的"哀民生之多艰"，司马迁的"发愤著书"，韩愈的"不平则鸣"，白居易的"为民""为事"而作，范仲淹的"先天下之忧而忧，后天下之乐而乐"，李贽的"诉心中之不平，感数奇于千载"等，都强烈体现出这种理想和精神。[②] 所有这些，显然应该成为我们建构

①《马克思恩格斯全集》第2卷，人民出版社1957年版，第45页。
② 参阅毛宣国《中国当代文艺理论建构的重要选择》，见《文艺研究》1998年第6期。

当代有中国特色的马克思主义文艺学新体系的宝贵精神财富和重要思想资料。

其次，中国古代文论对建构当代有中国特色的马克思主义文艺学新体系的借鉴作用还突出表现在其独特的思维方式上。辩证法是马克思主义世界观和方法论的核心，也是指导和规范马克思主义文艺学理论体系建构的基本思维原则和方法。中国古代也有着丰富的辩证思维，虽尚未达到完全科学的水平，却凝聚着独特的东方智慧，在建构当代有中国特色的马克思主义文艺学新体系时完全可以纳入我们的理论视野。第一，中国古代文化中蕴涵着丰富的整体思维思想。中国古代文化往往把人的生命看成一个整体，并以此来推演宇宙万物的生成，它实际上也是一种艺术思维。其最显著的特点，就是把艺术作品比喻为一个生命体，追求艺术的内在生命与整体和谐。中国古代艺术思维是"整一"思维，在这"整一"思维中，又构成阴阳对峙、流动圆合的思维结构，富有艺术辩证法因素。[①] 在建构当代有中国特色的马克思主义文艺学新体系时，马克思主义的辩证思维显然应该充分感悟中国古代这种整体思维特色并加以融通。第二，中国古代的圆环、复返思维对马克思主义文艺学新体系的建构具有积极的借鉴作用。在马克思主义看来，世界上没有"最后的、终极的真理性"，[②] 人们对真理的认识、探寻，只是一个无限地接近真理的过程。马克思主义所注重的就是思维的过程和方法。中国古代思维也可以说具有这种特点。中国古人曰："思转自圆。""圆"，即是圆活变通，非线性延展，所

---

① 参阅毛宣国《中国当代文艺理论建构的重要选择》，见《文艺研究》1998年第 6 期。

② 《马克思恩格斯全集》第 3 卷，人民出版社 1972 年版，第 69 页。

重的就是思维的过程，强调思维主体不断反省自身、超越自身，形成不受具体本文局限、超越具体文本之外的极其开放的视野。中国古代这种圆环、复返思维又突出表现在艺术审美中。中国古典艺术所呈现的是一个圆融通合的生命境界，中国艺术极其推重循环往复、虚实相生、圆合流动之妙，既要求"状难写之景如在目前"，又要求"含不尽之意见于言外"；既要求"超以象外"，又要求"得其环中"。只要我们跳出传统文化圈子，以异质文化尤其是马克思主义辩证思维为参照，便不难发现这种圆环流动思维所蕴含的辩证因素和对当代有中国特色的马克思主义文艺学体系建构的借鉴意义。第三，中国文化中的直觉、类比思维独具特色。直觉、类比思维主要是东方智慧和思维方式的体现，老子的"涤除玄览"，庄子的"心斋"、"坐忘"，孟子的"尽心"、"知性"，禅宗的"顿悟"、"明心见性"，宋明理学家的"豁然贯通"，在本质上都属于直觉的思维和方法。直觉的特点是超逻辑、超概念认知，它可以突破惯常思维的局限，启发崭新的理解，通向辩证法。与直觉思维相联系，中国古代又重类比。墨子提出"异类不比"的原则，荀子强调运用"类"、"故"、"理"的范畴，思维要做到"辩异而不过，推类而不悖"（《荀子·正名》），《易传》的"万物睽而其事类"（《易传·象传》），都遵循类比思维法则。类比思维法则包含从普遍联系中比较各类事物的同和异的原则，所以也具有辩证法因素。① 李泽厚曾特别强调类比思维的重要性，认为"所谓非逻辑演绎，非经验归纳的自由创造的能力，与此密切相关"，"类比不简单只是观念间的联系，它涉及情感、想象等

---

① 参阅毛宣国《中国当代文艺理论建构的重要选择》，见《文艺研究》1998年第6期。

多种心理功能"。① 中国古代艺术中观物取象思维原则的确立以及对意境、意象、比喻、象征功能的重视，在很大程度上就是建立在这种直觉类比思维基础上的。今天，我们在建构当代有中国特色的马克思主义文艺学体系的过程中，应该充分重视中国古代诗学的这份宝贵的思维成果。

再次，建构马克思主义文艺学新体系可以借鉴和运用中国古代文论独特而丰富的理论范畴。范畴是理论意识的结晶，也是反映事物本质和普遍联系的最基本概念。黑格尔说："文化上的区别一般地基于思想范畴的区别。"② 马克思主义文艺理论体系和范畴系统的科学性自不待说，所提出的许多范畴概念对我们认识文学的本质和规律都具有重要意义。但是，目前我国的马克思主义文艺学的范畴系统还存在许多薄弱环节，它所运用的一些范畴，如反映、世界观、创作方法、阶级性、党性、内容与形式、真实性、倾向性、典型性、源与流等等，大都侧重在文艺与社会、文艺与社会意识形态的关系上。从一定意义上说，这些概念是以社会历史价值标准的阐释为中心展开的，明显地表现为一种哲学概念范畴的运用和设置，而在深刻揭示文艺审美内涵方面，尚缺乏一套具有中国特色的科学的理论术语和范畴系统。而在这方面，中国古代文论却显现出自己的理论优势，它提出了许多独特的、不同于西方的重要理论范畴和命题。比如，中国古代文艺理论范畴建构十分重视主体性以及接受主体的"心""意"作用，在这方面提出了丰富的概

---

① 李泽厚《批判哲学的批判》，人民出版社 1984 年版，第 393 页注释①。
② ［德］黑格尔《哲学史讲演录》第一卷，商务印书馆 1959 年版，第 47 页。

念范畴，像"志"、"神"、"韵"、"意"、"味"、"心"、"性"、"情"、"趣"、"兴会"、"兴趣"、"兴象"、"性灵"等；中国古代文论富有辩证精神，在这方面提出了许多意蕴丰富的概念范畴，如文质、情景、意境、形神、质实、隐显、疏密、繁简、动静、刚柔、雅俗、奇正等；又如，中国古代文论尤重文体风格，在这方面也提出了丰富的概念范畴，像司空图《二十四诗品》中提出的雄浑、冲淡、典雅、洗练、绮丽、含蓄、缜密、疏野、清奇、悲慨、飘逸等等；又如，从艺术思维、艺术心理层面看，中国古代文论也提供了深刻、丰富的概念范畴，如"兴"、"感兴"、"妙悟"等，都深得民族审美之精髓。[①] 这些完全可以纳入马克思主义文论视野中，以丰富马克思主义文艺学体系的范畴建构。

当然，面对传统，继承传统，是为了更好地适应时代要求，是为了建设在世界文艺理论格局中具有鲜明民族特色的马克思主义文艺学体系。所以我们要与时俱进，站在 21 世纪的高度，用科学的立场、观点、方法去分析传统文论，采取取其精华、剔除糟粕的态度而非无选择地兼收并蓄，结合当代文艺实践，考察其在当代文艺创作与批评实践中的适用情况，并做出创造性的阐释。例如，在对中国传统文论范畴加以借鉴和引用时，我们必须注意，传统马克思主义文艺学范畴与中国古代文论范畴来自不同文化、不同思想、不同思维背景，它们之间并不存在简单的对应关系，它们之间可以相互参照相互比较，却不能简单比附。以往我们在谈中西范畴融通时，总是把中国

---

① 参阅毛宣国《中国当代文艺理论建构的重要选择》，见《文艺研究》1998年第 6 期。

传统文艺思想中某些特殊范畴与西方文艺学中的某些概念、范畴简单化地加以类比，甚至削足适履，将前者硬性纳入后者的框架和观念之中，结果反而限制和阻碍了有中国特色的马克思主义文艺学体系的建构。如何把握传统思想的承续与转换之间的矛盾，这个矛盾又如何能够在当代有中国特色的马克思主义文艺学体系建构过程中由其自身合理地解决？对于中国当代马克思主义文艺理论家来说，丰富的本土文艺学资源既是一种无法割舍也不应该割舍的传统联系，也是当代有中国特色的马克思主义文艺学体系建构过程中的矛盾集中点。可以这么说，这一矛盾自马克思主义文论传入中国之始就一直没有消失，而越到后来则越发变得沉重起来。如何把握且合理解决这个矛盾，将是摆在我们面前的一个严重的理论挑战，也是当代有中国特色的马克思主义文艺学学科赢得自身生存合法性的关键所在。因此有论者指出，只有真正解决了这些问题，建设具有中国特色的马克思主义文艺学新体系的历史工程"才会走出先前镶嵌拼凑式的格局"，"从而自立于当代世界文论之林"。①

（二）借鉴西方文论尤其是西方马克思主义文论丰富的理论资源。关于西方文论尤其是"西马"文论与建设当代有中国特色的马克思主义文艺学新体系之间的关系，一直是学术界争论的重要问题。1982 年徐崇温出版了《"西方马克思主义"》（天津人民出版社 1982 年版）一书，对西方马克思主义及其文论基本持否定态度。这是我国较早研究西方文论尤其是"西马"文论的专著，具有十分重要的意义。值得一提的是 1985

① 参阅张海明《古代文论和现代文论——关于建设有中国特色的文艺学的思考》，见《文学评论》1998 年第 1 期。

年以后出现的"体系热",当时一些论者主张对马克思主义文艺学进行"体系性的移入",全面吸收借鉴西方文论的思想资源和结构框架。这种思想受到了一些学者的批评,并被指责为资产阶级自由化的表现。有论者曾经这样讲道:西方文论,"从其思想体系、阶级倾向和时代内容说来,是与社会主义文学和马克思主义文学理论截然不同、格格不入的。它们虽有一定的当代性,但是它们对于人类面临的时代挑战只能从资本主义的思想体系作出回答,在实质上只是对当代课题的陈腐的回答……我们只能批判地吸收其中可能有的合理成分,而不应当去搞什么'体系性的移入'"。① 这一观点显然过于偏激,仍然显现出二元对立思维模式的痕迹,因此受到一些人的批评,有论者认为这种观点未能坚持理论联系实际的历史唯物主义的研究方法和客观态度,不是把西方学者的观点同他们具体的历史条件和文化背景结合起来,实质上是"以先人为主的定性研究代替了具体的科学分析"。② 西方马克思主义的"主旨是对马克思主义的重新解释与探索",并非与马克思主义格格不入。③ "如果只坚持自己的理论体系的完美无缺,不愿再接受、综合其他学说的有益成分,修正自己的体系,那就说明他已经走到了理论生命的尽头。"④

过去,在很长一段时间里,我们对西方文论包括"西马"文论一直视若毒瘤,丧失了对话和交流的机会,导致了理论研

① 严昭柱《发扬实事求是的科学精神》,见《文学评论》1991 年第 3 期。
② 王雨辰《当代西方马克思主义研究之我见》,见《江汉论坛》1997 年第 9 期。
③ 范文《"西方马克思主义"性质评析》,见《陕西师大学报》(哲学社会科学版)1994 年第 4 期。
④ 何国瑞《马克思主义文学理论建设的方法论问题》,见《文学评论》1991 年第 6 期。

究的贫乏。众所周知，在马克思主义创始人之后，西方文艺发生了重大变化，提出了许多新问题。现当代艺术流派众多，千奇百怪，变化多端。对此，马克思主义创始人在其文艺理论中没有也不可能有所论及，而西方现代文论对此却做出了很有价值的论述。正如英国学者佩里·安德森所说："在文化本身的领域内，耗费西方马克思主义主要智力和才华的，首先是艺术。"① 马克思主义文艺理论应该是人类发展进程中"全部知识的合乎规律的发展"。② 因此，我们认为，构建当代有中国特色的马克思主义文艺学新体系，不能离开对西方文论尤其是西方马克思主义文论的吸收和借鉴。

第一，"西马"文论是马克思主义在西方现当代社会条件下继续发展的一种必然形式。恩格斯曾经指出："关于思维和科学，和其他任何科学一样，是一种历史的科学、关于人的思维历史发展的科学。"③ 这就是说，任何科学都是历史的科学，它的内容和形式都是特殊历史时代的产物，马克思主义文艺学也不例外。马克思主义文艺学体系作为一个活生生的思想体系，它是在历史和科学的前进中不断丰富和发展自身的理论的。它在世界范围内广泛传播和发展，由于各个国家和地区所处的历史文化条件、所面对的文艺实践及所要解决的文艺现实问题不同，对马克思主义文艺学所做的创造性发展的内容也不一样，这就必然使马克思主义文艺学呈现出多样化的格局。客观地讲，无论从产生的根源、研究的范围，还是从得出的结论

---

① ［英］佩里·安德森《西方马克思主义探讨》（高铦、文贯中、魏章玲译），人民出版社1981年版，第97页。

② 《列宁选集》第四卷，人民出版社1972年版，第348页。

③ 《马克思恩格斯全集》第3卷，人民出版社1974年版，第465页。

来看，"西马"文论都确实同马克思主义经典作家的文艺观点有着内在的联系。不可否认，"西马"文论是在无产阶级革命实践中产生的，它是马克思主义发展到一定阶段的产物。随着革命形势和文艺实践的发展，尤其是在 20 世纪 30 年代以后，传统的马克思主义文论的某些观点越来越暴露出它的某些历史局限性。"西马"文论家探索了资本主义工业社会后期文学艺术的一系列新变化、新特点、新问题，企图通过文化上对发达资本主义社会的分析批判，实现马克思主义文艺学的"现代化"，而"西马"文论也正是在这一过程中进一步体系化了。纵观"西马"文论几十年来的历史，可以清楚地看出：一当马克思主义文艺学面临新的挑战，西方马克思主义文论家便纷纷及时地迎战，竭力为马克思主义文论争得生存和发展的空间。西方马克思主义理论家的观点虽然不尽相同，有的接近人本主义，有的接近科学主义，但都力图使马克思主义文论在新的历史条件下获得新的活力。而且西方马克思主义文论的研究课题，绝大部分是马克思主义经典作家研究视野之内的重要问题，就连被人们认为离开马克思主义观点较远的马尔库塞，他的研究也并没有超出马克思主义的范围。比如，到 20 世纪 50、60 年代，他仍在潜心研究和探索现代资本主义社会中文学艺术所出现的一系列新变化的本质，思考发达资本主义社会的文学艺术究竟是进入了繁荣时期还是陷入了深刻的危机之中，在此基础上，试图建立无产阶级新的艺术理论，建立可以消除广大人民痛苦的"新感性"。"西马"文论虽然庞杂，甚至有些混乱，但就其主体来看，它是马克思主义文艺理论的一个重要组成部分，是马克思主义文艺理论在西方现当代社会条件下继续发展的一种必然形式，也理应是我们构建当代有中国特色的马克思主义文艺学新体系的重要理论资源。

第二，对当代有中国特色的马克思主义文艺学体系的建构而言，"西马"最有价值的恐怕不在其理论本身的是非得失，而在于它的理论姿态和思想方法带给我们的启示。首先"西马"思想家们大都具有强烈的现实热情和问题意识。作为马克思主义的信奉者，"西马"理论家并非职业革命家，大多也并非共产党员，更不是无产阶级革命领袖，但他们也并非一群脱离现实、在书斋中进行纯逻辑推演的学者，相反，他们是一群直面现实的思想者，这从"西马"及其文论的强烈的社会学色彩和政治色彩即可看出。他们并非简单地搬用马克思主义的现成观点，而是将目光聚焦于现实：发现、思考、解释、回答种种迫切而重大的现实问题，并试图开出变革现实的药方。从这一点讲，他们是深得马克思主义精髓的。这在"西马"的美学和文艺思想上表现得相当突出。这种面对现实的理论姿态体现在所有"西马"思想家对艺术问题的思考中：卢卡契对现实主义理论的推崇和发挥，缘于他对前苏联"拉普"全盘否定古典作品的庸俗社会学的批判和对斯大林时期的极"左"文艺政策所造成的文学粉饰现实、丧失真诚的现象的深刻反思；葛兰西的实践哲学对文化问题的重视和强调来自他对当代文化问题的关注与思考，而他的"民族—人民"文学理论则来自他对当代意大利文学和社会的观察、批判与期望；本雅明的艺术生产理论来自他对"机械复制时代"艺术作品的生产和传播方式以及艺术在现代社会的地位等问题的独特而深入的思考；法兰克福学派的文艺学思想来自他们对当代西方资本主义社会的技术控制、消费控制和文化工业等所谓意识形态控制的深刻分析和批判，等等。其次，"西马"思想家们大都具有非常自觉的理论创新意识。他们并不把马克思主义看作无所不包的终极真理，相反，他们把马克思主义视为历史的产物，而且，由于他们要回答来自现实的问题，因而他们首先关注的是通常所理解的马克思主义的"盲点"或经典作家的"短处"，进而或者"是用现代资产阶级的理论学说来'充实'和'完善'马克思主义"，或者"是找出马克思著作中潜在的东西来重新解释马克思主义"。① 比如，卢卡契（卢卡奇）以《审美特性》为代表的系统的美学思想的提出正是基于一种自觉的理论创新意识，基于马克思主义美学"尚不完善"这一认识：尽管马克思、恩格斯和列宁有许多关于美学问题的系统的、连贯的论述，但是仍然没有最终地解决马克思主义美学问题。② 又如，鉴于正统马克思主义文论片面强调内容决定形式的偏颇，葛兰西提出了艺术的内容与形式同步生成的辩证有机观点。可以说，正是这种自觉的理论创新意识使得"西马"许多学者提出了富有新意的理论见解。当然，自觉的理论创新意识并不能保证这"新"的正确和完美。事实上，"西马"及其文论在不少问题上的观点并不成熟，甚至滑入了严重的谬误。但我们不能因此就否定创新意识本身。与"西马"不同，长期以来，我国学者一直缺乏必要的现实热情和问题意识，中国马克思主义文艺学研究仅限于诠释经典，几乎所有的争论都是围绕着这一方面而展开的，并往往流露出"护短"心态。当然，在理论上，人们并不一般地

---

① 法兰克福学派施米特语。转引自欧阳谦《人的主体性和人的解放》，山东文艺出版社 1986 年版，第 2 页。

② ［匈］乔治·卢卡奇《作为文学史家的马克思和恩格斯》（或译《马克思、恩格斯和拉萨尔之间的资金根论争》），参见冯宪光《"西方马克思主义"美学研究》，重庆出版社 1997 年版，第 103 页。

否认经典著作并非完美无缺，但往往是抽象承认而具体否认，对"问题"只是点到为止（策略性地证明自己的公允和辩证），最终仍然归结到经典著作的"伟大"，而"问题"本身却被放过去了。于是经典作家没有想过的问题不敢想，经典作家没有说过的话不敢说，经典作家想过说过但没有说透、需要加以完善的观点不敢去发展和补充，甚至不惜百般曲解引申以证明经典作家的正确和经典著作的无所不包。放弃了独立思考和批判意识，从而也就根本泯灭了理论创新意识，这样的研究不但根本谈不上发展马克思主义文艺思想和建构当代有中国特色的马克思主义文艺学新体系，甚至连诠释本身也必然愈趋狭隘、僵化和简单化。

第三，"西马"文论有不少观点具有创见性，可以从一定程度上弥补当代有中国特色的马克思主义文艺学体系建设中理论资源不足的缺陷。众所周知，"西马"起源于 20 世纪 20 年代柯尔施、卢卡契等人用黑格尔的主观辩证法来改造马克思主义的努力，它既否定第二国际把历史规律绝对化的倾向，又反对第三国际在实现历史规律时对人的自由意志的忽视，强调在推动历史进步时人的自由选择，形成了一种推崇主体性的文化哲学。实现人与自然的统一和每个人的全面发展，始终是马克思主义文艺学的出发点，也是其创始人所追求的崇高目标。在实践的基础上突出"人"的主体的自觉能动性，是马克思主义文论区别于历史上所有旧的文艺理论的主要特征。但是马、恩以后的马克思主义文艺理论体系往往把"物"作为最主要的一维，处处以"物"为主线，而惟独"人"缺少应有的地位，人不仅不是主角，甚至被排除在文艺理论体系之外，成为消极的旁观者。和这种模式不同的是，"西马"文论总是强调总体，强调主客体同一论，倡导人道主义、能动主义，宣扬人的意识、主动性是艺术问题的核心等。这些观点虽不无偏颇，但它始终以"人"为最终目的，突出了"人"和主体的自觉能动性，这和马克思主义经典作家的观点是相一致的，无疑包含有进步和合理的因素。卢卡契在《历史与阶级意识》等著作中，反复强调人是马克思主义的出发点，也是归宿点。勒斐弗尔提出只有在艺术和审美中，人才有可能成为总体的人、完善的人。"西马"文论中的人本主义倾向，在批判"正统马克思主义"文艺理论中的教条主义倾向方面，在强调主体在文学艺术中的能动作用方面，在辩证地认识资本主义文化工业和科学技术在现代艺术中的作用方面，在分析现代艺术的新特点、新变化方面，都包含了很多真知灼见。"西马"文论中的科学主义思潮，则从另一角度为我们提供了借鉴。例如，这一思潮的代表人物反对把马克思主义文论黑格尔化、人道主义化，反对文艺研究中的主观随意性而主张科学性，力主划清马克思主义文艺思想与前马克思主义文艺思想的界限，并把现代科学的成果引入马克思主义文艺理论研究中。把艺术作为人性在当代资本主义社会异化状态下复归的主要甚至是唯一的途径，既是"西马"文论的基本主张，也是其鲜明的特点。正是"西马"的这一特点，决定了它可以从某种程度上弥补中国马克思主义文艺学体系建设资源不足的缺陷。

第四，从新时期中国文艺学进程来看，西方文论已经对中国马克思主义文艺学研究产生了重大影响。许多学者都对此进行过阐述和论争。冯宪光认为，"西马"文论对于新时期马克思主义文艺学的影响主要表现在马克思主义文论与人道主义人文精神、大众文化的关系以及典型性等问题的讨论上。① 中国新时期马克思主义文论的建设提出了与"西马"文论相似或相同的问题，中国新时期马克思主义文艺学的许多热点问题都与"西马"文论的核心问题相关。这表明，现时代世界文化的全球性特征日益明显，东西方马克思主义文艺学在当代政治、经济、文化的全球性联系中存在一些不能回避的共同问题。"西马"文论在"方法"上对马克思主义的执着是值得钦佩的，它对其与中国文论面临的相同或相近问题所进行的探讨也应当受到重视和借鉴。从这一意义上说，"西马"文论在当代西方文论中与中国特色的马克思主义文艺学体系建设的关联最为切近。西方马克思主义文论家在自己的著述中，大都依据现当代艺术的实践，对前苏联的文论模式进行了批评，并提出了他们对未来马克思主义文论建设的设想与展望。他们这方面的意见，有许多是积极的、具有借鉴意义的。"西马"文论有自身的规定性、特殊性，但它们对现代社会特点的体会，对现代文化处境的理解，对"存在"之关注，对于正在建设现代社会的中国无疑是有诸多启发的。为什么"西马"文论能够对马克思主义文艺学研究产生深层次的影响呢？有学者认为：这是因为新时期马克思主义文论与"西马"文论在形成和发展过程中，有一些相同或相似的境遇、动力因素和结构因素。西方马克思主义是西方思想文化领域中不可忽视的力量，它是在特定时代条件下，为了满足复兴马克思主义、使马克思主义更能面对现实、更有生命活力的需要而产生和复兴的。这就是它存在和发

---

① 参见冯宪光《"西马"文论与中国当代文论建设》，见《文学评论》1999年第1期。

展的动力因素。这种动力因素与中国新时期马克思主义文论发展的动力因素可以说是相同的。新时期中国发展马克思主义文论的路径与某些"西马"理论家在许多思路上是一致的：二者都力图发掘马克思思想中长期被遮蔽、未能注意和吸收的部分，也就是回到马克思；都注意充分吸收当代资产阶级的文化成果；都把目光投注到现实社会，试图用马克思的原理和当代伟大的思想成果去解决当代的社会问题和艺术、审美问题。①

通过以上分析不难看出："西马"文论作为马克思主义文艺理论发展史中的一个重要部分，对于建构和完善我国的马克思主义文艺学体系无疑具有举足轻重的地位。对"西马"文论地位的评价，不应因它的具体论述与马克思主义经典作家的一些论述有无出入为标准，也不应以"西马"是"马"还是"非马"为标准，而应从马克思主义文艺学体系中国化、现代化的角度去加以具体分析、考察和认识，只要它对建构有中国特色的马克思主义文论体系具有一定的启发和借鉴意义，就应该给它以一定的地位。而在新时期相当长的一段时间里，由于受到二元对立思维惯性的影响，我们在对西方文论的评价和认识上恰恰没有很好地把握这一标准，走了不少弯路，这是我们应引以为戒的。

（三）建构当代有中国特色的马克思主义文艺学新体系还应该注意与其他学科，尤其是哲学、艺术学、社会学、历史学、文化学等学科的学术活动之间相互影响的可能性及其方式，包括不同学科间在思想资源、研究结构等方面发生具体交

---

① 参阅冯宪光《"西马"文论与中国当代文论建设》，见《文学评论》1999年第1期。

流的过程、形式和结果，以及同这些学科理论成果之间在建构一个时代的整体学术景观方面的关系性质，从而在 21 世纪中国文艺学与整个时代的学术发展之间建立起一种必要联系。众所周知，文艺现象作为复杂的精神现象，乃是一个多层面、多侧面的立体动态结构，它的本质不是单面的，而是多维的；不是单层的，而是多层次的；不是静止的，而是运动的。无论从哪一角度、哪一侧面、哪一层次、哪一阶段切入，用与之适合的具体方法，都有可能在某些方面、某个局部、某种程度上接近或揭示它的本质。譬如，在新的理论体系框架中，我们用社会学方法，可以研究文艺同其他各种现象之间的联系；用经济学方法，可以研究艺术生产与消费的交互作用与关系；用现象学方法，可以揭示文艺作品审美特质在意识层生成的过程与规律；用发生学方法，可以研究艺术起源和原始艺术的奥秘，等等。研究文艺学的各个具体课题，必然涉及各个不同学科的方法。就此而论，建构当代有中国特色的马克思主义文艺学新体系，当它面临着各层次、各侧面、各阶段的具体对象和课题时，运用的方法必然是多样的。当然，在这里，从一个什么样的角度去探索当代有中国特色的马克思主义文艺学体系的建构之规律、学术发展形式、学术思想的建构价值等并进行全面分析和综合，显然是需要我们思考的问题——角度和层面的不同与更迭，势必导致对当代有中国特色的马克思主义文艺学体系建构的学术前提和知识性根据产生不同的理解方式，并影响到我们对于体系建构过程中各种学术关系的把握。从马克思主义文艺学在中国发展的历史、近一百年来马克思主义文艺学研究中的经验教训以及新时期马克思主义文艺学体系论争所取得的成果来看，我们应该着重从当代人学和马克思主义实践存在论角度进行探索和研究。后文对此还有详述，在此暂不进行深入探讨。

第三节　建构新体系的视角与维度

尽管人们在如何构建马克思主义文艺学新体系上存有不同的看法，但是有一个现象值得我们注意，那就是进入新时期以来，经过长期激烈的学术论争，过去那种二元对立、非此即彼的思维模式逐渐被突破，而代之以一种马克思主义指导下的多元并存、多元互补的思维模式。人们对待不同的学术观点已不像过去那样采取尖锐对抗、无情批判的态度，而代之以一种比较理性、比较宽容的态度，能够看到不同观点的优点和可取之处，能够"容忍"和"接受"多种观点并存的事实并且努力从对方吸取有益的成分。这种倾向在建构当代有中国特色的马克思主义文艺学新体系的维度方面表现得尤为明显。大部分学者都逐渐认同了"从不同角度建设马克思主义文艺学"[①] 的观点，主张"从不同角度、不同侧面作出重点不同的强调"，在"选择逻辑起点、结构框架和推演方式等方面也各具特点，各不相同，最终形成多种多样的理论模式"[②]。正如某位论者所说：关于构建马克思主义新体系的视角和维度，"首先应该是多学科、多样化的"，应该"放手让人们从不同的方面和角度研究文学艺术，建立不同的文艺学派，然后在此基础上，经过

---

① 畅广元《从不同角度建设马克思主义文艺学》，见《文艺报》1987 年 4 月 4 日第 3 版。

② 朱立元《关于建设当代马克思主义美学和文艺学体系的若干思考》，见《文艺争鸣》1990 年第 2 期。

选择、归纳、综合、概括出一套完整的、科学的、有活力的马克思主义的文艺学体系。现在的问题不是搞门户之见，不要给另一种观点和学派的人造成压力……应该宽容，给不同观点和学派提供发展的阵地"，"应该鼓励各种……竞争。方法各异、学派林立，是一个时代理论发展的标志"。① 因此，新时期以来，人们逐渐摆脱了以经典作家言论排列、语录汇编和板块组装的格局，不再仅仅从过去那种单纯的认识论和政治的角度来做构建马克思主义文艺学新体系的努力，而是尝试着从审美反映论、意识形态论、主体论、艺术生产论、价值论、情感论、审美论等多个维度着手新体系的构建工作。在体系精神、构架形态和概念范围的描述上，都展示了多视角多层次多维度"百花齐放"的局面，并且取得了令人瞩目的研究成果。

一、审美反映论维度

反映论文艺观长期以来，特别是在"文化大革命"中，被糟蹋得不成样子。新时期以来，随着现实主义文艺的复苏和文艺理论上"为文艺正名"、恢复文艺的审美本质的努力，反映论文艺观也逐步走出"左"倾路线和政治化的阴影，出现了新的转机。有人主张从反映论维度去建构当代有中国特色的马克思主义文艺学新体系。当然，也有很多人反对从这一维度去开展具体的理论体系建构工作，理由是：反映论所研究的只是人们所熟知的一些问题，不仅很不全面，而且彼此又是孤立的、分散的，缺乏整体性联系，或者有联系也仅仅是单一的、单向

---

① 刘建国《多学科多方法研究文学艺术》，见《文艺报》1987 年 4 月 4 日第 3 版。

度的联系，缺乏在其发生、发展、发挥功用过程中的多层次、多向度的历史联系，这就直接导致了从反映论维度所建构起来的理论体系存在内容上狭窄、结构上松散的弊病。① 新时期以来，有许多学者力图避免反映论的这些弊病，他们借鉴"西马"文论家的有关论述，努力将文艺的审美性质注入反映论，提倡审美反映论，并尝试着从审美反映论维度着手构建当代有中国特色的马克思主义文艺学新体系，取得了可喜的成绩。事实上，新时期从审美反映论维度来构建马克思主义文艺学新体系的探索大体经历了最初对反映论的质疑与维护，从机械反映论向能动反映论过渡，最后向审美反映论转换等几个过程。

对反映论的质疑与维护 自列宁时代以来，反映论一直是作为正统马克思主义文艺学体系的重要内容而存在的。但到了20世纪80年代初，反映论文艺观开始遇到挑战，有许多学者对反映论文艺观持一种全面否定的态度，他们提出了"感兴论"、"情感论"、"审美论"等文艺观来替代反映论文艺观。尤其突出的是"审美论"文艺观。有论者直接明确地指出：不应把文学看作社会生活的反映，而应看作是一种物质世界和作家的艺术心灵的有机结合体。文学属于"美的领域"。② 对此，有人提出了不同的意见，认为马克思主义文艺理论的一条基本原理，就是把文艺这种复杂的社会精神现象看作是社会生活的形象反映，是对现实生活审美的掌握的最高形式，它最终是由

---

① 袁金刚《主体论文艺学是马克思主义文艺学的一个学派》，见《文学评论》1988年第6期。

② 鲁枢元《文学，美的领域——兼论文学艺术家的"情感积累"》，见《上海文学》1981年第6期。

社会存在和经济基础所决定的。这是无法否定，也是否定不了的。① 还有人指出：文艺作为人们认识世界的一种方式，必然会受到马克思所揭示的认识论的一般规律的制约。因此，在艺术特性的理解上，第一要坚持反映论，承认客观对主观的第一性，坚持再现生活的真相。② 可以看出，这部分论者基本上都坚持"生活第一性"、"文艺第二性"，坚持文艺与生活——反映与被反映的主客二分和二元对立。

1985、1986 年前后，随着方法热的到来，学术界又一次掀起了反映论论争的高潮。人们从不同的角度进行论述，得出了不同的回答，但概括起来，仍然主要表现为坚持和否定两种观点。一种观点对"文艺是现实生活的反映"持否定态度，认为"文艺是现实生活的反映"这个命题是不正确的，因为"它忽视乃至抹杀了文艺活动的自身存在"。③ "说文艺作品反映了社会生活的某些方面，这是可能的；而说文艺是现实生活的反映，则是完全不得要领的。"④ 传统的"反映生活"说只许"发现"，不许"创造"，⑤ 所以它"就显得过于笼统"。⑥ 文艺创作不是认识活动，艺术实质上是一种价值形态，仅凭反映论很难说透文艺问题。⑦ 1985 年 7 月 8 日，上海《文汇报》刊登

---

① 参阅涂途《艺术的审美作用及其他》，见《学习与探索》1981 年第 4 期。

② 林志浩《坚持能动的革命的反映论——重温〈在延安文艺座谈会上的讲话〉》，见《新文学论丛》1982 年第 4 期。

③ 孙津《松动一下现实主义》，见《青年评论家》1985 年 4 月 10 日。

④ 孙津《文艺是什么》，见《当代文艺思潮》1986 年第 1 期。

⑤ 参阅朱技《审美关照方式与"丑"的艺术美》（载《文艺理论研究》1984 年第 3 期）、王春元《文学批评和文化心理结构》（载《红旗》1986 年第 14 期）。

⑥ 参阅钱中文《最具体的和最主观的是最丰富的》，见《文艺理论研究》1986 年第 4 期。

⑦ 程麻《仅凭反映论很难说透文艺问题》，见《当代文艺思潮》1986 年第 5 期。

了刘再复的《文学研究以人为思维中心》一文，后来他又在《文学评论》上发表了《论文学的主体性》一文，这两篇文章对长期以来流行于文学界的"机械反映论"提出了批评，认为它忽视主体功能性的意义；另一种观点则对"文艺是生活的反映"这一命题持坚决维护的态度。有论者坚定地指出："生活是文学艺术的唯一源泉，这个观点是颠扑不破的。"① 如果否定了反映论，"马克思主义文艺学也就不存在了"。②

客观地说，对反映论文艺观，不论是坚决维护的观点，还是强烈反对的观点，都有其合理之处，但也都存有绝对化和主观化、情绪化的倾向，这仍然是一种二元对立式的思维方式。我们认为，应该取一种马克思主义指导下的多元并存、多极互补的思维方式，对反映论文艺观进行辩证的分析：一方面，传统的反映论文艺观确实存在着一些缺陷。其一，传统反映论肯定文艺是社会生活的本质的反映，但它不能从根本上把艺术对现实的反映和哲学认识论所讲的反映区分开来，常常把反映看作认识论意义上的反映，而忽视了其他意义上的反映。传统的反映论文艺观把现实主义文艺看成只是对生活本质（真理）的形象反映，这在一定程度上取消了艺术家的审美创造性，既存在客观主义的弊端，又是对现实主义的曲解。其二，它把社会生活的本质视为凌驾于感性个体之上的东西，看不到社会生活的本质其实不过是人类创造自身历史的客观必然过程的抽象。其三，它看不到艺术对社会生活的本质的反映是一种审美的反映，而不是对社会本质的概念认识的形象图解。其四，传统的

---

① 陈涌《文艺学方法论问题》，见《红旗》1986 年第 8 期。

② 栾昌大《文艺学体系变革论纲》，见《文艺理论与批评》1987 年第 1 期。

反映论文艺观确实存有直观化、机械化的错误倾向。另一方面，反映论文艺观作为人类历史上的一种文艺观念，是有一定现实意义和理论价值的。其一，"反映"这一概念所包含的范围十分广泛，它可以是对客体的反映，也可以是对客体和主体的反映，还可以是对主体自身的反映。人的意识对这三方面中任何一个方面的反映，都表现为一种双向的反映，它既是对对象的反映，又是对作为反映者的人自身所处的历史条件的反映。文学艺术是社会生活的反映，但它决不是现实生活的直接反映和简单摹写。其二，"文艺是现实生活的反映"这一理论命题是建立在马克思主义能动反映论的哲学基础上的。文艺是作家对社会生活的能动反映，是社会生活在作家头脑中的产物，这不仅肯定了文艺作品来源于社会生活，反映社会生活，坚持了唯物论，同时又强调了文艺作品对社会生活的反作用，灌注了辩证法。其三，反映论文艺观对中国当代文学艺术和文艺理论的发展产生过重大的影响。在新文学史上，现实主义文艺取得了辉煌的成就。我们虽然不能把新文学史的实绩完全归功于反映论文艺观，但实事求是地说，这些成就同反映论是密不可分的。其四，现实主义文艺是反映论文艺观的实践依据，反映论文艺观则是现实主义文艺的理论支柱。人类艺术的发展，形成了多种审美方式，不同的审美方式之间不存在先进与落后之分。从这个意义上讲，现实主义是永恒的。只要现实主义文艺存在，反映论文艺观自会有它存在和发展的道理。

有"枉"必须矫正，但是矫枉不应该过正，这是理论研究必须坚持的正确态度。所以对待反映论文艺观，我们既不能全盘否定，也不能盲目地固守，而应结合具体的文艺实践不断地对其进行丰富、发展和完善。可喜的是，新时期开始不久，为了建构当代有中国特色的马克思主义文艺学新体系，一些有远见卓识的学人已经尝试着进行了这方面的努力。这主要表现在反映论文艺观从机械的、庸俗的形态向能动的形态转变，进而又向审美的形态转变。

从机械反映论到能动反映论　反映论文艺观过去往往被解释为只是一种从客观到主观的"镜映"，强调"镜象"的真实性和准确性，而主观在认识、反映客观的过程中的一系列中介环节及其曲折、复杂的运动形态，却往往被人们忽略了。在20世纪70年代末80年代初对马克思主义文论的恢复性研究中，人们开始注意到被简单化和庸俗化的反映论文艺观的这个弱点，并且引入瑞士学者皮亚杰的发生认识论加以补救。

公正地说，反映论文艺观可以很好地阐释现实主义文艺以及文艺中的认识价值、认识功能和认识因素，在现实主义文艺居于压倒优势的年代，反映论文艺观可以发挥巨大作用。但是随着文艺的发展，其品种、流派等越来越复杂多样，面对这复杂多变的文艺现象、文艺种类，以及文艺中的多种价值和因素，单靠反映论文艺观来解释文艺现象，越来越力不从心了，于是有人尝试着要从单一的反映论框框中跳出来。陈涌在《艺术方法论》一文中倡导"能动反映说"，他认为："文艺对生活的反映，本来也和一切意识形态的反映一样，不可能不是经过人的头脑的主观反映。任何文学艺术都同时包含着客观方面和主观方面。我们所说的艺术真实，不只是生活的真实，同时，也包含着作家、艺术家的思想、理想、热情的真实。"① 如果说陈涌侧重于论述文艺的主观反映的存在，鲁枢元则侧重于揭

---

① 陈涌《艺术方法论》，见《红旗》杂志1986年第1期。

示文艺"主观反映"的意义及其主体心理的能动作用，从而实现了向能动反映论的跨越。他指出：文艺对生活的反映"是一种'主观的反映'，是一种人各不同的'个性化反映'，它反映的是经过作家心灵折射的社会生活，是灌注了作家生命气息的社会生活，是一种心灵化的社会生活。社会生活只有首先成为心理的才有可能成为艺术的。文学艺术的世界是一个'心理的世界'"。①

瑞士心理学家皮亚杰的认识论公式则是：S－AT－R（S表示客观的外部刺激，R是主观的反映，A表示个体的同化，T表示同化的"图式"或"认知结构"）。他把 AT 突出出来了，揭示了反映的复杂的中介环节，强调了主体的能动作用，从个体心理发展的角度揭示了主体能动性的内在机制。皮亚杰的认识论与心理学相结合的研究途径及其中介结构理论，既促进了机械、庸俗的反映论文艺观向能动的反映论文艺观的转变，也为能动反映论向审美反映论的跨越创造了有利条件。它引起了理论家们对反映中介的关注，并将人们导向与发生认识论的中介结构相对应的文学反映的审美心理结构的深层探讨。王元骧、劳承万、孙绍振等学者运用皮亚杰的发生认识论理论对艺术反映和文艺创造的过程进行了重新解说，取得了重大成果。② 王元骧在《反映论原理与文学本质问题》一文中，将发生认识论的一般机制与艺术创作的心理特点结合起来，展开了对于审美心理结构的探讨。他认为："作家对现实的反映过程

---

① 鲁枢元《用心理学眼光看文学》，见《文学评论》1985 年第 4 期。

② 参见孙绍振《文学创作论》（春风文艺出版社 1987 年版）、劳承万《审美中介论》（上海文艺出版社 1988 年版）、王元骧《审美反映与艺术创造》（杭州大学出版社 1992 年版）。

中同样存在着一个相对于皮亚杰的认识图式的中介环节。但是作家的审美心理结构作用又不同于一般的认知图式",它"积极影响和支配着作家对现实的感知,强化和改变从现实生活中所得的印象,从而使这些印象经过作家情感的调节而染上某种情绪色彩"。由于作家的审美心理结构这一中介结构的选择及调节作用,文学与生活之间的线性因果关系被打破,两者的关系变得模糊、曲折和复杂。所以,必须从单纯的认识论中摆脱出来,走向"知、情、意"与"真、善、美"相统一的审美中介结构的探讨。① 劳承万的《审美中介论》(上海文艺出版社1988 年版)可以说是新时期从反映论维度来构建马克思主义文艺学新体系方面所取得的一项重大的阶段性成果。著者将皮亚杰的中介结构学说运用到审美过程,找到了反映论与人类本体论互相过渡、结合的中介——审美心理结构,并具体论述了审美中介环节的基本特征,指出审美中介首先是融合了人的审美态度的审美感觉,其次是蕴含了抽象思维和形象思维的审美表象。他还从皮亚杰的 S—AT—R 公式出发,探讨了审美中介的发生和作用。劳承万十分重视审美中介理论中主体环节的深层范导作用,显示出日渐突破主客二分、二元对立的思维模式而趋向多元互补的倾向。另外,1991 年前后,陆一帆连续发表了《关于文艺本质问题的思考提纲》(载《学术研究》1991 年第 5 期)、《社会心理:文艺反映生活的中介》(载《广州日报》1991 年 9 月 12 日)、《再论社会心理是文艺反映现实的中介》(载《学术研究》1992 年第 2 期)和《三论社会心理

---

① 参见王元骧《反映论原理与文学本质问题》,见《文艺理论与批评》1988年第 1 期。

是文艺反映现实的中介》（载《中山大学学报·社科版》1992年第3期）等多篇文章，提出了社会心理是文艺反映现实的中介的观点，进一步丰富和完善了反映论文艺观，在学术界引起了较大反响。文艺理论工作者围绕此问题展开了热烈的讨论，赞成者有之，商榷者有之，持有异议者有之，反对者亦有之，形成了共同切磋、互相商榷、百家争鸣的可喜局面。在论争中，又相继提出了创作主体的审美意识、审美心理结构是文艺反映现实的最主要中介等观点。① 这样，理论界借助于皮亚杰的学说纠正了过去的偏颇，弥补了过去的不足，把反映论文艺观的水平普遍提高了一个台阶，这无疑是理论上的一个进步。

审美反映论文艺观 马克思主义认为，艺术是人对世界所发生的一种特殊关系，是人对世界的一种特殊的思维掌握方式，所以艺术除带有社会的本质外，还具有审美的特征或本质。传统的反映论文艺观存在着一个不可忽视的思想局限，即只强调反映的知识面，而忽视反映的价值层面，因而也就不能全面、深入地说明文艺的审美特质，"因为美就其性质来说是属于价值的范畴的"。② 对于这一局限，20世纪80年代中期提出的审美反映论做了较好的补充和完善，是从特定角度构建马克思主义文艺学新体系的一种有益尝试，也是对马克思主义文艺学的一种创造性发展。

较早涉及"审美反映"这一概念的是蒋孔阳先生。他虽然没有明确提出"审美反映"这个范畴，但他早在20世纪70年

---

① 刘伟林《也论文艺反映现实的中介问题》，见《华南师范大学学报·社科版》1993年第4期。

② 王元骧《我所理解的反映论文艺观》，见刘纲纪主编《马克思主义美学研究》第3辑，广西师范大学出版社2000年版，第301页。

代末、80 年代初就多次提出文艺反映社会生活应该采取审美的独特方式。他一方面肯定"艺术是对于客观现实生活形象的反映",要求艺术家"真实而又形象地反映生活";同时强调艺术家应当"创造"美,"美是艺术的基本属性",而"艺术的美不美,并不在于他所反映的是不是生活中的美的东西,而在于他是怎样反映的,在于艺术家是不是塑造了美的艺术形象"。①他认为艺术对生活的反映应该是审美的、艺术的反映,应当符合主客观交融的"美的规律"。②

真正把主体的能动反映纳入审美认识论轨道加以阐释的是钱中文先生。在 20 世纪 80 年代中后期,他一再强调"不能把反映论直接移植于文学创作",应该把文学的反映看作是审美的反映。审美反映是"由心理层面、感性认识层面、语言形式层面、实践功能层面组成的统一体",它具有"感情和思想的融合,感性与理性的相互渗透,认识和评价,感受形式与语言、形式相统一的审美本质特征"。应该以审美反映论取代传统的简单反映论,以此构建起符合新的历史条件的马克思主义文艺学理论体系。③对于文学反映的审美本质的强调,标志着反映论由能动反映论向审美反映论跨越的先兆,也是新时期文艺理论工作者力图从审美反映论角度来构建马克思主义文艺学新体系的开始。强调感情和思想的融合、感性与理性的相互渗

---

① 参见蒋孔阳《美和美的创造》,见《蒋孔阳美学艺术论集》,江西人民出版社 1988 年版,第 115～118 页。

② 参见蒋孔阳《美和美的创造》,见《蒋孔阳美学艺术论集》,江西人民出版社 1988 年版,第 192～201 页。

③ 钱中文《最具体的和最主观的是最丰富的——审美反映的创造性本质》,见《文艺理论研究》1986 年第 4 期。

透，实质上体现了一种突破传统的主客二分、二元对立思维而日渐走向多元并存、多元互补思维的趋向。钱中文的《文学原理（发展论）》是新时期我国学者试图从审美反映论维度建构马克思主义文艺学新体系所取得的一项重要成果。钱中文在着重分析了 20 世纪 80 年代国内最有影响的认识论和审美论两种文艺观的基础上，在肯定文学是"人对现实的意识反映"的同时，更强调文学的审美本性。他认为文学的审美性并非附加在其反映现实的意识形态之上，而是审美性与意识形态性的有机结合。他说："没有审美特性，根本不可能存在文学这种意识形态，而文学的意识形态性，不过是文学审美特性的一般表现。"[1] 显然，这是一种以审美为根本，以意识形态性为从属的新的审美反映论。应当说，这种审美反映论是一种开放的认识论观点，为文艺认识论的进一步探讨留下了广阔的天地。另外，只要我们稍加留意，就会发现：20 世纪 80 年代以来，全国先后出版了几十种文学或艺术概论教材，其中绝大多数都持审美反映论的文艺观。"可见，审美反映论在新时期以来被较普遍地认同。"[2] 审美反映论强调了文艺的审美特质，使反映论成为一种比较符合文艺内在本性的、阐明文艺特殊规律的理论，"它不但恢复了长期以来被扭曲、篡改的反映论文艺观的本来面貌，而且克服了政治化的偏向，给它注入了审美的新鲜血液，使反映论获得了新生"，[3] 是新时期中国学人建构有中

---

[1]　参见钱中文《文学原理（发展论）》，社会科学文献出版社 1989 年版，第 100～110 页。

[2]　朱立元《对反映论艺术观的历史反思》，见刘纲纪主编《马克思主义美学研究》第 2 辑，广西师范大学出版社 1999 年版，第 41 页。

[3]　朱立元《对反映论艺术观的历史反思》，见刘纲纪主编《马克思主义美学研究》第 2 辑，广西师范大学出版社 1999 年版，第 41～42 页。

国特色的马克思主义文艺学新体系的一个有益探索。

20 世纪 90 年代以后，由于种种原因，许多论者对反映论文艺观采取了相对冷淡的态度，但是仍有部分坚忍不拔并自觉承担本学科进步之责、以构建当代有中国特色的马克思主义文艺学新体系为己任的学者甘于寂寞，继续关注反映论文艺观。王元骧、朱立元等学者从新的视角对反映论文艺观进行更深入的探索，取得了新的进展。王元骧指出：传统的反映论忽视了文艺的功能。因为"性质和功能作为事物规定性的两个方面，不仅是互相联系，而且是互相阐释的"，"要充分、深入了解文艺的性质，我们必须从体用一致、性质与功能统一的观点出发"。[1] 到目前为止，从审美反映论维度构建当代有中国特色的马克思主义文艺学新体系的努力仍然在继续进行着。

二、主体论维度

主体论是新时期学术界构建马克思主义文艺学新体系所采取的又一重要理论视角和学术维度。自 20 世纪 80 年代初开始，刘再复先后发表了《论人物性格的二重组合原理》(载《文学评论》1984 年第 3 期)、《论人物性格的模糊性与明确性》(载《中国社会科学》1984 年第 6 期)、《文学研究应以人为思维中心》(载《文艺报》1985 年 7 月 8 日)、《文学研究思维空间的拓展》(载《读书》1985 年第 2、3 期)、《论文学的主体性》(载《文学评论》1985 年第 6 期、1986 年第 1 期) 等多篇论文。这些文章都是围绕着文学主体性这个论题而发的，并以

---

① 王元骧《我所理解的反映论文艺观》，见刘纲纪主编《马克思主义美学研究》第 3 辑，广西师范大学出版社 2000 年版，第 302 页。

《论文学的主体性》一文集其大成。刘再复关于文学主体性问题的探讨，在国内文艺理论界引起了强烈反响。首先，上海《文汇报》和北京《文学评论》就此开展了活跃的学术争鸣。之后，陈涌、程代熙、敏泽等对刘再复的学术观点提出了不同意见，① 而王春元、杨春时、孙绍振、洪永平、林兴宅等人则又对陈涌等人的观点进行了反驳和批评。② 接着，有越来越多的文艺理论工作者参加了这场论争，一场全国性的学术争鸣就此迅速展开。有关主体性问题的学术文章大量出现在各种报纸杂志上，据不完全统计，仅 1986 年到 1991 年间，散见于报纸杂志上的关于文艺主体论的文章就多达四百余篇。③ 虽然到目前为止，学术界对于主体性问题仍然不能达成一致的意见，但是主体论却不失为我们从事马克思主义文艺学研究的一个重要理论视角，正如有的论者所说：文艺主体性问题的提出，"正是基于坚持和发展马克思主义文艺思想，建立和完善马克思主义文艺理论体系的历史要求"。④ 新时期以来，已经有许多理论工作者尝试着从这一维度去开展马克思主义文艺学体系的理

① 参阅陈涌《文艺学方法论问题》(载《红旗》1986 年第 8 期)、程代熙《对一种文学主体性理论的述评——与刘再复同志商榷》(载《文艺理论与批评》创刊号)、敏泽《论〈论文学的主体性〉》(载《文论报》1986 年 6 月 21 日)。

② 参阅《自由地讨论，深入地探索》(载《文学评论》1986 年第 3 期)、杨春时《论文艺的充分主体性和超越性》(载《文学评论》1986 年第 4 期)、孙绍振《论实践主体性、精神主体性和审美主体性》(载《文学评论》1987 年第 4 期)、林兴宅《我们时代的文艺理论——评刘再复近著兼与陈涌商榷》(载《读书》1986 年第 12 期、1987 年第 1 期)。

③ 参阅陆贵山主编《中国当代文艺思潮》，中国人民大学出版社 2002 年版，第 63 页。

④ 杨春时《论文艺的充分主体性和超越性——兼评〈文艺学方法论问题〉》，见《文学评论》1986 年第 4 期。

论建构工作，取得了令人瞩目的成果。

在 20 世纪 80 年代中后期关于体系问题的讨论中，有论者主张从主体论维度来建构马克思主义文艺学新体系，认为"文艺主体性问题正是旧理论体系的突破口和新理论体系的支撑点"。① 其实，主体论维度从一开始就是作为反映论维度的反拨而出现的。有人曾经这样说过：新时期以来，文艺理论界尖锐地指出了反映论文艺学的弊病，并在理论研究和批评实践中注意纠正其忽视主体性的偏颇。这样，在理论上就为从主体论角度建构马克思主义文艺学新的理论体系打开了一条通道。② 主张从主体论维度建构马克思主义文艺学新体系的人普遍认为，主体论维度可以弥补反映论维度的许多不足和缺陷。有人认为对文艺主体性展开研究，以主体论为核心从事建构马克思主义文艺学体系的工作，是"从不同角度建设多学派的马克思主义文艺学的重要课题"。③ 还有人指出：主体、实践主体特别是生产实践主体是马克思主义文艺学的起点，"寻求人的精神和审美的自由、发展和解放，构成了马克思主义文艺学的最高宗旨"，因此，当代形态的马克思主义文艺学体系的建构应当以对文学艺术主体性的准确研究为主线，才能实现对整个艺术世界的真实把握。④

主张从主体论角度来发展、建构马克思主义文艺学新体系

---

① 杨春时《论文艺的充分主体性和超越性——兼评〈文艺学方法论问题〉》，见《文学评论》1986 年第 4 期。

② 袁金刚《主体论文艺学是马克思主义文艺学的一个学派》，见《文学评论》1988 年第 6 期。

③ 畅广元《从不同角度建设马克思主义文艺学》，见《文艺报》1987 年 4 月 4 日第 3 版。

④ 董学文《马克思主义文艺学当代形态论》，见《文艺研究》1988 年第 2 期。

的观点有其特定的社会背景和文化背景，主要在于特定思潮背景下复生的源于西方早期人文主义的文化态度。有论者指出："80年代的中国，是中华民族潜在生命意识空前自觉且表现强烈的时代，中国文学家已经开始走出'人'的贫困及'文学的贫困'，在思维的精神领域，为至高无上的人的价值争得一片理性地位。正是这样一种高扬人的主体性的时代思潮，使人们进一步意识到自身的丰富性及自身力量的伟大，因此把人当作历史的主体、尊重人的价值、发挥人的自主创造精神成为这一时代的吁求和需要。而这一时代的心理特征与西方文艺复兴时期的人文主义精神不期而遇了。新时期理论家面对的是与早期人文主义相似的时代主题，于是萌发了与之相似的人文情怀：对人性的纯情讴歌，对人的力量的无限自信与弘扬……此时的中国知识分子最急迫的任务是唤起广大民众的主体意识，以'以人为本'去反对'以神为本'、'以物为本'的人道主义启蒙。"① 与此相应，一些理论家也紧紧抓住这一时代潮流，力图从主体论角度去发展、建构马克思主义文艺学新体系。

从主体论维度来建构马克思主义文艺学新体系的众多成果中，九歌的《主体论文艺学》（中国社会科学出版社1989年10月版）尤其引人注目。在此书中，经过作者精心的梳理与结撰，大致形成了比较完善的文艺学体系。该书以"建设和发展马克思主义文艺学为其宗旨"，② 所阐发的核心的文学观念是"文学活动是主体自由创造的天地，以自由为出发点和归宿

① 张婷婷、杜书瀛《新时期文艺学反思录》，山东文艺出版社2001年版，第145页。

② 九歌《主体论文艺学》，中国社会科学出版社1989年版，第5页。

点"。① 作者将文学创作和文学接受（或鉴赏）都视为主体的自由创造活动，视为同一个大过程的两个互相衔接、互相制约的阶段。创作过程的主体是作家，被视为"第一主体"；接受过程的主体是读者，被称为"第二主体"。在这两个过程中，读者和作家能动的、自由的创造活动，被置于至高无上的地位。作者把几十年来占主导地位的文学理论体系概括为"反映论文艺学"，并且向它提出了挑战，通过与主体论文艺学体系的对照，具体细致地剖析了它的缺陷和不足。作者尖锐地指出：建国前，我们没有较为系统、较为完备的马克思主义文艺学体系。建国后，我们在引进苏联的文艺思想和文艺学论著的基础上，自己动手编写了一些文艺学教科书。但"无论是苏联的文艺思想和文艺学论著，还是我们自己编写的文艺学教科书，其理论都是围绕'文学是社会生活的反映'这一中心命题而展开的"。从反映论维度建构马克思主义文艺学体系存在着简单、片面的缺点，存在着某些不易克服的局限性，"它过分强调了作为客体的社会生活的制约作用和决定作用，忽视了作为文学活动者的主体性（自主性、能动性和创造性）；它仅仅认识到文学活动主体、客体之间的认识关系，却没有认识到主客体之间还存在着更为重要的价值关系；它只看到了文学的一种活动，即思维活动，却没有充分注意到文学同时还是一种实践活动"。② 反映论维度片面强调客体而贬低主体，认为主体是被客体决定的，处于从属的地位。这种无视主体在文学活动

---

① 九歌《主体论文艺学》，中国社会科学出版社 1989 年版，第 4 页。

② 九歌《主体论文艺学》，中国社会科学出版社 1989 年版，第 335～336页。

中的重要地位和作用的理论，实际上已经严重地影响了文学活动的发展，也影响了人自身的建设。从反映论维度建构马克思主义文艺学体系框架"只能使文艺学的内容狭窄，结构松散……而且它们又是孤立的、分散的，缺乏整体性联系。或者仅仅是单一的、单向度的、逻辑上的联系，没有在其发生、发展、发挥功用过程中的历史联系。……多年来，我们的文学理论教科书，一直就是那么干巴巴的几条条，体例结构变来变去，仍然未能形成比较理想的、严密的结构框架"。① 作者指出，正因为多年来一直占主导地位的反映论文艺学存在着许多弊端，所以这就为从主体论维度建设和发展马克思主义文艺学新体系打开了一条通道。② "主体是文学活动的施动者、操作者和承担者，在文学活动中起着根本性的决定作用"，从主体论维度所建构的马克思主义文艺学体系重视主体的问题，研究主体的问题，揭示主体的结构和地位，从而超越了从反映论维度所建构的文艺学体系。③ 通过《主体论文艺学》一书，作者尝试着从主体论维度初步建构起了一个新的马克思主义文艺学理论体系的框架结构，从根本上摆脱了几十年间陈陈相因的文艺学旧框架，显示出了生机和活力。

众所周知，卢卡契及其他许多西方马克思主义理论家在当代批评理论上之所以能取得较高的成就，与他们在艺术与审美上高度重视主体精神是分不开的。例如，卢卡契在审美反映中不仅不排斥主观性，而且将主观性确定到非常高的位置。他甚至认为，在艺术领域中没有主观就没有客观。这一点在认识论

① 九歌《主体论文艺学》，中国社会科学出版社 1989 年版，第 359 页。
②③ 九歌《主体论文艺学》，中国社会科学出版社 1989 年版，第 368 页。

上具有纯粹唯心主义的意味，但在文艺学领域对于主客观关系却是根本的。卢卡契为主体性赋予的内涵是：自我意识即主体人通过对自己的力量、价值的充分认可，从而转化为对客体世界的价值支配和进取。自我意识是人的主体性的内在标志。①他把一般的主体能力上升为人类的自我意识、自我价值的体现。其实，文艺学中的主体性，本来就是马克思主义的题中应有之义，马克思主义的自然观、社会历史观、文艺美学观中都有系统而深刻的主体论思想，从《手稿》、《关于费尔巴哈的提纲》、《德意志意识形态》、《〈政治经济学批判〉序言》、《〈政治经济学批判〉导言》，直到马克思、恩格斯的晚期著作，主体性思想一直是马克思主义文艺理论的重要组成部分。重视以实践活动为基础的人的主体性是马克思创始人的"新唯物主义"区别于旧唯物主义及唯心主义的一个显著特征。早在探寻新哲学的初期，马克思就十分突出地强调人类的历史主体性，他在《1844年经济学哲学手稿》中说："整个所谓世界历史不外是人通过人的劳动而诞生的过程，是自然界对人说来的生成过程……"②在《关于费尔巴哈的提纲》一文中，马克思开宗明义，又突出强调了主体实践和主观能动性的重要地位，批评费尔巴哈的机械唯物论不从主体看待事物和感情。③马克思主义创始人曾一再强调人是劳动的主体、社会关系的主体，侧重从人的作用的角度揭示人的本质，说明人在劳动、社会关系中的

---

① 参见马驰《卢卡奇、胡风、冯雪峰现实主义理论的比较研究》，见刘刚纪主编《马克思主义美学研究》第1辑，广西师范大学出版社1998年版，第246～247页。

② 《马克思恩格斯全集》第42卷，人民出版社1979年版，第131页。

③ 参阅《马克思恩格斯选集》第一卷，人民出版社1972年版，第16～19页。

地位。他们说"人始终是主体"，① "人类是主体"，② "人是生产的主体"，③ "自然是生产的客体"，④ 也就是说，主体性从一定意义上是人的最本质的属性。早在 1945 年卢卡契就曾指出：那种认为马克思主义文艺学、美学"低估主观的作用"、"低估艺术塑造过程中艺术家主观因素发挥的效力"的观点其实是一种对马克思主义文艺学、美学的误解。⑤ 但是，我们以前的马克思主义文艺学体系确实存在重客体而轻主体的弊病。也正因为此，主体论完全可以而且应该作为我们构建当代有中国特色的马克思主义文艺学新体系的重要维度和视角，这一方面是马克思主义本身的要求，另一方面也可以补助我们以往工作的不足。站在主体论立场上，重新去审视并调整人与世界的关系，建构当代有中国特色的马克思主义文艺学新体系，是马克思主义发展史上的一个飞跃。正如有位论者所言：从主体论维度开展理论研究，"可以使我们的文艺学获得前所未有的丰富内容，形成全新的理论体系和框架"。由此所形成的理论，"不仅具有多方面的深广内容，而且能够顺理成章地构成一个合乎逻辑和整体结构……必然给马克思主义文艺学带来新的面貌"。⑥

---

① 《马克思恩格斯全集》第 42 卷，人民出版社 1979 年版，第 130 页。

② 《马克思恩格斯全集》第 12 卷，人民出版社 1962 年版，第 735 页。

③ 《马克思恩格斯全集》第 26 卷 I，人民出版社 1972 年版，第 300 页。

④ 《马克思恩格斯全集》第 12 卷，人民出版社 1962 年版，第 735 页。

⑤ 参阅 ［匈］卢卡契《卢卡契文学论文集》（一）（中国社会科学院外国文学研究所外国文学研究资料丛刊编辑委员会编），中国社会科学出版社 1980 年版，第 293 页。

⑥ 袁金刚《主体论文艺学是马克思主义文艺学的一个学派》，见《文学评论》1988 年第 6 期。

三、意识形态论维度

意识形态是马克思主义文艺思想的一个基本范畴。对于任何一位马克思主义文艺理论研究者来说，意识形态问题都是不容回避的关键性课题。正如有位论者所言："马克思主义美学和文艺理论的许多观点、问题与范畴、概念，包括理论批评与创作实践发展中的许多重要问题和具体问题，无不与意识形态概念有着密不可分的关联。"① 因此，以"意识形态"概念作为切入点就成为全面、准确理解经典马克思主义文艺理论的重要方法和建构马克思主义文艺学新的体系形态的重要维度。

文艺与上层建筑及意识形态的关系一直是新时期以来文艺理论界争论的热点问题。早在 20 世纪 70 年代末 80 年代初，与疏离和淡化文艺与政治的关系相联系，有论者就对文艺的意识形态问题进行了新的阐发。朱光潜先生 1979 年在《华中师院学报》第 1 期上发表了《上层建筑与意识形态之间关系的质疑》一文，指明了上层建筑与意识形态的区别，阐述了文艺的意识形态性和非意识形态性。该文发表后，立即引起反响，在学术界展开了一场关于文艺与意识形态关系的热烈争论。② 在这场论争中主要有两种观点：一种观点强调文艺的上层建筑性和意识形态性，肯定文艺是由政治和经济决定的；另一种观点

---

① 谭好哲《文艺与意识形态》，山东大学出版社 1997 年版，第 24～25 页。

② 吴元迈不同意朱光潜的观点，在《哲学研究》1979 年第 9 期撰文《也谈上层建筑与意识形态的关系——与朱光潜先生商榷》，谈了自己的看法，之后张薪泽对吴元迈的文章提出质疑。另外还有陆梅林发表在《文学评论》1980 年第 1 期上的《文艺和政治是上层建筑范畴内的问题》等一系列文章，就文艺与意识形态的关系问题展开了针锋相对的论争。

则强调文艺作为一种特殊的社会意识形态的非上层建筑内涵，从而为文艺向自己的本体位置回归以及人的创作自由的获得提供理论依据。在思想解放运动的时代大潮推动下，后一种观点逐渐占据了主导地位。

至 20 世纪 80 年代中后期，随着马克思主义文艺学体系论争的进一步展开和深入，有论者提出了从意识形态维度来建构当代有中国特色的马克思主义文艺学新体系的观点，于是，文艺与意识形态的关系问题再度成为文艺理论研究的热点。鲁枢元于 1987 年 7 月 11 日在《文艺报》上发表了题为《大地与云霓》的文章，认为文学艺术与哲学、宗教一样，是高高地漂浮在人类社会历史活动空间之上的东西，是人类精神上空漂浮着的云，它和人类社会经济政治生活的关系，就像是天上的云霞虹霓与大地的关系。这篇文章发表后，理论工作者们纷纷撰文阐述自己不同的意见，展开了激烈的论争。① 客观地讲，这一

---

① 这场论争的主要观点可以概括为三种：一种是"文艺非意识形态化"主张，认为意识形态不是文艺的本性，意识形态只是文艺的属性之一，如栾昌大的《文艺意识形态本性说辨析》（载《文艺研究》1988 年第 1 期）、曾凡的《理性的迷误》（载《文艺争鸣》1988 年第 3 期）等；一种观点认为意识形态性是文艺的本质属性，这是不容否定的，承认不承认文艺是一种意识形态这个基本原理，是马克思主义文艺学和其他一切文艺学的分水岭，如吴元迈的《关于文艺的非意识形态化》（载《文艺争鸣》1987 年第 4 期）、牟豪戎的《不能否定文艺的意识形态理论——对〈文艺意识形态本性说辨析〉的质疑》（载《文艺理论研究》1989 年第 5 期）、曾振南的《文学，作为上层建筑的悬浮物——与鲁枢元同志商榷》（载《文艺争鸣》1988 年第 1 期）等；一种观点主张文艺半意识形态化或准意识形态化，认为文艺既有意识形态性，也有超意识形态性或非意识形态性，文学艺术是意识形态和非意识形态的集合体（董学文《马克思主义文艺学当代形态论纲》，载《文艺研究》1988 年第 2 期），强调建构马克思主义文艺学的理论体系应"将科学的意识形态理论与某些可取的非意识形态观点进行有机的结合"（董学文《建设马克思主义文艺学的当代形态》，载《文艺报》1987 年 4 月 4 日第 3 版）。

阶段有关文艺的意识形态性的论争在一定程度上是 80 年代初第一阶段论争的延续和深化，二者之间存在着很多的相似性。

20 世纪 90 年代以后，对于当代有中国特色的马克思主义文艺学新体系的构建，众多学者都曾脚踏实地地做了许多具体的努力，这其中就有一些论者尝试着从意识形态维度来展开这项工作，并取得了一定成就。但是对于这种尝试和努力，有论者持不同意见，于是，针对意识形态理论是否可以作为构建马克思主义文艺学新体系的理论维度这一问题，理论界展开了争论。① 一些论者对从意识形态维度建构马克思主义文艺学新体系的观点基本持反对态度，他们认为，既然意识形态不是文艺的本性，当然没有必要以意识形态作为理论体系建构的维度。而肯定意识形态维度的论者则以取消或削弱意识形态的政治色彩作为应对否定论者的代价。从一定意义上讲，否定文艺意识形态论维度的论者是赢家，因为他们进一步削弱文艺的政治色彩的意图得到了论辩对手的默认。

对于那种贬低甚至否定意识形态论、将意识形态论说成是"旧的文艺理论体系的首要之点"的观点，黄力之进行了分析和批评，并且驳斥了刘再复"不推倒这个错误理论（即"意识

---

① 这次论争发表的文章主要有陆梅林的《何谓意识形态》（载《文艺研究》1990 年第 2 期）和《观念形态的艺术》（载《文艺研究》1990 年第 5 期）、李思孝的《文艺和意识形态》（载《文学评论》1991 年第 5 期）和《文艺和意识形态续谈——答陆梅林先生》（载《文艺争鸣》1992 年第 3 期）、潘必新的《意识形态与艺术的特征》（载《文学评论》1990 年第 6 期）、栾昌大的《正确对待关于意识形态的传统解说——与潘必新同志陆梅林先生商榷》（载《文艺争鸣》1992 年第 2 期）、陆一帆的《文艺意识形态论》（载《文艺研究》1992 年第 2 期）、张首映的《意识形态与文学艺术——评三种意识形态与文艺关系的观点》（载《文艺争鸣》1992 年第 3 期）等。

形态论"，笔者注)，新的文艺理论体系就不能建立起来"的
"谬论"。他认为，意识形态论是世界观与方法论的统一，它体
现了马克思主义的科学性。意识形态论还能够把"艺术生产
论"、"不平衡关系"、"主体性"、"阶级性"等统一起来，艺术
生产论和不平衡关系论都不能独立于意识形态论之外，脱离意
识形态论去建构马克思主义文艺学新体系将是不可能的。①

值得肯定的是，在从意识形态维度来探讨构建当代有中国
特色的、科学的马克思主义文艺学新体系的过程中，肯定意识
形态维度的论者诚恳地接受了批评者观点的合理之处，并对文
艺意识形态论加以发展，在关注文艺的意识形态本性时，也没
有忽视艺术的审美特质，而是将二者相融合，提出了"审美意
识形态论"，② 主张以"审美的意识形态"理论为核心开展具
体的构建工作。他们认为："按照马克思主义的文艺本质观，文
艺的意识形态性质和审美性质是文艺的两个基本的本质属性，
前者是文艺的社会本质，是文艺和其他意识形态的共同性、普
遍性；后者是文艺的审美本质，是文艺之所以为文艺而与其他
意识形态相区别的特殊性、个别性……一方面，文艺的意识形
态性只能存在于审美性之中；另一方面，文艺的审美性也总是
表现意识形态性。"③ 意识形态是"马克思主义文艺理论体系
的基本范畴"，所以应"从艺术审美本质深入探索艺术审美和

---

① 黄力之《体系框架中的意识形态论》，见《文艺理论与批评》1991 年第 6 期。
② 如钱中文《论文学观念的系统性特征》(载《文艺研究》1987 年第 6 期)，
王元骧《反映论与文学的本质问题》(载《文艺理论与批评》1988 年第 1 期)、《文
学的意识形态性与非意识形态性》(载《高校社会科学》1989 年第 1 期)，童庆炳
《审美意识形态的再认识》(载《文艺研究》2000 年第 2 期)等。
③ 彭立勋《意识形态论与审美论的统一——马克思主义文艺学体系建设的
思考》，见《学术月刊》1992 年第 1 期。

艺术生产的各种规律"，并以它作为关节点贯穿整个马克思主义文艺学体系。① 还有人主张，马克思主义文艺学理论体系的建设"应该适当地把重心放在形式方面，实现内容方面与形式方面的辩证统一"。而"由于审美理想是社会的一种特殊的精神方式，属于社会的意识形态，所以它的中介作用有力地规定了文艺作为意识形态的发生流向；而且审美理想又与其他意识形态的理想形式保持着联系与渗透关系，所以文艺作为意识形态而产生和发展，就更是自然而然、毫不足怪的了"，也正因为此，我们从意识形态论维度来建构马克思主义文艺学新体系时，应充分重视审美理想在文艺的发生、发展中的重要作用。② 较早提出"审美的意识形态"概念的是钱中文。当然，"审美意识形态"的概念也并非新时期中国文艺理论家的发明创造，在西方马克思主义文艺学中，英国著名文艺理论家伊格尔顿就已经提出过这一概念范畴。但是，中国文艺理论家能够将"审美意识形态"概念作为建构当代有中国特色的、科学的马克思主义文艺学新体系的核心范畴，仍然具有重大的现实意义。

在从意识形态论维度来构建当代有中国特色的马克思主义文艺学新体系的所有尝试和努力中，谭好哲先生的《文艺与意识形态》（山东大学出版社1997年版）可以说是新时期以来学术界所取得的一项最沉实的研究成果。作者通过"回到马克思"，有力地回击了那种指责马克思主义的意识形态论文艺观

---

① 熊大材、陈鼎如《马克思主义文艺理论历史发展的透视与思考》，见《争鸣》1989年第3期。

② 严昭柱《马克思主义文艺学建设的重点》，见《文艺研究》1988年第4期。

是庸俗社会学的观点，批驳了认为"审美不包含什么内容"的形式主义的"纯美学"学派对意识形态文艺观的消解和颠覆。作者指出：马克思主义经典作家历来都是既重视文艺的审美特征，又不把这种特征绝对化，即不将艺术与人类其他活动类型割裂开来，而是从人类活动的整体联系中思考艺术的本质和特征。也就是说，承认艺术的审美特征，并不意味着因此就使艺术失去它的真和善的标准，以及与社会、人生的紧密联系，真正的审美按其性质来说，本身就包含着所有这一切。所以新的历史时期，发展和丰富马克思主义文艺学理论体系，必须从意识形态论角度出发。

四、艺术生产论维度

马克思曾说过："一个种的整体特性、种的类特性就在于生命活动的性质，而自由的有意识的活动恰恰就是人的类特性。"[①] 动物只是通过本能活动来维持肉体生存，而人则是通过生产和创造的有意识的活动，来满足自己的需要。人的这种活动不仅在质和量上不断改进、提高自然，而且不断地创造第二自然——自然界从来所没有的东西。所以，从人是自然界的一个种类来说，生产活动才是人的特性。而艺术生产无疑又是人类生产活动中所特有的一个重要方面。生产与消费本是经济学的研究范畴，但马克思主义创始人却创造性地将它们运用于文学艺术理论。马克思在《〈政治经济学批判〉导言》中论及意识形态同生产、交往的关系时，首次提出了"艺术生产"概

---

① ［德］马克思《1844 年经济学哲学手稿》（中共中央马克思恩格斯列宁斯大林著作编译局译），人民出版社 2000 年版，第 57 页。

念。但这一思想却早在《1844年经济学哲学手稿》中就已形成，他在书中写道："宗教、家庭、国家、法、道德、科学、艺术等等，都不过是生产的一些特殊的方式，并且受生产的普遍规律的支配。"① 这是一个唯物史观的命题。马克思在这里把艺术看成是与人口生产和物质生产不同的精神生产的一种特殊形式。1857～1858年在《〈政治经济学批判〉导言》和1859年初写的"序言"中，马克思初步提出了艺术生产论的理论框架。在后来的《政治经济学批判大纲》和《资本论》（特别是第1卷和第4卷）中，更集中地研究了资本主义社会的艺术生产问题。在新时期的体系论争中，有论者把马克思的艺术生产理论框架概括为三个方面：（1）对唯物史观进行了经典性的完整、系统的表述，强调指出人们的物质"生产关系的总和构成社会经济结构，即有法律的和政治的上层建筑竖立其上并有一定的社会意识形式与之相适应的现实基础。物质生活的生产方式制约着整个社会生活、政治生活和精神生活的过程"。（2）提出"物质生产的发展例如艺术生产的不平衡关系"理论，并从多方面进行阐述。（3）把艺术生产放在同艺术消费的对立统一关系中加以考察。② 19世纪60、70年代，在《资本论》特别是其中的"剩余价值"那一部分中，马克思对艺术生产论进行了进一步发展和丰富。这时，马克思注意把艺术生产作为一个历史范畴来考察，重点研究资本主义社会关系下的艺术生产的特点和规律。马克思在晚年继续深化了艺术生产理论，认为文

---

① ［德］马克思《1844年经济学哲学手稿》（中共中央马克思恩格斯列宁斯大林著作编译局译），人民出版社2000年版，第82页。

② 朱立元《艺术生产理论与唯物史观——再论马克思主义文艺学、美学的哲学基础》，见《文艺评论家》1991年第5期。

学、艺术、语言、技术能力等都属于"已经获得的精神方面的生产力"，并提出了与物质生产力相对的精神生产力问题。因此，朱立元说艺术生产论是贯穿马克思思想发展的一生、有内在发展脉络可寻的系统理论。① 马克思主义经典作家虽然并没有为我们留下大量而详尽的有关艺术生产的论述，但是"艺术生产"理论却为我们从人的创造性角度研究文学艺术提供了一把钥匙，为我们建构马克思主义文艺学新体系提供了重要的理论维度。也正因为此，从艺术生产这一视角和维度出发就成为新时期学者们在构建当代有中国特色的马克思主义文艺学新体系的努力和尝试中的又一个重要选择。

其实，进入新时期以来，随着中国新时期社会的转型、社会主义市场经济的逐步建立和发展，艺术产品的商品属性问题立即摆在现实生活面前，马克思的"艺术生产"理论就在相当范围内激起了国内文艺理论研究者的兴趣和热情。可以说，新时期以来的二十余年，艺术生产理论一直是马克思主义文艺理论界研究的热点问题。尤其是从 80 年代后期开始，学术界掀起了一个探讨从艺术生产论维度建构当代有中国特色的马克思主义文艺学新体系的高潮，这以何国瑞《艺术生产原理》（人民文学出版社 1989 年版）一书的出版为重要标志。从艺术生产论出发去构建马克思主义文艺学新体系，不仅是发展马克思主义文艺学的需要，更是艺术实践的迫切要求。文艺理论与文艺实践是一种动态的辩证关系，文艺理论来源于艺术实践，而文艺理论必须适应文艺实践的发展，否则就会成为艺术实践发

---

① 朱立元《艺术生产理论与唯物史观——再论马克思主义文艺学、美学的哲学基础》，见《文艺评论家》1991 年第 5 期。

展的障碍。以往的文艺学体系从意识形态或反映论角度去理解艺术，有正确的一面，但并不全面。而艺术生产理论则突破了这一传统理解，从生产角度去把握艺术。20 世纪 80 年代末，社会主义商品经济迅速发展，文艺产品的商品属性、商品化问题被提了出来。实践的发展要求理论研究的进一步加强。于是，马克思主义的"艺术生产"理论也越来越显示出强大的生命力。而且由于西方马克思主义文论的传入，霍克海默、本杰明、阿尔都塞等人对艺术生产的许多独到、充分的论述，不可能不影响到我国马克思主义文艺理论界。因此，从艺术生产理论维度去探讨当代有中国特色的马克思主义文艺学新体系的构建问题被提到中国文艺理论研究的前沿是必然的。文艺报等多家报刊纷纷开辟专栏讨论艺术生产问题，就这样，围绕如何从艺术生产论维度来构建马克思主义文艺学新体系，学术界展开了热烈的争论。① 有论者主张从艺术生产论维度开展具体的马克思主义文艺学新体系的建构工作，认为从马克思的艺术生产论的基本框架出发，完全可以举纲张目，推导出一个完整、严谨并具有当代色彩的马克思主义文艺学体系。② 也有论者对此持有异议，黄力之认为，艺术生产论虽然重要，但是其意义的

---

① 代表性的文章有何国瑞的《论马克思的艺术生产理论体系》（载《武汉大学学报》1988 年第 4 期）、《艺术生产论纲》（载《理论与创作》1989 年第 4 期），徐岱的《艺术生产发生论》（载《浙江学刊》1989 年第 3 期），朱辉军的《艺术生产论的独创与缺陷》（载《理论与创作》1990 年第 1 期），朱立元的《略谈艺术生产与艺术消费的辩证关系》（载《文艺报》1990 年 7 月 21 日第 3 版），王德颖的《艺术生产论和意识形态论》（载《文艺研究》1991 年第 4 期），张来民的《走向艺术生产论》（载《文艺报》1993 年 9 月 4 日第 3 版），木弓的《文艺的"意识形态论"与"生产论"》（载《文艺报》1993 年 10 月 23 日第 3 版），刘启宇的《艺术生产论与马克思主义文艺理论体系》（载《文艺报》1993 年 10 月 30 日）等。

② 朱立元《艺术生产理论与唯物史观——再论马克思主义文艺学、美学的哲学基础》，见《文艺评论家》1991 年第 5 期。

阐释只能从意识形态论着手，而不是相反。意识形态论才是马克思主义文艺学理论体系框架中的核心观念，当代具有中国特色的马克思主义文艺学新体系的建构也必须从意识形态论维度而非艺术生产论维度展开。① 张来民则客观地评价了艺术生产论的理论价值，他反对无限扩大艺术生产论的倾向，反对那种"非此即彼、唯我独尊、排斥异己的独断主义"。②

总之，众多论者从不同的角度提出了自己的观点，尽管有矛盾，有论争，但却从不同程度上丰富和发展了这一理论，对于更好地从艺术生产论出发去构建当代有中国特色的马克思主义文艺学新体系，无疑是有益的。比如，对于艺术生产论的意义及其与反映论、意识形态论等的关系，学人们都进行了深入的论争和讨论。有论者认为：艺术不是认识，而是审美创造，是带有实践性的精神生产，是马克思学说对世界的"实践—精神"的掌握方式。因而，只从认识论角度规定艺术本质，就容易忽视艺术创造的实践性和生产性。另外，艺术反映论的研讨重点往往放在艺术家的反映方式与反映成果上，相对忽视对艺术接受与接受者的研究，更不能把创作与接受辩证地统一成一个整体来看待。而实际上，艺术的存在方式是艺术生产→艺术品→艺术消费→艺术生产的循环往复的辩证运动过程。但艺术反映论往往停止在运动的第一阶段上，无法把整个回环运动统一于认识论、反映论的基础上。虽然艺术生产论与艺术反映论在根本上并不矛盾，但在范围上，艺术生产论大于并包括艺术反映论；在性质上，艺术生产论更切近于艺术的特殊本质和艺

---

① 黄力之《体系框架中的意识形态》，见《文艺理论与批评》1991第6期。

② 张来民《走向艺术生产论》，见《文艺报》1993年9月4日第3版。

术运作的特殊规律，因而作为文艺学体系的主干，它更优于艺术反映论。以艺术生产论为主干建立有中国特色的马克思主义文艺学新体系，应当而且可能比艺术反映论的文艺学更完备、全面、辩证。但同时又要反对只提倡艺术生产论而否定反映论，把两者对立起来，或全盘取消艺术反映论，否则便是片面的、机械的。① 还有论者认为，马克思的认识理论是一种政治经济学的艺术理论，"艺术生产"则是这个理论的总概括。但艺术生产论作为马克思主义理论的一个组成部分天生就具有阶级的意识形态性。在我国从计划经济进入社会主义市场经济的新形势下，艺术作为一种特殊商品进入市场，不可避免地带来了一系列前所未有的问题，原有的意识形态论显然需要深化和发展。而艺术生产论恰恰从特定的角度深化了意识形态论。② 因此，我们说，艺术生产论受到重视，并不是对反映论、意识形态论等其他理论学说的否定，而是开辟了一个新的领域，从一个新的视野来认识文艺，来建构马克思主义文艺学新体系。艺术生产论的勃兴为马克思主义文艺学和实践找到了一个崭新的切合点。由艺术生产论切入研究，我们将更容易以动态的思维把握艺术循环往复的运动过程，更有利于发现艺术创造的实践性。

在从艺术生产论维度构建当代有中国特色的马克思主义文艺学新体系所取得的众多成果中，何国瑞主编的《艺术生产原理》（人民文学出版社 1989 年版）尤为引人注目。该书试图冲

---

① 朱立元《艺术生产论与艺术反映论关系之辨析——兼与何国瑞教授商榷》，见《学术月刊》1992 年第 8 期。

② 张来民《走向艺术生产论》，见《文艺报》1993 年 9 月 4 日第 3 版。

破传统文艺学体系的认识论框架，以"文艺是一种社会生产"作为建构理论框架的视角，由此出发，分本体论、主体论、客体论、载体论、受体论几大部分展开论述，形成新的文艺学体系。作者指出，人类的生产包括物质生产、人口生产、精神生产三大生产，艺术生产就是人类这个大生产系统中的子系统。作者对以往的"再现论"艺术观、"表现论"艺术观、"形式论"艺术观进行了细致的分析和评价，指出把它们作为马克思主义文艺学的核心理论是不恰当的，不能从这些理论出发去建构有中国特色的马克思主义文艺学新体系。他认为，现实的人是艺术的基点，艺术生产的尺度是"美的规律"，艺术生产理论是马克思主义文论最基本的理论。他从本体论、主体论、客体论、载体论、受体论等不同角度，全面细致地分析了马克思主义艺术生产理论，对于推进马克思主义艺术生产理论研究、建构当代有中国特色的马克思主义文艺学新体系无疑具有重大的现实意义。需要提到的是，朱辉军不完全赞同何国瑞的观点，他指出，那种从哲学人类学、历史社会学和个性心理学三个方面来理解艺术生产论的观点是有一定缺陷的，为此他提出了自己的"重造说"，即艺术家（主体）用形式规范（中介）将客观现实的表象（客体）改造成艺术形象，重造出一个不同于客观物质世界和主观精神世界的第三世界——艺术世界来。作者认为，"重造说"能比较全面地概括艺术创造的各个层面，又能揭示艺术所具有的独创性和审美性。① "重造说"深化了艺术生产论，进一步推动了从艺术生产论维度来建构马克思主义文艺学新体系的理论探索。另外，有论者还对何国瑞的新体

---

① 朱辉军《艺术生产论的独创与缺陷》，见《理论与创作》1990 年第 1 期。

系的不足之处进行了具体分析，指出："他对艺术生产的根本语境多所回避，没有从总体上把艺术生产放在市场经济背景下进行历史的具体的考察，没有在艺术生产研究中注入社会主义的资本、市场、商品甚至传媒等因素……一定程度上混淆了艺术生产和艺术审美创造的内涵，可能引申出审美规律与价值规律相对立的结论。"① 可以说，这些不足之处也是我们今后进一步从艺术生产论视角完善马克思主义文艺学体系时所应尽量避免的。

艺术生产概念是马克思主义创始人所提出的独特的文艺学概念，他们从政治经济学角度把文艺看作是一种生产，一种特殊的生产。他们从人的本质和人的劳动实践出发，比较系统地研究了物质生产和非物质生产的关系，把艺术活动作为人类特有的一种精神生产来剖析，这是文艺理论史上的革命。艺术生产论主要考虑文化市场的宏观调控以及如何按照市场供需关系来组织、安排、发展精神产品的生产。如果说意识形态论描述的是文学艺术的思想目的、品格境界以及社会生活、人文历史的话，那么，艺术生产论则试图描绘文学艺术在商品社会中形成的过程以及生产的独特条件，研究时代的生产能力、科技水平与精神生产的质量关系和读者作为某种商品的消费者对文学艺术不同层次的需要。前者把握的是目的，后者把握的是过程。因此，意识形态论与艺术生产论思考的问题和思考的方式不尽相同，对于同一个问题，思考的角度也有区别。艺术生产论不仅强调了艺术的认识性和社会性，更重要的是指出了艺术

---

① 陆贵山主编《中国当代文艺思潮》，中国人民大学出版社 2002 年版，第90 页。

的实践性、生产性。在生产的运动过程中把握艺术，可以更全面地认识艺术，有利于把分散的理论有机地组织起来，从中窥见文艺学体系发展的一个新线索。尽管艺术生产论是一种操作性很强的应用性理论，但它不仅仅是解决文艺自身的那种形式和技巧的问题。随着市场经济的发展，艺术生产论思路更加开阔，涉及问题更加丰富，层次更加复杂，范围更加广泛。例如当代科技对艺术的影响、艺术市场的管理、出版政策、高雅文艺与大众文艺、艺术的商品化、读者的消费等，都是艺术生产论需要综合考虑的。既然文艺学是多维的，我们就应该提倡各种理论的出现。而且市场经济的现实也在充实着艺术生产理论的发展。因此，我们认为，艺术生产论无疑是建构当代有中国特色的马克思主义文艺学新体系的重要一维，也是马克思主义文艺学体系区别于其他理论体系的一个重要标志。

在从艺术生产维度展开马克思主义文艺学新体系的具体建构过程中，前苏联文艺理论家以及西方马克思主义者卓有成效的理论探索值得我们借鉴。早在 20 世纪早期，苏联"列夫派"作家和理论家就从建设新生活的热情出发，宣扬"艺术就是建设生活"、"艺术就是生产"等文学主张，并提出了"生产艺术"、"社会订货"等创作口号。他们将艺术等同于生产，认为艺术的使命就是制作有益的、适合目的的物品，艺术是作为有节奏地组织商品价值生产的唯一愉快的过程。[①] 在艺术生产论问题上，西方马克思主义学者也曾进行过独到的开掘。早在 20 世纪 30 年代，他们就在马克思"艺术生产"概念的启迪

----

① 关于"列夫派"的"生产艺术"观点，参阅叶水夫主编《苏联文学史》第 1 卷，中国社会科学出版社 1994 年版，第 61～63 页。

下，根据马克思关于生产力与生产关系以及现代技术对艺术生产和消费的影响等问题的论述，创立了从生产论视角研究文艺活动的新思路，建立和形成了初具规模的艺术生产理论。这是西方马克思主义文论家对马克思主义文艺学的又一重大贡献。大多数西方马克思主义文艺理论家如马舍雷、阿尔都塞、本杰明、伊格尔顿等都十分重视"艺术生产"这一概念。本杰明把艺术创作的技巧看作艺术的生产力。他认为，艺术和经济领域的生产一样，都依赖于一定的生产力，文学、绘画、音乐、戏剧以及出版，都需要技术和技巧。这些技巧是艺术的生产力。艺术技巧往往成为艺术生产发展的阶段性标志，技巧使艺术的生产者与大众形成特定的艺术生产关系。虽然马克思曾经把艺术看成一种精神生产，但并没有对艺术进行全面的生产论式的考察，艺术生产中的生产力与生产关系等问题，马克思主义创始人并没有提供现成的答案。本杰明的创造性就在于，他把马克思主义政治经济学的生产理论运用到艺术研究中，用来解决现代艺术和革命艺术发展中出现的一些新问题。伊格尔顿在本杰明的基础上提出了文化生产的文艺理论，着重分析文化意义的生产，不仅按照制品来谈，而且按照文化意义生产的其他形式来谈，更重要的是他对于资本主义社会文化生产方式的所有权或控制权的研究，显示了他对现代社会中人的现实生存境况的极大关注。

毫无疑问，"艺术生产理论"的研究对探索马克思主义文艺理论的当代形态并最终建构起当代有中国特色的马克思主义文艺理论体系具有诸多启示。但是，正如有的论者所指出的那样："这种研究迄今为止也还远没有达到完善的境地"，一是不同程度地存在着把艺术生产与一般生产混同，把一般生产的理论套用到艺术生产中来的倾向。这种倾向可以追溯到法兰克福学派的本杰明，而且在朱光潜等人日后的研究中也同样没能克服，在新时期马克思主义文艺学体系论争中仍没有很好地克服。之所以会出现这种倾向，原因在于没有辩证地处理物质生产与精神生产的关系，没有充分认识到艺术生产作为一种精神生产，它具有观念性生产的特质，因此最终又离不开认识论研究的基础；二是不同程度地存在着把宏观研究与微观研究分割开来的倾向。在许多地方，马克思主义经典作家确实不是就艺术而论艺术，而是以文艺活动来印证自己的经济理论，这显然是由他们研究经济学的目的决定的。但我们不能因此把马克思主义经典作家考察艺术的这一特殊视角混同于马克思主义经典作家看待艺术问题的一般视角，即艺术研究自身的视角，因为艺术活动在直接的意义上总是以个体的精神活动的形式而出现，这决定了我们在研究艺术时就离不开对个别的、感性的层面的考察。所以从这一层面来看，艺术的生产就在于不仅作家通过创作活动为读者生产消费的对象，而且还在于读者通过阅读活动再生产自己，这些内容离不开微观研究，也就不是以政治经济学的方法所能取代的。[1] 这些不足之处是我们今后从艺术生产论维度展开马克思主义文艺学新体系建构工作时所应注意和竭力避免的。

---

[1] 王元骧《对于推进马克思主义文艺学在当代发展的思考》，见《社会科学战线》1997 年第 5 期。

余论：当代视野中的马克思
主义文艺学体系建构

新时期有位学人曾不无忧虑地指出：对于建构当代较为完善的马克思主义文艺学新体系，"多年来只听打雷不见下雨，只听呼吁不见行动……论者呼吁转换，却不进行转换；谈论怎样建构，却拿不出建构实绩；讨论好像很闹忙，实际上劳而无功，是光开花不结果的虚假的学术繁荣，是味同嚼蜡的老生常谈……马克思说：'一个行动胜过一打纲领。'建构新的文艺理论体系，当务之急是做而不是说。"① 虽然言辞有些尖锐和激越，不一定完全符合实际情况，但却告诫我们：建构当代有中国特色的马克思主义文艺学新体系是一项极为复杂艰巨的系统工程，我们任重而道远。中国传统马克思主义文艺学体系的现代化、西方马克思主义文论的中国化、当下实践的理论化、抽象理论的现实化是我们构建当代有中国特色的马克思主义文艺学新体系所必须解决的问题，而这些问题的解决则需要我们在多方面做出切实的努力。

---

① 祁志祥《一个行动胜过一打纲领》，见《文艺争鸣》1999 年第 6 期。

一、现实的人：建构新体系的出发点和归宿

在西方，从文艺复兴开始，"人"便逐步摆脱神的束缚而成为历史的主体，人的问题从此成了几百年来几乎所有思想家、理论家所关注和思考的核心问题。人的问题同样是马克思主义的出发点和归宿，而且它对人的认识也更深刻、更全面。马克思和恩格斯曾经讲到，他们的"出发点是从事实际活动的人"，① 他们的研究方法是"从现实的、有生命的个人本身出发"。② 马克思的人学思想是极为丰富而深刻的：其一，在马克思的理论学说中，"人"是现实的人。马克思哲学所理解的"人"，不是处在幻想的离群索居和固定不变状态中的抽象的人，而是现实存在的人。现实的人也就是从事实际活动的人、实践的人。马克思曾多次批判传统哲学的抽象的人学观，他一直反对旧哲学家们从抽象的人，从他们所设想、所想像的人出发的做法。马克思认为："创造这一切、拥有这一切并为这一切而斗争的，不是'历史'，而正是人，现实的、活生生的人。"③ 他强调指出："人们是自己的观念、思想等等的生产者，但这里所说的人们是现实的，从事活动的人们。"④ 其二，人的本质规定是多样的。马克思指出："人的本质规定和活动是多种多样的。"⑤ 他又说："如果用人的许多特性中的一个特性来顶替人本身，难道不是荒谬的吗？"⑥ 关于人的本质，马

① 《马克思恩格斯选集》第一卷，人民出版社 1972 年版，第 30 页。
② 《马克思恩格斯选集》第一卷，人民出版社 1972 年版，第 31 页。
③ 《马克思恩格斯全集》第 2 卷，人民出版社 1957 年版，第 118 页。
④ 《马克思恩格斯全集》第 3 卷，人民出版社 1960 年版，第 29 页。
⑤ 《马克思恩格斯全集》第 42 卷，人民出版社 1979 年版，第 124 页。
⑥ 《马克思恩格斯全集》第 8 卷，人民出版社 1961 年版，第 579 页。

克思是从两个层面上来看的。第一个层面是物种层面，就是考察人和动物的区别。马克思认为，人和动物的最根本的区别是人能够劳动。"可以根据意识、宗教或随便什么来区别人和动物。一当人们自己开始生产他们必需的生活资料的时候（这一步是由他们的肉体组织所决定的），他们就开始把自己和动物区别开来。"① 第二个层面是社会历史层面，这是为了说明人与人之间的差别。不仅不同时代、不同社会的人，本质有明显的差异，即使同一社会内不同阶级、不同阶层的人，本质也不一致。这是因为"人的本质并不是单个人所固有的抽象物。在其现实性上，它是一切社会关系的总和"。② 马克思的这个判断揭示了人与人之间本质不同的真正的现实根源。就人的本质而言，人与动物的区别在于劳动，而人与人的区别则主要是人的精神世界、人的意识。其三，马克思认为，人不仅仅是手段，人同时是目的。客体的存在是依附于人的，所以它才有了意义，有了存在的价值。他说："凡是有某种关系存在的地方，这种关系都是为我而存在的。"③ 他主张"把人而不是买卖利益当作原则"，④ 就是一切为了人，一切社会活动都要把人当作目的，而不仅仅是把人当作工具。正是从这个观点出发，马克思对私有制、特别是资本主义进行了猛烈的抨击，因为在私有制下，广大劳动人民事实上沦为了活的工具。他说："工人本身就像他们在资本主义生产中所表现的那样，只是生产资

---

① 《马克思恩格斯选集》第一卷，人民出版社 1972 年版，第 24～25 页。
② 《马克思恩格斯选集》第一卷，人民出版社 1972 年版，第 18 页。
③ 《马克思恩格斯选集》第一卷，人民出版社 1972 年版，第 35 页。
④ 《马克思恩格斯全集》第 42 卷，人民出版社 1979 年版，第 258 页。

料，而不是目的本身，也不是生产的目的。"① 他还批判了在市民社会中，那种把"别人看作工具，把自己也降为工具"的行为。② 其四，人的终极追求是全面而自由的发展。马克思说："单纯追求财富不是人类的最终的命运。"③ 在《共产党宣言》中，他指出：无产阶级为之奋斗的社会，"将是这样一个联合体，在那里，每个人的自由发展是一切人的自由发展的条件"。④ 在马克思那里，按照人的内在尺度，人创造出美的艺术品；人的终极追求即超功利的自我实现和自我欣赏，使人进入了艺术的美的自由王国。可以说，马克思主义哲学是以人为研究中心的，人的问题是马克思主义哲学最基本、最本质、最深层的内容。马克思的全部思想都是以人为出发点和归宿的。因此，今天我们建构当代有中国特色的科学的马克思主义文艺学新体系，同样也应以人作为具体研究工作的出发点和落脚点。

任何文学艺术和文艺理论体系只有在与人类不断超越现实的、追求人的全面发展和解放的活动及天性相统一时，它才可能获得永恒的生命力。新时期我国马克思主义文艺学体系论争有这样一个显著特点，即它日益显现出一种普遍的人文精神和情怀。文艺理论工作者不约而同地将关注点集中于人的现实生存状况，追求生活的审美化和完美的人生境界。这实质上体现了在新时期马克思主义文艺学体系研究中，旧的二元对立思维

---

① ［德］马克思《李嘉图的其他方面。约翰·巴顿》，《马克思恩格斯全集》第 26 卷 II，人民出版社 1973 年版，第 625 页。

② 《马克思恩格斯全集》第 1 卷，人民出版社 1956 年版，第 428 页。

③ 《马克思恩格斯全集》第 45 卷，人民出版社 1985 年版，第 397~398 页。

④ 《马克思恩格斯选集》第一卷，人民出版社 1972 年版，第 273 页。

逐渐向多元互补思维转变、机械反映论逐渐向实践存在论转变的趋势。新时期马克思主义文艺学体系论争启示我们：在新的世纪里，发展中国文艺学包括建构当代有中国特色的科学的马克思主义文艺学新体系，必须以关注人的现实生存为宗旨，必须以现实的人作为一切理论和学术工作的出发点和归宿点。基于以上思考，我们认为，我们所要建构的应该是以马克思主义唯物实践观为指导、以马克思的实践存在论为基础、以当代实践存在论文艺观作为核心的马克思主义文艺学新体系。在这里，我们所提倡的当代实践存在论文艺观，是指以马克思主义为指导，以马克思、恩格斯的实践存在论文艺观为主体，结合时代特色和中国文艺实践，充分吸收借鉴其他各种文艺理论资源的一种崭新的文艺观。它以现实的人为出发点和归宿，切实关注人的现实生存状况，是实践存在论文艺观在全球化、本土化、市场化语境下的进一步拓展和深化。它关注的焦点不是传统文艺学中的"本质"——文艺的本质、人的本质等问题，而是"存在"——人的现实存在。它关注的已不单纯是人是什么、文艺是什么，而是人如何存在、文艺如何存在；换言之，它追问的已经不是存在者是什么，而是追问存在者如何存在。马克思主义的宗旨是人类的解放和全面发展，关注人的现实生存是马克思主义文艺学的题中应有之意，因此以当代实践存在论文艺观作为核心内容是建构马克思主义文艺学新体系的一种必然选择。

具体分析起来，当代实践存在论文艺观具有以下主要特征：

（一）马克思主义实践存在论文艺思想构成了当代实践存在论文艺观的主体。马克思主义唯物实践观在当代实践存在论文艺观建设中处于指导地位。马克思主义哲学同以海德格尔为代表的存在主义哲学家们的生存本体论一样，都是在一定的历史发展阶段，由人们对人类生存境遇（政治经济以及道德文化危机）的理解与把握而引发的哲学理论的反思与重建。马克思说："从前的一切唯物主义——包括费尔巴哈的唯物主义——的重要缺点是：对事物、现实、感性，只是从客体的或者直观的形式去理解，而不是把它们当作人的感性活动，当作实践去理解，不是从主观方面去理解。"① 可见，马克思的唯物实践观同那种主体/客体、主观/客观、感性/理性的二元对立思维模式是根本不同的。有学者认为：正是"马克思和海德格尔一起共同推动了从近代主客二分的认识论哲学向主客融合的生存论哲学的转变。因此，对存在哲学或生存本体论的领悟就成为正确解读马克思主哲学的深刻意蕴的必由之路"。从生存论这个视角解读马克思主义就可以看出：马克思主义哲学实际上已经超越了过去的"唯物主义"与"唯心主义"的对立，是一种扬弃了主体与客体之对立关系的实践存在论；"在马克思主义哲学中，根本就不应该有认识论的主体和被认识的客体的二元分割"。② 当然，我们强调马克思主义唯物实践观的指导作用，是从哲学前提的角度讲的。也就是说，在当代实践存在论文艺观的研究和建设中应该坚持唯物实践观的哲学前提，而不能重犯过去以哲学观取代文艺观的错误。这种以唯物实践观为指导的当代实践存在论文艺观同传统的反映论等文艺观是有着根本区别的。而我们所追求的最终目则是人类在实践中"诗意地

---

① 《马克思恩格斯选集》第一卷，人民出版社 1972 年版，第 16 页。

② 孙伯鍨、刘怀玉《"存在论转向"——关于马克思主义哲学本体论研究中的几个问题》，见《中国社会科学》2002 年第 5 期。

栖居"。

马克思主义的存在论思想是十分丰富的。实践存在论文艺观是马克思主义文艺思想的核心内容，它原本就存在于马克思主义的经典著作当中，是马克思主义文艺学的题中应有之义。马克思一直特别关注人的现实生存状况、人的尊严以及合乎人之本性的生活，表现出对人类解放与自由的强烈追求。早在《1844 年经济学哲学手稿》中，马克思就通过对异化劳动的分析指出，人的存在是"类"的存在，是"对象性"的存在，人的活动是被对象所设定的存在物在对象身上实现自己生命表现的活动，并在此基础上建立了他的独特的人道主义，体现了他独特的人文关怀。他说："人不仅仅是自然存在物，他还是属人的自然存在物，也就是说，是为自己本身而存在着的存在物，因而是类的存在物。"① 可见，马克思将人的"类"的存在理解为人把自己的生命活动变成自己的对象。他认为："动物是和它的生命活动直接同一的。它没有自己和自己的生命活动之间的区别，它就是这种生命活动。人则把自己的生活活动本身变成自己的意志和意识的对象。他的生命活动是有意识的。这不是人与之直接融为一体的那种规定性。有意识的生活活动直接把人跟动物的生命活动区别开来。正是由于这个缘故，人是类的存在物。换言之，正是由于他是类的存在物，他才是有意识的存在物，也就是说，他本身的活动对他说来才是对象。只是由于这个缘故，他的活动才是自由的活动。"② 同

---

① ［德］马克思《1844 年经济学－哲学手稿》（刘丕坤译），人民出版社 1979 版，第 122 页。

② ［德］马克思《1844 年经济学－哲学手稿》（刘丕坤译），人民出版社 1979 版，第 50 页。

时，马克思还充分肯定了有生命个人的存在，指出："任何人类历史的第一个前提无疑是有生命的个人的存在。"[①] 他还十分明确地提出了物质生产在人类生存中的作用，指出："我们首先应当确定一切人类生存的第一个前提也就是历史的第一个前提，这个前提就是：人们为了能够'创造历史'，必须能够生活。但是为了生活，首先就需要衣、食、住以及其他东西。因此第一个历史活动就是生产满足这些需要的资料，即生产物质生活本身。"[②] 他十分强调存在的实践性，认为实践是人的根本存在方式和本质活动，只有从实践出发才能把握现实的人和人的现实。他说："人，作为人类历史的经常前提，也是人类历史经常的产物和结果，而且人只有作为自己本身的产物和结果才成为前提。"[③] 他认为，"社会生活在本质上是实践的"，[④] "人们的存在就是他们的实际生活过程"，[⑤] 人的自由存在于主体的认识和实践活动中，人"通过实践创造对象世界，即改造无机界，证明人是有意识的类存在物"。[⑥] 对于存在的社会性，他也进行了充分的论述，他说："个人是社会存在物。"[⑦] 而存在的社会性不仅表现于直接同别人的实际交往表现出来和深得确证的那种活动和享受，而且表现在艺术和科

---

① 《马克思恩格斯选集》第一卷，人民出版社 1972 年版，第 24 页。

② 《马克思恩格斯选集》第一卷，人民出版社 1972 年版，第 32 页。

③ 《马克思恩格斯全集》第 26 卷Ⅲ，人民出版社 1974 年版，第 545 页。

④ 《马克思恩格斯选集》第一卷，人民出版社 1972 年版，第 18 页。

⑤ 《马克思恩格斯全集》第 3 卷，人民出版社 1960 年版，第 29 页。

⑥ 《马克思恩格斯全集》第 42 卷，人民出版社 1979 年版，第 96 页。

⑦ 《马克思恩格斯全集》第 42 卷，人民出版社 1979 年版，第 122 页。

学之类的活动。由此可见，马克思在此强调了存在的"实际交往性"，这具有"主体间性"（交互主体性或主体际性）的理论内涵。他还特别强调了人是一种"感性的存在物"，他说："人作为对象性的、感性的存在物，是一个受动的存在物；因为它感到自己是受动的，所以是一个有激情的存在物。激情、热情是人强烈追求自己的对象的本质力量。"① 但是，人的感性的存在，并不是纯感性的、完全的自然存在物，而是经过"人化的"，是"人的自然存在物"。② 马克思还认为，"存在者"之"存在"的根据不在于超感性的实体，而在于感性实践活动历史性的展开之中，"存在"的意义不在于人的生存活动之外的、无人身的、抽象的超感性实体，而在于人的面向未来的生存筹划活动之中。③ 在马克思那里，"感性实践活动"的确切所指乃是人与动物相区别的根本性标志，是人"本源性"的生命存在和活动方式。④ 正是这种本源性的生存方式，构成了"世界"、"人"以及"人与世界关系"的"奥秘"和深层根据，它使得"世界"在遮蔽中得以"解蔽"和"敞开"，使得"人"、"世界"和"人与世界"共同"在"起来，因而构成了"存在者"之"存在"的最本源的"原理"和"原因"。马克思主义认为，文学艺术活动作为艺术领域内的实践，它是人的生命不可或缺的组成部分，是人的重要的存在方式。马克思把包括文学艺术在内的人的实践称之为"自由的自觉的活动"。⑤ 在这个

---

①② 《马克思恩格斯全集》第 42 卷，人民出版社 1979 年版，第 169 页。
③ 参见《马克思恩格斯选集》第一卷，人民出版社 1972 年版，第 16 页。
④⑤ 《马克思恩格斯全集》第 42 卷，人民出版社 1979 年版，第 96 页。

自由自觉的生命活动中，人能够按照美的规律来生产，还能够
"自由地对待自己的产品"，① 即在生产过程中对自己的创造对
象（包括文艺作品在内）进行审美观照并获得美感。文艺创
作、文艺欣赏是人全面发展的必由之路，诗意地生存、审美地
"栖居"是人之为人的重要标志和特征。正如西方学者 Wisam
Mansour 指出的：在马克思主义看来，文学艺术是人最主要
的意识组成部分之一，属于人的内在本质之一。② 通过以上简
要的论述可知，马克思有关实践存在论的理论是十分丰富的，
我们应该很好地予以研究，结合时代特点，将实践存在论文艺
观发展为当代实践存在论文艺观，并自觉地将其运用于具体的
马克思主义文艺学新的理论体系建构中。

当代实践存在论文艺观是以马克思主义实践存在论文艺思
想为主体的文艺观。在当下的语境中，实践存在论文艺观越来
越凸显出其重要的理论意义和现实意义，之所以这样说，是因
为实践存在论文艺观具有一定的历史必然性和传统文艺观所不
具有的诸多优势。

首先，实践存在论文艺观有其社会、文艺实践发展的必然
根据。马克思主义实践存在论文艺观的产生、发展以及在当今
时代其重要性日益凸显，同资本主义现代化过程中的一系列矛
盾的尖锐化有着必然的联系。市场化与传统道德，城市化与精
神疾患的蔓延，工业化与环境的破坏，科技发展与工具理性的
膨胀，物质生活水平的提高与精神生活的日趋萎缩，等等，这

---

① 《马克思恩格斯全集》第 42 卷，人民出版社 1979 年版，第 97 页。

② 参见 Wisam Mansour：Marxist literary Theory，http：//www. geocities.
com/Athens/Academy/4573/Lectures/Marxism. html _ 26k，2004. 1. 16.

些矛盾都极大地威胁到现代人的现实生存，使人们面临着严重的美化与非美化的二律背反。现代化一方面促进了生活富裕、物质文明、社会繁荣，使人们处于一种从未有过的美化的现实生存状况。另一方面，生活节奏的加快、竞争的激烈、贫富悬殊、环境的污染、战争与恐怖活动的威胁等又使人们处于一种压抑、焦虑不安乃至被种种现代病困扰的非美的现实生存状况，人正面临着被物化的危险。这种生存状况的改变当然主要依靠制度的改善和法律的完备，但也对文艺学、美学提出了必然的要求。因为，审美是一种不借助外力而发自内心的情感力量，是人的自觉自愿的内在要求，具有不可替代的巨大作用。所以，改善非美化的人类生存状况的现实需要，成为马克思主义实践存在论文艺观在当下日益凸显其重要意义的现实土壤。这种现实需要改变了传统的那种将审美仅仅局限于自我愉悦的范围的做法，将其拓展到社会人生，并使其成为一种审美地对待社会、自然与人自身的审美的世界观。这也是实践存在论文艺观不同于传统文艺观的深刻内涵之所在。

实践存在论文艺观的日益凸显还是现代文艺实践发展的必然结果。进入 20 世纪，西方艺术发生了巨大的变化，当代的抽象派绘画、象征派诗歌、荒诞派戏剧、魔幻现实主义与意识流小说等艺术作品已不是对现实的反映，是对人的现实存在意义的探寻和追问。面对已经发生巨大变化的现代艺术，传统文艺观已经不能很好地解释当代文艺，与文艺实践渐行渐远。而实践存在论文艺观却能够为现代艺术提供必要的理论支撑。所以南非作家、1991 年诺贝尔文学奖获得者纳丁·戈迪默说："我认为，我们是被迫走向个人的领域。写作就是研究人的生存状况，从本体论的、政治的和社会的以及个人的角度来研究。"①

其次，实践存在论文艺观的产生和凸显也是文艺学、美学学科发展的必然要求。西方文艺学、美学根源于古希腊文艺学、美学，其核心是一种理性主义的认识论文艺观。这种文艺观以"和谐"为其美学理想，以感性与理性的二元对立与统一为其主线，而以黑格尔的"美是理念的感性显现"为其最高形态。所谓"理念的感性显现"即是感性和理性的直接统一、完全融合，是一种达到极至的古典形态的最高的美。但随着历史的发展，这种古典形态的认识论文艺观已越来越不能适应时代的需要。康德在《判断力批判》中曾经对美的知性特征提出挑战，他的美是"无目的的合目的性的形式"的命题提倡美的"无功利性"、"纯粹性"与"合目的性"，已经具有一定的存在论文艺观的内涵。但是康德的存在论文艺思想还只是初步的、朦胧的甚至抽象的，他没有将其建立在坚实的实践基础上，因而是脆弱的。后来马克思、恩格斯把实践理解为人的基本的存在方式，一再强调从实践的角度观照人的存在，从人的存在的角度理解文艺活动这一特殊实践，第一次真正将其文艺观建立在坚实的实践基础上，形成了科学的实践存在论文艺观，显示出对人的生存状况的密切关注，实现了西方文艺观的真正转折。第一，当马克思通过实践观的变革提出哲学世界观的转变时，实质上已经历史性地蕴含了当代存在论变革。众所周知，哲学上的当代存在论变革是从传统的、超验性的、实体性的抽

---

① 《作家与世界：诺贝尔文学奖得主四人谈》，见《天涯》载 2002 年第 2期。

象存在论，向根源于现实生活世界的感性的、社会历史性的当代存在论的转变。① 首先，马克思实践观变革直接带来了哲学世界观的变革，这就是从超验的宗教世界观和旧唯物主义的自然主义世界观，彻底转向新唯物主义世界观，从"彼岸世界的真理"，② 历史地转向"确立此岸世界的真理"，从对对象世界的客体的、直观的和被动的解释，转变为对现实生活世界的感性的、合人性的因而是积极的理解。马克思实践观中的"世界"，不再是撇开了人的生存实践活动的外部世界或超验世界，而是人的生存实践活动置身于其间的现实生活世界。马克思当然承认外部世界对于人及其思维活动的"优先地位"，但更强调通过实践，把自然界当作是"真正的、人类学的自然界"，③ 以实现自然的属人化与人的自然化的统一。马克思把人的感性、欲望等等看成是"对本质（自然界）的真正本体论的肯定"，④ 所强调的正是存在论意义上的感性直观。其次，马克思的实践存在论体现了生存观的变革。传统哲学的那种通过肯定神的存在而否定人的生存意义的超验生存观和在生物学层面形成的客体主义的生存观，两者所表现的正是一种臣服于受动的生存处境的消极被动的存在论态度。而马克思实践存在论所表达的，则是一种从受动型生存方式向主动型生存方式历史性转变的、积极主动的生存态度。马克思要求把生存主体定位于

---

① 邹诗鹏《马克思实践哲学的生存论基础》，见《学术月刊》2003 年第 7 期。

② 《马克思恩格斯全集》第 1 卷，人民出版社 1956 年版，第 453 页。

③ 《马克思恩格斯全集》第 42 卷，人民出版社 1979 年版，第 128 页。

④ ［德］马克思《1844 年经济学－哲学手稿》（刘丕坤译），人民出版社 1979 年版，第 103 页。

现实的和历史活动中的人，并从有生命的个人、自由自觉的类本质活动以及人的社会历史性活动等相互交织的多重维度上阐释人的生存实践活动，进而把人的生存与一般动物的生命活动区别开来，把生存看成是属人的意义范畴，把赋予神存在的超验性还原为人生存的超越性。在马克思那里，人不再是抽象的自我意识，而是以自身的全面发展与人类解放为指归并处于具体历史活动中的人。正是通过这些努力，马克思揭示了人的生存的全面而丰富的内涵，进而实现了实践存在论文艺观的理论建构。第二，马克思的实践存在论文艺观十分注重主体性，而且是基于交往实践活动之上的蕴含着主体间性的主体性。这里的主体间性还不是像胡塞尔所说的那种超验的主体间性，而是社会性的交往关系，主体间性的实质即人的本质在现实意义上的社会性。在这个意义上，对马克思实践观主体性的理解本身就需要超越近代哲学的主客二分，进入一种建基于现实生活世界和人的社会化活动之上的存在论统一关系。马克思通过对实践的积极的理解，强调了人对于自然的主体性。事实上，马克思实践存在论就是要在肯定人的实践及其社会化活动的历史合理性的意义上，重建人与自然的存在论统一关系。第三，马克思的实践存在论关注个体的生存状况，包含着个体此在的维度。无论在历史的起点上，还是在作为人的未来存在论的理想状态上，马克思都十分强调个体生存的意义，但是个体生存绝不是抽象的，而是处于现实社会关系之中。马克思在《1844年经济学哲学手稿》中曾说过："应当避免重新把'社会'当作抽象的东西同个人对立起来。"① 只有在实践中，人才能表

---

① 《马克思恩格斯全集》第 42 卷，人民出版社 1979 年版，第 122 页。

现出自己的本质力量。马克思还说，人的本质"在其现实性上，它是一切社会关系的总和"。① 这里，所谓"现实性"，即从实践的角度认识人的本质；所谓"社会关系"，不是抽象的与个体人对立的东西，也不是抹杀个性合理存在的人际关系，而是在主客体实践关系中必然体现个体独立创造性的人与人的关系。社会性构成了实践存在论的理性规定性，个人、类与自然通过社会关系从而形成了存在论统一体。文学是人学，文艺是人的一种生命存在方式，以文学艺术为研究对象的马克思主义文艺学，就不能不关注人的现实生存，就不能不以人的解放、人的自由创造力的发展为基本价值尺度。作为马克思哲学特征的实践存在论，就是对于人自身生成过程的哲学理解与建构，"历史不过是追求着自己的目的的人的活动而已"。② 对马克思而言，现代人必然置身其间的生存方式及其状态意味着他不可能采取一种历史的复古主义态度，人必须通过自身积极有为的生存实践活动改变自身受动的生存状态。"无神论、共产主义决不是人所创造的对象世界的即人的采取对象形式的本质力量的消逝、抽象和丧失，决不是返回到违反自然的、不发达的简单状态去的贫困。相反地，它们才是人的本质的现实的生成，是人的本质对人说来的真正的实现，是人的本质作为某种现实的东西的实现。"③ 马克思通过对人自身历史的深刻的洞察和引导，展示了一种理性的历史乐观主义，并体现着对现时代的人的生存状态的深刻关注。马克思正是通过这种方式导引

---

① 《马克思恩格斯选集》第一卷，人民出版社 1972 年版，第 18 页。

② 《马克思恩格斯全集》第 2 卷，人民出版社 1957 年版，第 118～119 页。

③ 《马克思恩格斯全集》第 42 卷，人民出版社 1979 年版，第 175 页。

着整个人类生存样式的现代转换，这也正是马克思实践存在论的当代性之所在。一百多年来，经过众多马克思主义文艺理论家尤其是 20 世纪 80 年代以来中国文艺学工作者的不断挖掘、阐述和丰富，实践存在论文艺观日益完善。目前，实践存在论也已经作为一种哲学—美学精神和方法渗透于各种盛行的文艺学、美学流派之中。

再次，实践存在论文艺观是克服传统文艺学、美学缺陷，实现新的转换的必要手段和途径。众所周知，我国近代以来，以王国维、蔡元培为开端，文艺学、美学研究受到西方传统的认识论文艺学、美学的深刻影响。20 世纪中期以后逐步形成的反映论文艺观与典型论文艺观，虽然对我国独具特色的文艺学、美学理论体系的形成、发展起到了极大的推动作用，但它们并没有完全接受马克思主义实践存在论的现代哲学内涵而总体上仍然沿袭传统认识论体系，力主艺术和美的本质的客观论，坚持主客二分的理论结构和客观性诉求等，已经愈来愈显示出其理论的陈旧以及同现实的严重脱离。因为艺术、美属于情感的范围，没有主体就没有客体，没有审美也就没有美。早在二百多年前，康德就曾指出："没有关于美的科学，只有关于美的评判；也没有美的科学，只有美的艺术。因为关于美的科学，在它里面就须科学地，这就是通过证明来指出，某一物是否可以被认为美。那么，对于美的判断将不是鉴赏判断，如果它隶属于科学的话。至于一个科学，若作为科学而被认为是美的话，它将是一怪物。"① 众所周知，古希腊关于艺术本质

---

① ［德］康德《判断力批判》上卷（宗白华译），商务印书馆 1964 年版，第 150 页。

的最重要的理论就是"摹仿说"。柏拉图在《文艺对话集》"理想国（卷十）"篇中提出了著名的"摹仿的摹仿"的理论，即现实是对理念的摹仿，而艺术则是对现实的摹仿。① 著名的"镜子说"就是说艺术家对现实的摹仿犹如镜子一般是在外形上的映现。反映论文艺观实际上就是西方古典美学"摹仿说"的发展，是将审美归结为认识的典型理论形态。其实，康德已经将真善美进行了认真的区分，并为审美确定了不同于认识的独特的情感领域。我们从切身的艺术欣赏实践中也能深切地体会到审美同认识的严格区别。传统的文艺观存在许多缺陷，已难以适应时代的要求，也难以反映当代审美的现实，必须加以突破。在中国文艺学格局中占据重要位置的马克思主义文艺学理应对此有自己独到的贡献，在此情形下，马克思主义实践存在论文艺观的现实意义就日益凸显出来。也正因为此，我们说将实践存在论文艺观作为当代实践存在论文艺观的主体来建构当代有中国特色的马克思主义文艺学新体系，自有其现实和学理的合法性与必然性。

　　关于审美对象，传统的文艺观总是把它界定为一种客观的实体，或是自然物，或是艺术作品等等，而且特别地强调了审美对象具有不以人的意志为转移的美的客观性。但是，实践存在论文艺观、美学观既肯定审美对象作为物质或精神的实体性，也重视审美对象与主体的密切关系，突出其内含的主体性。实践存在论文艺观认为，审美对象是审美活动中凭借主体的感性能力对存在意义的充分揭示，从而达到两者的"完全一

---

　　① 参阅柏拉图《文艺对话集》（朱光潜译），人民文学出版社 1963 年版，第66～89 页。

致"。审美对象的成立从一定意义上讲，由主体的审美意向活动中的审美知觉决定。马克思曾讲过，"对于没有音乐感的耳朵说来，最美的音乐也毫无意义，不是对象"。① 在这里，起关键作用的还是主体的感性能力、审美的知觉。也就是说，审美对象只有在审美的过程中，面对具有审美知觉能力的人，并正在进行审美知觉活动时才能成立。它是一种关系中的存在，没有了审美活动就不可能有审美对象，但并不否认它作为作品——一种可能的审美对象而存在。关于美，传统文艺观、美学观只强调其客观性，而相对忽视主体性因素的参与。但是实践存在论文艺观、美学观则充分肯定美的主体性，坚持美在实践基础上的主客体的统一。马克思曾指出："对于一个饥肠辘辘的人说来并不存在着食物的属人的形式，而只存在着它作为食物的抽象的存在。"② 正因为人不仅作为活动者，而且同时作为审美主体以审美态度对待客体时，人才成其为人，而动物在其活动中不能以审美态度对待客体，所以客体只是一种"抽象的存在"。同一个对象或同一对象的同一种形式特征，对于不同的人会有不同的意义。当人作为审美主体面对食物时，食物对他才是审美客体，食物的美的特性对他才会有意义；而当人仅仅以动物的方式对待食物时，食物就仅仅是食物，食物的美的特性对他说来毫无意义。由此推知，同一个对象的同一种形式特征，对于具有不同心理结构的人说来，必然也会有不同的意义，并会因其不同意义而生成不同的美。"因为对我说来，

---

① 《马克思恩格斯全集》第 42 卷，人民出版社 1979 年版，第 126 页。
② ［德］马克思《1844 年经济学－哲学手稿》（刘丕坤译），人民出版社 1979 版，第 79 页。

任何一个对象的意义（它只是对那个与它相适应的感觉说来才有意义）都以我的感觉所能感知的程度为限。"① 可见，在这里，马克思已经把主体的参与看成是构成美必不可少的要素之一了。另外，关于艺术的本质，传统文艺学有艺术是现实的摹仿和反映等表述。但实践存在论文艺观则放弃这些传统观点，从存在论的独特视角，将艺术界定为人实现其本质力量的一种实践活动，一种生命存在方式。在艺术活动中，人按照美的规律进行创造，实现其审美理想，从而走向人的全面解放与发展。在传统文艺学中，艺术想像是艺术审美活动的重要形式，是由现实美到艺术美的必要途径。但实践存在论文艺观却从人的存在的全新维度来理解艺术想像，将艺术想像看作是人的审美的存在的最重要方式。所有这些方面都显示了实践存在论文艺观对传统文艺观的超越。

（二）充分吸收借鉴西方存在论文艺思想，注重其在方法论上的重要启示意义，这是建设和完善当代实践存在论文艺观的重要途径。西方存在论文艺思想最重要的理论内涵是以胡塞尔所开创的现象学方法作为其哲学与方法论指导，从而使其从传统的主客二元对立的认识论模式跨越到"主体间性"的现代哲学—美学轨道。海德格尔曾说过："'现象学'这个词本来意味着一个方法概念"，②"'现象学'这个名称表达出一条原理，这条原理可以表述为：'面向事情本身！——这句座右铭反对一切飘浮无据的虚构与偶发之见，反对采纳不过貌似经过证明

---

① ［德］马克思《1844年经济学—哲学手稿》（刘丕坤译），人民出版社1979版，第79页。

② ［德］海德格尔《存在与时间》（陈嘉映、王庆节合译，熊伟校，陈嘉映修订），生活·读书·新知三联书店1999年版，第32页。

的概念，反对任何伪问题——虽然它们往往一代复一代地大事铺张其为'问题'"。① 这就是说，通过将一切实体（包括客体对象与主体观念）加以"悬搁"的途径，回到认识活动中最原初的意向性，使现象在意向性过程中显现其本质，从而达到"本质直观"。这也就是所谓"现象学的还原"。而在这个"面向事情本身"或是"现象学的还原"的过程中，主观的意向性具有巨大的构成作用。胡塞尔在 1931 年出版的《笛卡尔式的沉思：先验现象学引论》中又提出了"主体间性"（又译"交互主体性"）概念，进一步完善了自己的理论。他说："在我之内，在我的先验地还原了的纯粹的意识生活领域之内，我所经验到的这个世界连同他人在内，按照经验的意义，可以说，并不是我个人综合的产物，而只是一个外在于我的世界，一个交互主体性的世界，是为每个人在此存在着的世界，是每个人都能理解其客观对象（Objekten）的世界。"② 他还进一步对这种主体间性进行了解释："我自己并不愿意把这个自我看作一个独存的我，而且，即使在我对构造的各种作用获得了一个最初理解之后，我仍然始终会把一切构造性的持存都看作为只是这个唯一自我的本己内容。"③ 也就是说，他认为在意向性活动中，自我与自我构造的一切现象也都是与我同格的（即唯一自我的本己内容），因而意向性活动中的一切关系都成为"主

① ［德］海德格尔《存在与时间》（陈嘉映、王庆节合译，熊伟校，陈嘉映修订），生活·读书·新知三联书店 1999 年版，第 33 页。
② ［德］埃德蒙德·胡塞尔《笛卡尔式的沉思：先验现象学引论》（张廷国译），中国城市出版社 2002 年版，第 125 页。
③ ［德］埃德蒙德·胡塞尔《笛卡尔式的沉思：先验现象学引论》（张廷国译），中国城市出版社 2002 年版，第 204～205 页。

体间"的关系。由以上简述可知，现象学方法在哲学与文艺学、美学领域的确具有突破意义，它突破了古希腊以来到近代以实证科学为代表的主客对立的认识论知识体系，开始实现由机械论到整体论、由认识论到存在论、由人类中心主义到非人类中心主义的哲学、文艺学、美学的革命。诚如胡塞尔本人所说："实证科学是陷入世界被遗忘状态中的科学。人们必须首先通过悬搁而放弃这个世界，以使在普遍的自身沉思中去重新获得它。"①

现象学方法所特有的通过"悬搁"进行"现象学还原"的方法与美学作为"感性学"的学科性质以及审美过程中主体必须同对象保持距离的非功利"静观"态度特别契合。胡塞尔指出："现象学的直观与'纯粹'艺术中的美学直观是相近的。"②而在海德格尔那里，现象的显现过程、真理的敞开过程、主体的阐释过程与审美存在的形成过程是一致的。它标示着人们以一种"悬搁"功利的"主体间性"的态度去获得审美的生存方式。这是当代人类应有的一种最根本的生存态度。正如克尔凯郭尔所说，人们应"以审美的眼光看待生活，而不仅仅在诗情画意中享受审美"。③ 要求人们以"悬搁"功利的"主体间性"的态度对待自然、社会与人自身，使之进入一种和谐协调、普遍共生的审美生存状态。这对于解决当今社会现代化过程中的

---

① ［德］埃德蒙德·胡塞尔《笛卡尔式的沉思：先验现象学引论》（张廷国译），中国城市出版社 2002 年版，第 215 页。

② ［德］埃德蒙德·胡塞尔《胡塞尔选集》（倪梁康选编），上海三联书店1997 年版，第 1203 页。

③ ［丹麦］克尔凯郭尔《一个诱惑者的日记》（徐信华、余灵灵译），三联书店上海分店 1992 年版，第 405 页。

一系列二律背反，促进人类社会的和谐健康发展，必将具有极其重要的意义。

海德格尔对胡塞尔的理论加以发展，使现象学致力于对存在之意义的追寻。他说："存在论只有作为现象学才是可能的。现象学的现象概念指这样的显现者：存在者的存在和这种存在的意义、变式和衍化物。"[①] 在海德格尔那里，"面向事情本身"即是回到"存在"，而其"悬搁"的则是存在者。而人只是存在者中之一种，海氏将其叫做"此在"。海德格尔存在论文艺思想的出发点即是作为此在的存在。回到人的存在，就是回到了原初，回到了人的真正起点，也就回到了文艺学、美学的真正起点。这完全不同于传统文艺学、美学的从某种艺术的本质、美学定义出发，或是从人与现实的审美关系出发。杜夫海纳认为审美"它处于根源部位上，处于人类在与万物混杂中感受到自己与世界的亲密关系的这一点上"。[②] 席勒在《美育书简》中认为，审美活动是人摆脱自然的欲望同对象发生的第一个自由的关系，并认为只有当人做审美的游戏的时候，"他才完全是人"。[③] 事实上，审美恰恰是人性的表现，是人原初的追求，是人与动物的最初区别。而最初的审美活动实际上就是一种人性的教化、文明的养成。因此，审美恰是人区别于动物的一种特有的生存状态。从人的生存状态的角度审视审美，研究审美，以人作为

---

① ［德］海德格尔《存在与时间》（陈嘉映、王庆节合译，熊伟校，陈嘉映修订），生活·读书·新知三联书店 1999 年版，第 42 页。

② ［法］杜夫海纳《美学与哲学》（孙非译），中国社会科学出版社 1985 年版，第 8 页。

③ 转引自朱光潜《西方美学史》下卷，人民文学出版社 1979 年版，第 440 页。

建构文艺学、美学体系的出发点和归宿，就是对审美本性的一种恢复，也是对文艺学、美学学科本来面貌的一种恢复。

从海德格尔开始，阐释学被逐渐引入现象学。海德格尔认为，由于存在论现象学将"此在"即人的存在意义的追寻引入现象学，而解释则是追寻人的存在意义的重要方法。所以，"此在的现象学就是诠译学〔Hermeneutik〕"，是一种"具有历史学性质的人文科学的方法论"。① 也就是说，"此在"作为"此时此地存在着的人"，就显示出了时间性和历史性，它所具有的存在的意义就具有了历史的生成性，只有在历史的生成中才能理解一切意识经验。伽达默尔对这一理论进行了进一步拓展，他说："解释学在内容上尤其适用于美。"② 这就是说，解释学同艺术文本在审美接受中存在及其历史生成紧密相关。这就在很大程度上克服了传统文艺学、美学偏重文本忽视接受、偏重作者忽视读者的倾向。伽达默尔还进一步把"理解"作为人的一种存在方式，提到了"本体论"的高度。他说："理解并不是主体诸多行为方式中的一种，而是此在自身的存在方式。"③ 伽达默尔还提出了著名的"效果历史"的原则。所谓"效果历史"即是认为一切理解的对象都是历史的存在，而历史既不是纯粹客观的事件，也不是纯粹主观的意识，而是历史的真实与历史的理解二者相互作用的结果，这就是效果。显然，"效果历史"所关注

① 〔德〕海德格尔《存在与时间》（陈嘉映、王庆节合译，熊伟校，陈嘉映修订），生活·读书·新知三联书店1999年版，第44页。

② 〔德〕伽达默尔《真理与方法》（王才勇译），辽宁人民出版社1987年版，第242页。

③ 〔德〕伽达默尔《真理与方法》（王才勇译）第二版序言，辽宁人民出版社1987年版，第37页。

的主要是自我与他者的关系。这不是一种传统认识论的主客二元关系，而是一种现象学中的"主体间性"，是一种自身与他者的统一物。因为观者与文本都是反映了"此在"的存在状态，是一种你与我之间（主体之间）平等对话的关系。

以上西方存在论思想及其独特的研究路数与方法具有重要的理论意义和现实意义，是建设、丰富和完善当代实践存在论文艺观的重要理论资源，必须加以吸收借鉴。

（三）西方自古以来的其他各种大量的思想学说是当代实践存在论文艺观的重要的理论资源。当代实践存在论文艺观可以从西方古典存在论哲学—美学思想中汲取丰富的养分。例如，公元前 6 世纪古希腊哲学家阿那西曼德提出了万物循环规律与人的生存的关系，对当代实践存在论文艺观不无启发。康德以来的西方众多哲学家对艺术与人的生存关系也都曾进行过深刻而独特的思考。康德关于美是无目的合目的性的形式的理论，把作为彼岸世界的信仰领域引入审美，探讨了审美与人的存在的关系。席勒有关美育与异化的探索，也涉及了人的存在领域。而尼采所倡导的酒神精神实际上是崇尚一种生命力激扬的生存状态。叔本华关于艺术是人生花朵的理论，也将艺术与人生相联系。当代西方丰富的思想资源中，福柯的"生存美学"理论也给当代实践存在论文艺观以深刻启发。福柯面对前资本主义对人的身体的奴役和现代资本主义从内部即从精神上对身体的控制（包括监督、惩罚、规训等），提出了"自我呵护"的著名命题，他说："呵护自我具有道德上的优先权。"①

---

① 转引自［英］路易丝·麦克尼《福柯》，黑龙江人民出版社 1999 年版，第 172 页。

这就是说，他认为人们的关注重点由关注自然到关注理性，再到关注非理性，当前应更加关注人自身，使人与自身的关系具有本体论的优先权。为此，他提出："我们必须把我们自己创造成艺术品"，① 由我们自身的艺术化发展到把我们每个人的生活都"变成一件艺术品"。② 这实际上是要求在对现代化负面影响进行反思和超越的基础上，建立一种从自我开始的艺术化（审美化）的生存方式。

（四）重视吸收利用当代生态哲学、生态美学的研究成果是当代实践存在论文艺观的重要特征。20 世纪 70 年代以来逐渐兴盛的当代生态哲学与美学加深了人们对人与世界的关系及人之存在的认识，从新的角度丰富和完善了人类的文艺思想和美学思想，对于我们建构当代有中国特色的、科学的、具有世界意义的马克思主义文艺学新体系具有十分重要的现实意义。

马克思曾经指出："人的第一个对象——人——就是自然界"，③ 恩格斯在《反杜林论》中也曾讲道：在人与自然的关系上，自由既不是自然对人的奴役，也不是人对自然的征服，而是人与自然的相互协调、共同进化与和谐发展，也就是人"同已被认识的自然规律相协调的生活"。④ 那种掠夺自然、恣意破坏生态的人自以为是自由的，实际上是不自由的，不可避免地要遭受大自然的报复。1985 年，法国社会学家 J－M·费

---

① 转引自［英］路易丝·麦克尼《福柯》，黑龙江人民出版社 1999 年版，第 164 页。

② 转引自［英］路易丝·麦克尼《福柯》，黑龙江人民出版社 1999 年版，第 165 页。

③ ［德］马克思《1844 年经济学哲学手稿》（中共中央马克思恩格斯列宁斯大林著作编译局编译），人民出版社 2000 年版，第 90 页。

④ 《马克思恩格斯选集》第三卷，人民出版社 1972 年版，第 154 页。

里指出："生态学以及与之有关的一切，预示着一种受美学理论支配的现代化新浪潮的出现。"① 这种新的美学浪潮在西方当代表现为生态批评的蓬勃发展，而在我国则表现为 20 世纪 90 年代前后兴起的生态文艺学与生态美学。它是一种包括人与自然、社会以及自身的生态审美关系、符合生态规律的文艺思潮。这一理论思潮的产生有其社会与理论的背景。现代化过程中因工业化与化肥、农药的滥用和过分获取资源所造成的生态环境的恶化和资源的日益枯竭于 20 世纪 70 年代之后日渐凸现了出来，使人的生存面临巨大的威胁。加之城市化的加速和激烈的生存竞争所造成的精神疾患的迅速蔓延等等，都要求人类必须从自己长期生存发展的利益出发，确立一种人与自然、社会以及自身和谐协调发展的新的世界观。

公元前 5 世纪，古希腊哲学家普罗泰戈拉提出了著名的"人是万物的尺度"的观点，后来许多人将这一观点作为"人类中心主义"的准则。欧洲文艺复兴与启蒙运动针对中世纪的"神本主义"提出了"人本主义"，包含人比动植物更高级、人是自然的主人等"人类中心主义"观点，进而引申出"控制自然"、"人定胜天"、"让自然低头"等口号和原则。这些"人类中心主义"的理论观点和原则都将人与自然的关系看作相互敌对的、改造与被改造、役使与被役使的关系。这种"人类中心主义"的理论及在其指导下的实践是造成生态环境受到严重破坏并直接威胁到人类生存的重要原因。正是基于这种严峻的事实，许多有识之士在 20 世纪中期提出了抛弃传统"人类中心

---

① 转引自鲁枢元《生态文艺学》，陕西人民教育出版社 2000 年版，第 27 页。

主义"的生态哲学及与之相关的生态文艺学。1973 年，挪威著名哲学家阿伦·奈斯创立了"深层生态学"，主要在生态学上对"为什么"、"怎么样"等问题进行"深层追问"，使生态学进入了深层的哲学智慧与人生价值的层面，成为完全崭新的生态哲学与生态伦理学。阿伦·奈斯提出了著名的"生态自我"的观点，力图克服狭义的"自我"，提倡人与自然及他人的"普遍共生"，① 由此形成了极富价值的"生命平等对话"的"生态智慧"，正好与当代"人平等地在关系中存在"的"主体间性"理论相契合。与此相应，美国哲学家大卫·雷·格里芬提出了"生态论的存在观"② 这一哲学思想。这种"生态论存在观"实际上就是当代存在论哲学的组成部分，以其为理论基础的生态存在论美学观、文艺观是我们所提倡的当代实践存在论美学观、文艺观的重要组成部分。"生态论存在观"可以极大地丰富当代实践存在论文艺观的内涵：从"存在"的内涵来说，将其扩大到"人—自然—社会"这样一个系统整体之中；从"存在"的内部关系来说，将其界定为关系中的存在，是关系网络中的一个交汇点，人与自然也是一种平等对话的关系；观照"存在"的视角也得到了进一步拓宽，从空间上看到人与地球的休戚与共，时间上看到人的发展的历史连续性，从而坚持可持续发展观；从审美价值内涵来说，一改低沉消极心理，追求建设更加美好的物质与精神家园。所以说，当代生态哲学、生态美学完全是丰富和发展当代实践存在论文艺

---

① 参见雷毅《深层生态学思想研究》，清华大学出版社 2001 年版，第 48 页。

② ［美］大卫·雷·格里芬编《后现代精神》（王成兵译），中央编译出版社 1998 年版，第 224 页。

观不可或缺的理论资源。

文艺学研究不可画地为牢，而应与时俱进，顺应时代生活和文艺自身的发展变化，顺应社会群体的审美需求，在众多研究视角和层面的对话、融合中寻求新的发展。古往今来，理论的生命只在它自身之中，只在它不断地扬弃自身、与时俱进的活力之中。一种理论如果拒绝扬弃自身、吐故纳新，拒绝与时俱进，那么离其寿终正寝之日也就不远了。美国著名的马克思主义文论家杰姆逊的研究路径就非常值得我们借鉴。杰姆逊继承和发展了卢卡契《历史与阶级意识》中提出的"总体性"原则、"物化"等理论，并把这些理论观点引入文化领域，用以分析资本主义的三个阶段不同的文化审美特征。他指出："康德将人类活动分为三类：实际的、认识论的和美学的。对康德以及其后很多美学家甚至象征主义诗人来说，美、艺术的最大长处就在于其不属于任何商业（实际的）和科学（认识论的）领域，这里的科学知识是从不好的角度来理解的。美是一个纯粹的、没有任何商品形式的领域，而这一切在后现代主义中都结束了。在后现代主义中，由于广告，由于形象文化、无意识以及美学领域完全渗透了资本和资本的逻辑，商品化的形式在文化、艺术、无意识等等领域是无处不在的，正是在这一意义上我们处在一个新的历史阶段，而且文化也就有了不同的含义。"① 杰姆逊的贡献就在于他不仅看到了现代主义高峰时期所产生的文化和后现代主义时期的文化大不相同，而且还就具体的文化思潮和文艺作品进行了深入细致的研究，最终总结出

---

① ［美］杰姆逊《后现代主义与文化理论》（唐小兵译），陕西师范大学出版社 1987 年版，第 129 页。

了后现代主义艺术具有"零散化"、"破碎化"、"平面化"、"情感的消失"、"深度模式的消失"等特征。他的后现代艺术的研究方法及论证有很强的说服力，得出的结论也极令人信服。杰姆逊的研究路径告诉我们，马克思主义文艺学要在新的历史条件下继续发展，就要切实关注当代文艺发展的现状，把握其发展轨迹，并且根据文艺实践的发展变化不断发展和完善自己的理论形式。对于当代人所面临的各种文化危机和社会疾患，社会各个层面和各种力量可以在各自不同的领域通过不同的方法去努力加以克服，但对于文艺学来说，它只能引领人们通过"领悟"、"澄明"或"诗性"之"思"去加以克服。这就决定了建构当代有中国特色的科学的马克思主义文艺学体系，应该以人为出发点，以关注人的现实生存为宗旨。也就是说，我们所要建构的当代有中国特色的马克思主义文艺学新体系不能只是经典作家有关论述的整理串合，而应是建立一种开放的体系，一方面不断就当代文艺创作的现状提出种种新的问题，另一方面又要运用新的理论形式不断回答这些问题。这样做并不会改变马克思主义文艺学应有的理论品格，而且还可以使马克思主义文艺学与其他种种思潮建立起应有的"对话"关系。实事求是地说，我们以往的研究包括马克思主义文艺学体系问题的论争和研究，存在着一种"高高在上"、脱离现实生活、远离实践的倾向。对于文艺学、美学研究的这一倾向，早在19世纪就受到了部分学者的批判。黑格尔和费尔巴哈的学术思想是马克思主义产生以前人类智慧发展的高峰。尽管黑格尔和费尔巴哈作为自己学科体系中的巨人，都对美学、文艺学有过这样那样的贡献，但由于他们都离开社会实践，在自己杜撰的理念世界中探讨美学、文艺学问题，因而都不能对美学、文艺学问题得出完全科学的结论。所以他们受到了歌德的讽刺，歌德说："我对美学家们不免要笑，笑他们自讨苦吃，想通过一些抽象的名词，把我们叫做美的那种不可言说的东西化成一种概念。"① 永不停息的批判精神、时刻关注社会现实是马克思主义的本性。按照马克思主义的基本精神，回到当下，针对当代中国与世界文化发展的格局提出和回答问题，这是马克思主义文艺学发展的生命力之所在。在新时期，曾经有论者对过去那种建构文艺学体系时忽略理论与现实的动态平衡的做法提出了批评："只注重从马列原著的阐释中去建立理论和理论体系，置复杂的审美现象于不顾"，置现实的研究成果于不顾，所以"终因不能解释和说明艺术和审美中的具体问题而得不到更多的认同"。② 所以，我们若要建构当代具有中国特色的科学的马克思主义文艺学新体系，就必须超越理论与实践相分离的现象，紧密联系社会实践，关注现实，与时俱进，多角度、多侧面地开展包括马克思主义文艺学体系问题在内的学术研究工作。关注并研究从日常生活中产生出来的不同的文化需要和审美需要，对当代审美和文艺发展中的一切新现象、新情况、新经验、新趋向和新问题进行系统的回答与总结，本应是文艺学学科发展和建设的必然要求。当前，以历史批判和人文价值相融合为特征的新人文主义理论批评，以及在全球化催动下形成的"多元文化"语境中的文化研究、跨文化格局中的比较诗学研究等，正以其多元的视角与方法显示了文艺理论研究的活

---

① 转引自陆贵山、周忠厚编著《马克思主义文艺论著选讲》，中国人民大学出版社 1999 年版，第 6 页。

② 张弼《发展文艺学美学理论的主导、基础和建构问题》，见《求是学刊》1994 年第 4 期。

力。这类研究超越了单一的意识形态视界，突破了传统文论对文艺的认识功能、教育意义的发掘等既定模式或审美感悟式的一般解读，进而转向一种关涉现代人的生存和发展的文化"文本"的深入透视和思考。可见，密切关注现实、关注人的生存状况和生存质量已经成为时代的潮流、文艺学研究的潮流。因此我们建构当代有中国特色的马克思主义文艺学新体系也应顺应这一时代潮流，真正以现实的人为出发点和归宿。人的生存与发展以及文学艺术与人的生存与发展的关系理应成为当代有中国特色的马克思主义文艺学所关注的终极问题。而我们目前所要做的工作完全可以凝结到一点上，即当代实践存在论文艺观的建设和完善。

二、多元中的一元：新体系的学术定位

马克思主义是我们国家一切工作的指导思想，也是理论界开展研究的指导思想，因此发展和建设中国文艺学学科（包括建构当代有中国特色的马克思主义文艺学新体系）必须坚持以马克思主义（即马克思主义哲学）为指导思想，坚持马克思主义"一元"论，这应该是毫不动摇的。但同时，我们必须清楚地意识到：马克思主义文艺学不同于马克思主义，我们不能将二者混同。在文艺学领域内，马克思主义文艺学是中国文艺学学科总体格局中的一部分，我们将其定位为"多元中的一元"、"百家中的一家"，而且是占据重要地位甚至主流地位的一元、一家。

我们所说的"多元中的一元"具有两方面的含义：一是指马克思主义文艺学体系与其他各种非马克思主义文艺学体系之间的关系。马克思主义文艺学与其他文艺学流派是平等对话的

关系，而非指导与被指导的关系。过去那种认为马克思主义文艺学对其他文艺学流派具有指导作用的观点犯了一个致命的错误，那就是把马克思主义或者说马克思主义哲学、方法论等同于马克思主义文艺学。我们认为，各种文艺理论学说如果朝着科学的方向发展就必须承认并接受马克思主义哲学思想和方法论的指导，但绝不是以马克思主义文艺学为指导。正如王春元所说："马克思主义文艺学是一门具体的学科，而不是涵盖一切的哲学思想……运用它的概念和逻辑范畴也并不是可以解释一切文艺现象。就全世界范围来说，它也是众多文艺学学派当中的一个学派……它也是历史的产物。"① 同样道理，我们所要建构的当代有中国特色的马克思主义文艺学新体系是中国文艺学众多体系中占据主流地位的一元，但非高高在上、"俯视众生"的"元"体系。传统的马克思主义文艺学体系被定位于绝对的统帅和指导地位，结果其他形态的文艺学体系得不到发展，造成了中国文艺学只包括马克思主义文艺学，马克思主义文艺学也就是中国文艺学，中国文艺学也就是马克思主义文艺学的畸形现象，从而阻碍了中国文艺学学科的正常发展，呈现出僵化、停滞的局面，这是我们应引以为戒的。二是指马克思主义文艺学学科内部，各种具体的理论框架或阐释模式之间的关系，即每个人、每个学术集体所建构的马克思主义文艺学新体系与其他个人、其他学术团体所建构的马克思主义文艺学新体系之间的关系。一方面，马克思主义创始人对当代有中国特色的马克思主义文艺学新体系的建设，只提供了基本原理和思路，并未提供现成的、具体的理论框架、范畴系统和推演逻

① 王春元《文学批评和文化心理结构》，见《红旗》1986 年第 14 期。

辑，因此，如何从这些基本原理和思路出发，建构起具有当代特色、适应本国实际的完整而系统的文艺学体系，必然存在着多种可能和选择。另一方面，对马克思主义文艺学的基本原理和许多重要观点，由于人们的理论素养、文艺实践、审美趣味等方面的不同而存在着不同的理解，而这些理解又都持之有据、言之成理。在这些不同理解的基础上推演、生发出的不同形态、不同模式的文艺学体系，应该承认它们是马克思主义的，至少是朝着马克思主义方向努力的，它们都属于马克思主义文艺学体系大格局中的一元。在对马克思主义文艺学体系的探讨中，从不同侧面、不同角度的切入，只要在本质上是符合马克思主义的，就都是正常的和必要的。强调马克思主义宏观指导，但不应代替各种具体问题的微观研究，在理论微观问题上的任何突破性进展都有利于丰富和发展马克思主义文艺学体系。正如杰姆逊在《马克思主义与形式》一书的序言中所指出的：由于生产方式和文化的差异，"在今天的世界上，应该有多种不同的马克思主义，以回答根据不同社会经济体制所提出的不同需要和问题"。① 同样道理，我们所欲建构的当代有中国特色的马克思主义文艺学体系是一个新的理论框架，当然会同时并存许多不同的理论框架、理论设想和模式，只要自成一说，都有在学术领域存在的权利。对马克思主义文艺学体系的当代阐释不能只有一家，阐释的版本应有多种，可以有不同的学说和模式，也可以有不同的言说方式。我们必须克服和消除那种"唯我独尊"式的僵化的二元对立的思维方式。

---

① 参阅 Jameson, Fredric. Marxism and Form. Princeton：Princeton Univ. Press，1971.

　　将我们所要建构的马克思主义文艺学新体系定位于多元中的一元是有一定学理依据和现实理由的。

　　首先，将当代有中国特色的马克思主义文艺学新体系定位于多元中的一元是由马克思主义学说的本性所决定的。马克思主义告诉我们，只有在多样与差异中不断交流才能实现人类的发展、进化，正所谓"夫和实生物，同则不继"（《国语·郑语》）。如今全国上下正在齐心协力建构和谐社会，而真正的和谐意味着多样化、多元化，意味着差异、平等，无论在自然领域还是在人类文化领域，遵循这样的原则都是至关重要的。马克思主义创始人反复强调：我们的理论不是教条，而是对包含着一连串互相衔接的阶段的发展过程的阐明。① 这就告诉我们，马克思主义文艺学体系既不是一个凝定不变的体系，也不是只有唯一一个表述形态的理论模式，而是一种方法，一种对"过程"的阐明而存在的学说体系，一种具有多种阐释版本的理论框架。也就是说，它的真理性表现在从不同角度"阐明"的过程中。所以，我们应该把马克思主义经典作家的文艺思想放在特定的历史框架中去理解，从事物的"暂时性"、"多面性"方面去理解，把它当作研究不断变化的文艺发展现实的指南，通过对大量文艺实践的考察，从中得出科学的结论。而如果只是把马克思主义经典作家的文艺学说当成标签、套语或现成的公式、原理，不去进行进一步的研究、阐发，以此来构筑一个无所不包、说明一切的文艺学理论"体系"，这种做法显然是和马克思主义文艺学应有的思想和方法不一致的。我们知道，任何一种学说，如果只有一种阐释模式，只有一种体系框

---

　　① 《马克思恩格斯选集》第四卷，人民出版社 1972 年版，第 459 页。

架，那么它也就走到了科学的反面。我们需要的不是干巴巴的几条结论，而是能够解释纷繁复杂、无比丰富的文艺现实的科学理论。而这样一种理论学说，其体系框架不能只有一个。杰姆逊（詹明信）曾说过："我们不应忘记如今马克思主义并不是只此一家，别无分店。事实上有形形色色的马克思主义理论话语。"① "只此一家，别无分店"，"唯我独马"，并不符合当代马克思主义发展的事实。马克思主义如此，马克思主义文艺学同样如此，也有几种不同形态的理论话语。从某种意义上说，在特定的历史条件下，把马克思主义文艺学说装入一种单一的常规的阐释体系和框架之内，是可以理解的，也是有着某种合理性的。但是这种方法毕竟不是科学的马克思主义的方法，难以体现该学说的理论本质，也有悖于经典作家本人的初衷。因此，对经典作家文艺思想的阐释不能只有一种模式、一个版本。换言之，我们所要建构的当代有中国特色的科学的马克思主义文艺学理论体系也不能只有一种模式，而应是不同特色、不同框架结构的理论体系并存共生，互相借鉴，互相促进。同时，马克思主义经典作家从来没有把自己的文艺学学说定为一尊，也从来没有把自己的文艺思想看作唯一正确的理论学说，他们把自己的文艺思想体系"看作相对的，只有在一定的条件下和一定范围内才是正确的"。② 他们也从来没有试图取代、消灭其他一切与其观念不同的理论体系。恰恰相反，经典作家一直十分关注与其不同甚至相对立的文艺理论体系，并

---

① ［美］詹明信《晚期资本主义的文化逻辑》（张旭东编，陈清桥等译），生活·读书·新知三联书店1997年版，第19页。

② 《马克思恩格斯全集》第39卷，人民出版社1974年版，第80页。

努力从其他理论学说中汲取有益的成分，以补助自身的不足。所以我们为阐释经典作家的文艺思想而建构的文艺学理论体系也只能是多种文艺学理论体系中的一个，是多元中的一元。

其次，将当代有中国特色的马克思主义文艺学新体系定位于多元中的一元是由文艺乃至文化现实的多元发展的态势所决定的。从文艺实践这一角度来看，文艺理论源于文艺实践，文艺实践的性质和特征从很大程度上制约和影响着文艺学的建设和发展。有位论者说得好："其实，文学理论本来就是一种多样化现象，这不单是由于文艺理论家的主体条件不同，而且还由于文学这种现象的确是一个十分复杂的现象。要用一种文学理论来涵盖所有的文学现象是不切实际的。"① 众所周知，新时期文艺的现代性嬗变，是从恢复现实主义传统起步的，而且显示出日趋多样化、多元化发展的态势。新时期伊始，"伤痕文学"、"反思文学"和"改革文学"所焕发的关注个人命运和民族前途的社会政治意识和现实主义批判精神，既加强了文艺与现实的审美关系，清除了"四人帮"推行的"瞒与骗"的文艺流毒，又激发了作家主体意识的觉醒，呈现出新的文艺创作趋向。终于，在 20 世纪 80 年代涌现了富有现代主义特征的"先锋文学"和蕴含民族传统文化因素的"寻根文学"的创作新潮。前者强化了文本自身的价值营造，淡化了文本与现实人生的深刻关系；后者凸现了文化意识，却往往模糊文化意识中的民族性与现代性的关系。因此，当文艺面临 90 年代商品经济大潮的冲击、严肃文艺与通俗文艺逐步分化的新形势，它迅

---

① 王春元《对改进文学研究概念和方法的三点意见》，见《文艺报》1987年 4 月 4 日第 3 版。

速调整其发展格局，展现出多元化价值选择的冲突与交汇：
"新写实"小说迥异于"先锋派"小说，却在表现现代人的生
存困顿方面与之相交合；"新生代"创作深受西方现代主义、
后现代主义的影响，却缺乏对人生终极意义的探寻；各种文化
视角的新散文、新诗的创作，又常常与充满强烈社会意识与民
族精神的诗文交相辉映。新时期二十多年间文艺实践的复杂性
引发了文艺理论探索的多元化，促使不同文艺观念之间形成了
既冲突又互补的发展格局。就文化实践格局来看，我国目前处
于社会主义初级阶段，伴随着所有制形式、利益主体、社会组
织、生活方式乃至宗教信仰的多元化，打破垄断、多维发展成
为当今中国社会的主流意识。唯我独尊的文化一元主义和文化
霸权主义已不再适应时代的需要，文化的价值观念正日益呈现
出多样化、多元化的态势，大众文化、精英文化、主流文化、
边缘文化、亚文化等共生共存已成为不争的事实。文化的这种
多元化态势必然向人们提出各种文艺因子都要协调发展的要
求。总之，文艺实践乃至文化现实状况都决定了马克思主义文
艺学新体系必须以宏阔的视界去吸纳多元化文艺观念的合理因
素，在多元共存、多元竞争的态势下，通过建设性的对话，不
断完善自身，增强生存的合法性，从学理角度获得言说的权
利，求得自身发展。

再次，将当代有中国特色的马克思主义文艺学新体系定位
于多元中的一元是文艺学学科发展的要求。存在多种不同的文
艺学体系和范式，恰恰是文艺学学科繁荣和充满活力的标志。
在人类文艺学学科发展的历史长河中，每个特定的时代或时
期，都有代表该时代或时期的特定的理论体系或理论成果。它
们都是时代的产物，都是那个时代精神的集中表现，从理论上

代表了当时文艺学学科发展的要求。丹纳说得好："科学同情各种艺术形式和艺术流派，对完全相反的形式与派别一视同仁，把它们看作人类精神的不同表现，认为形式与派别越多越相反，人类的精神面貌就表现得越多越新颖。"[①] 现代文艺学的发展，呈现出无限丰富、无限复杂的众多形态，且形成了文艺学与其他学科相结合的许多边缘学科。因此，企图用一种文艺学体系解释所有的文艺现象，至少在目前还不具备现实的条件。新时期有论者曾经对此进行过深刻的论述：在当今建立一个包罗万象的文艺学体系几乎是一个神话，没有任何一种视角能够囊括文艺研究，"多元并存，互相渗透，已成为历史的必然"，"承认异质并存"也许是建设中国马克思主义文艺学体系的新思路。[②] 而且随着人类的进步和世界文化的多样化发展，文艺学学科内在地要求一种多种理论体系自由争鸣、齐头并进的格局，要求一种更为民主开放的学术气氛，倡导各种不同的理论学说按照科学的、坦率的、平等的精神，彼此相处，求同存异；学术探讨，求异存同。所以，我们在构建当代有中国特色的马克思主义文艺学新体系时，应有一种明智宽容的精神，容许各种具有不同价值的文艺理论体系的存在和发展。不要像过去那样把某种文艺理论体系视为唯一正确的体系，而把其他理论体系都视为谬误，只允许一种理论体系言说，而人为地剥夺其他理论体系言说的权利。不能把不同切入点的研究当作非马克思主义的甚至反马克思主义的，即使对真正的

---

① ［法］丹纳《艺术哲学》（傅雷译）第一编第一章，广西师范大学出版社2000年版，第44页。

② 参阅胡亚敏《反思与建设同在，危机与机遇并存》，见《华中师范大学学报》（哲社版）1995年第2期。

反对马克思主义文艺理论的观点，也需要区分学术行为和政治行为，以严肃而科学的马克思主义学风，进行以理服人的辨析。

第四，将当代有中国特色的马克思主义文艺学新体系定位于多元中的一元是新时期文艺理论界经过激烈论争所得出的一种总结性的认识。一百多年来，马克思主义创始人的文艺思想已经以物态化的文本形式存在，其表述方式和存在形态都是唯一的、不可变更的，而后人对它的阐述却一直在不断地丰富和拓展。由于解释者是从不同的切入角度、不同的文化视野，运用不同的阐释方法去发掘经典文本的内容，这就决定了马克思主义文艺学体系的建构也必然拥有多种多样、多姿多彩的表述方式和理论模态。在这些不同的表述方式和理论模态之间，同样有可能并且事实上也不可避免地存在着差别、歧异乃至某种程度上的对立与冲突。如果指望能够在新的理论体系建构过程中形成统一的、一种模式、一种结论的马克思主义文艺学体系，那是既不现实也不可能的。对于这一点，即我们所要建构的马克思主义文艺学新体系的定位问题，经过新时期以来激烈的论争，学术界已经基本达成了共识，朱立元对此曾做出过很好的概括：建构马克思主义美学、文艺学体系不能只有一种模式。正如社会主义在不同民族、国家，不同历史文化条件下可以有不同的模式一样，马克思主义美学、文艺学在不同民族和国家、不同社会发展状况、不同文化传统、不同的文艺和审美实践中，也必然会形成不同的理论模式。就是一国内也可以有多种理论模式。所以，建构当代的马克思主义文艺学体系，在坚持马克思主义基本原理的前提下，可以从多方面加以发展、充实和丰富，形成多种不同的理论模式，它们之间可以互相争鸣，也可以互相补充。① 劳承万也曾指出：应该允许建构几种不同类型的当代马克思主义文艺学体系，"在相互比较中发展，在竞争中决定存亡"，"这是一项艰巨的理论建设，在探索阶段中，企图以唯一性代替多样性是不可取的。在这个问题上，同样允许百家争鸣，百花齐放。不要先验地钦定绝对同一的模式、唯一的逻辑起点、唯一的体系"。②

三、比较与综合：发展的必由之路

在当今社会，探索和竞争是任何一门学科发展的必要前提条件。新的马克思主义文艺学体系也必须在与其他各种文艺理论体系的比较中显示出自己的优势。正如前文所述，自 20 世纪 80 年代以来，经过众多文艺理论工作者的努力，中国文艺理论逐渐突破主客二分、二元对立的思维模式和单线发展的理论格局，形成了多元并存、多层次渗透的理论态势。多元的线索在无序中运动碰撞，不断地剥落和分化，又在自觉和不自觉中不断地归纳、调整、综合、创新。多元并存不是目的，发展创新才是我们的目标和追求。因此，我们当前的任务，就是通过比较与综合，从学术上的多元并存、多元互补逐渐走向理论上的更新与超越。这是在新的世纪里，马克思主义文艺学体系不断发展、完善的必由之路。

我们说比较与综合是马克思主义文艺学体系发展的必由之路，有其历史缘由。正如有些学者所分析的，19 世纪末 20 世

---

① 朱立元《关于建设当代马克思主义美学和文艺学体系的若干思考》，见《文艺争鸣》1990 年第 2 期。

② 劳承万《关于建设当代马克思主义文艺学、美学体系的逻辑起点问题》，见《雷州师专学报·社科版》1991 年第 1 期。

纪初，我国学人通过从西方引进现代资产阶级文论以颠覆传统文论体系；五四运动以后的六十余年时间里，由于历史现实的需要，马克思主义文艺理论逐渐占据了我国文艺学的主导地位，传统文论和欧美现代文论只能偶尔发出微弱的声音；20世纪80年代中期以后，一些人企图以"复活"传统文论话语的名义或全盘移植现当代西方文论的手段，动摇或解构马克思主义文艺学理论体系。可以说，无论是在20世纪初期，还是二三十年代，抑或是五六十年代，甚至七八十年代，中国现代文论几乎每一个重要发展阶段，都伴随着占据主导地位或试图占据主导地位的文艺观念和文论形态对其他文艺观念或形态的无情拒斥乃至断然否定与激烈批判，我优你劣、你死我活的思维心态和非此即彼、二元对立的思维定势始终笼罩与制约着20世纪中国的文艺学研究。这种状况"致使文论研究充满了政治上的热情，凸显出思想上的力度和宣传上的效应，同时也带来了诸多明显的缺憾，如多了几分学术上的独断与霸气，少了些科学上的冷静与宽容，多了几分画地为牢的界限意识，少了一种包容涵括的大家风范。检索与总结现代中国文艺理论与批评的成就便不难发现，我们不乏攻城拔寨的勇士、意气风发的名家，但缺少汇纳百川的鸿儒、博大精深的大师。许多现代文论名家的论著，今天读起来都不免给人思想偏狭、内容单薄之惑"，① 究其原因，不能不说与比较综合意识的欠缺有一定关系。前车之覆，后车之鉴。正是由于意识到固守单一的理论体系和批评话语不解决文艺的真理性问题，认识到在文艺研究

---

① 参阅谭好哲、马龙潜主编《文艺学前沿理论综述》，山东大学出版社2001年版，第4页。

领域任何垄断话语解释权的企图都是不明智的，所以在经历了一个多世纪的相互否定与冲突的发展历程之后，新时期以来尤其是 20 世纪 90 年代末以来，越来越多的文论家开始提倡比较与综合的发展新思路。其实，早在 1984 年，钱中文就对此问题进行过阐述，他说：如何才能全面、深入地了解文学现象，比较与综合看来是必由之路，这种宏观的研究方法的特点，在于把文学与其他艺术部门如音乐、绘画等联系起来加以考察，以至与其他种类的意识形态部门一起加以综合研究。① 狄其骢先生在 80 年代末 90 年代初提出了"面向新的综合"、"走向综合一体化"的主张，他说："目前文艺理论多元发展的关键，已不在量的增加和翻新，而在质的提高和落实，也就是说，不在分化而在综合，分化的深入需要综合，综合是分化的深入。"② 今天，许多西方有识之士也积极倡导文艺学研究中比较综合的研究路向，著名文论家托多洛夫就曾明确提出文学研究要走向比较与综合的主张，他在 1985 年与中国学者的学术交谈中讲道："现在是综合使用各种方法的时代，新的方法已不占统治地位，各种旧的方法也并未被否定，原因是各种方法好的方面，都已被普遍接受，学校课堂上都介绍它们，并被文学研究者所使用。所以现代文学理论研究，从方法论观点看，正走向综合。不存在单一的方法，大家使用各种方法进行研究，所以很难说哪种方法占主导地位。当然，所谓综合，并不是有这样一种专门的方法，而是在研究中采用各种不同的方

---

① 参阅钱中文《文艺理论的发展和方法更新的迫切性》，载《文学评论》1984 年第 6 期。

② 狄其骢《文艺学问题》，山东大学出版社 1993 年版，第 48 页。

法。综合是一个总的倾向。"①

以文学艺术为自己专注的对象，以解决当代文艺问题为指归，熟悉并借鉴各种文艺理论学说，全方位地综合、比较、取舍、创造，这是中国马克思主义文艺学要赢得国际性瞩目的关键和前提。如果我们的马克思主义文艺学体系建构只是依据其他文艺理论学说的推进，其实就是在拾人牙慧，自然也不会受到世界的重视。正确的路子应该是对中外各种文论学说都持公平和无偏见的态度，以一种理性坦然的姿态，对其理论基础、哲学背景、体系建构、逻辑序列等一一予以梳理，即既明白它们各自的成功和独到之处，也了然其欠缺。马克思主义文艺学的学科形态的最大特色，正如卢卡契所说，是"通过独立的研究必然可以掌握它甚至创造它"，② 如果认为建构当代有中国特色的马克思主义文艺学新体系只是"将马克思主义经典作家的言论加以搜集和系统排列……那就完全是无稽之谈了"。③ 因此，我们所面临的任务，就是要在综合比较中不断创造性地丰富和发展马克思主义文艺学理论体系。不同观点的交流和碰撞、比较和综合将极大地拓展马克思主义文艺学体系继续发展、丰富和完善的理论空间。各种非马克思主义的文论，除了其思想资料价值外，同时也是建构新的马克思主义文艺学体系的参照系，二者在互相论争、对比中求发展。没有这一参照系，就没有外在的驱动力。

当然，综合比较并不意味着我们的研究没有自己的价值取

---

① 转引自钱中文《法国文艺理论流派印象谈》，载《文艺研究》1985 年第 4 期。

②③ [匈] 卢卡契《审美特性》第一卷（徐恒醇译），中国社会科学出版社1986 年版，第 5 页。

向与方法论特征。我们所说的综合比较，最关键的是理论观念的综合比较，并经由这种综合比较而实现观念上的创新，为新的马克思主义文艺学体系的建构奠定坚实的基础。新时期以来，我们一般仅从方法论角度理解综合比较，这显然是不够的，因为综合比较的目标取向是当代有中国特色的马克思主义文艺学理论体系的创建，而理论体系创建的核心是观念系统的建立。方法是通往对象的阐释和主体观念创造的桥梁，只有从方法层面上升到观念层面，综合比较研究才能真正达到理论体系创新的目的。20 世纪 80 年代中期，我国文艺研究当中爆发的方法论热潮为什么难以为继，在火爆了一阵子后便归于沉寂？其中一个很重要的原因就是我们只是为方法而方法，没有从方法运用的层面上升到观念创造的境界，因而虽用新潮时髦的术语和方法写了许多一时令人炫目的论著，但都是只开花不结果，并没有在观念上真正提出新见解，做出新开拓，因而在马克思主义文艺学新体系的建构方面没有拿出能够在国际文论舞台上令人称道的实绩。有论者指出：就大处着眼，观念上的综合比较可以在一种理论形态或理论学派的形成上显示出来。比如，西方马克思主义文艺理论很显然就是传统马克思主义文艺理论的某些观点与西方现代哲学、社会学、人类学、心理学、艺术学、美学等种种观念和方法相比较相综合的产物。就具体的体系性理论创造而言，一种理论框架可以在综合比较前人和他人成果、体系、构架的基础上建构而成。任何一位有成就的文艺学家，其理论创造都不会完全出自己心，总是在综合比较他人成果的基础上成就自己，而且比较的理论学说越多，综合的面越广泛，其理论内容就越丰富，其体系也就越科学、越完备。①

综合比较最终还应落实到具体方法的运用上。在 20 世纪
80 年代中期的方法论热潮中，我国文艺学界在这方面也做了
不少的尝试和努力，为马克思主义文艺学体系研究和建构工作
做出了可贵的尝试，积累了一定经验。文艺学与其他学科不
同，是一门综合性、交叉性的学科，它既具有形而上的性质，
又与形而下的对象相连；它既属于精神现象，又渗透在大部分
物质活动中。所以，今天我们谈论的马克思主义文艺学体系建
构问题，其突破的结构性张力来自中国传统文论研究方法与西
方文论研究方法的比较、融通和综合。其一，强化与中国传统
文艺学研究方法的比较，吸取其有益的成分。提倡对中国传统
文艺学方法进行综合比较，并不是要照搬和重新使用中国古代
文艺研究方法，现实没有提出这样的需要，实际上这也是不可
能的。因为中国古代文论的感悟式的思维方式已经不适应现代
文艺研究的知性思维习惯和逻辑分析要求。古代文艺研究的一
些观念、指导思想和原则已不能用来指导现代的、社会主义的
文艺现象和文艺活动的研究。我们所关注的是传统方法对于当
代文艺学研究的启示以及对传统方法的现代性转换。应以完整
的生命意识去体验文艺的内在韵律以及对文艺作品中所体现的
各种情感的感受，提升出相应的意义，进而将意义转化为哲理
性、规律性的东西。其二，对当今西方文艺学研究方法进行
综合比较。西方文艺学研究多是由哲学家或作家或语言学家
或心理学家进行的，有的是集作家、哲学家、语言学家于一

---

① 参阅谭好哲、马龙潜主编《文艺学前沿理论综述》，山东大学出版社
2001 年版，第 29 页。

身，能较广泛地运用多种相关学科的研究方法，注重实验法、测验法等定量研究以及理性思辨和逻辑推演，并十分重视收集量化的资料。我国文艺学研究则多是由专门的文艺理论工作者进行的，缺乏创作实践经验和抽象思辨能力，多采用作品分析法和档案法——搜集有关文献资料（如作家、艺术家的创作体会、日记、自传等）。所以我们应持一种放眼世界的眼光，对西方先进的、科学的、实证实验的研究方法加以必要的综合比较，以补助我们的不足。其三，对哲学、心理学、社会学、人类学等其他学科的知识和方法进行综合比较，对马克思主义文艺学体系建构问题进行全方位、多角度的思考和分析，使体系建构得到切实的拓展和深化，实现新的突破。另外，需要强调一点，正如我们前文所言，门罗所主张的"综合的方法"尤其是他的经验描述的方法，也是我们在建构新体系时应该加以借鉴、吸收和综合的。总之，要重视对其他各种方法的综合比较，既重精细的定量研究，又重宏观的定性研究；既强调客观的方法获得的资料，也不排斥自我观察和内省法获得的资料，这才是建构科学的马克思主义文艺学新体系的正确途径。

我们所说的综合，正如马龙潜先生所言："既不同于那种把各种理论学说和观点平面地、不分主次地组合、排列，而见不出概念和范畴辩证运动过程的综合；也不同于那种离开历史和时代的规定，离开对现实生活实践所提出的具体问题的回答，而缺乏现实社会生活及其时代精神的支撑和统摄的综合"，而是要通过对以往和当今的各种理论研究成果进行重新审视、辨识、转换和吸收，以从中提炼出能够借以回答所研究问题的理论观点。① 我们提倡综合比较，其实质是要弘扬"充分的人文精神"，要树立一种排斥绝对对立、否定绝对斗争的非此即彼的思维，一种走向宽容、综合、交流、融会、贯通、创造同时又包含了必要的非此即彼、具有价值判断的亦此亦彼的思维，即马克思主义指导下的多元并存、多极互补的思维，正如有的论者所言，"这是从近百年来文学理论痛苦演变中凸现出来的一个思考"。② 需要指出的是，综合比较不是无原则的兼收并蓄，不是无选择、无倾向、无理解的简单罗列、杂凑或折中调和，而是在比较的基础上进行科学的综合，最终目的是为了建构起符合时代需要、具有中国特色和世界意义的、科学的马克思主义文艺学理论体系。20 世纪 80 年代，有些人将西方文论的方法和观点直接照搬过来，生硬地套用到中国文艺实践上去的做法，是不可取的。而那种以西方的或古代的文论话语来排斥、遮蔽甚至消解马克思主义文艺学的企图，则更背离了进行综合比较的初衷，是必须引以为戒的。

四、对话：必要的张力

市场经济所带来的全球化趋势使文艺创作和批评及理论体系建构具有了全球背景。在全球化语境中，马克思主义文艺学面临着更大的机遇与挑战，而挑战和机遇给马克思主义文艺学带来的发展策略最重要的是"对话"。马克思说：资本主义生产力的巨大发展，"开拓了世界市场，使一切国家的生产和消

① 马龙潜《对当代文学理论体系哲学基础的认识》，见《社会科学战线》2001 年第 2 期。

② 钱中文《再谈文学理论现代性问题》，见《文艺研究》1999 年第 3 期。

费都成为世界性的了"，① "物质的生产是如此，精神的生产也是如此。各民族的精神产品成了公共的财产。民族的片面性和局限性日益成为不可能，于是由许多种民族和地方的文学形成了一种世界的文学"。② 任何一种理论体系都已经不再可能封闭在狭隘的圈子里自我发展。因此，建构当代有中国特色的马克思主义文艺学新体系，我们需要的是"一种开放的本土文化，一种世界主义的胸怀，一种鼓励多元对话的战略"。③ 可以说，面向新世纪的马克思主义文艺学，将走向对话与交往的新境界。

首先，"对话"得到了现代自然科学与人文社会科学的支持。就自然科学来看，传统的构成论已经转向了生成论。例如，现代物理学认为，粒子的产生不是来源于互相的取代而是来源于互相的碰撞。在基本粒子相互碰撞中，基本粒子确实也曾分裂，而且往往分裂成许多部分，但是这些分裂部分不比被分裂的基本粒子要小或者要轻。因为按照相对论，相互碰撞的基本粒子的巨大动能能够转变为质量，所以这样巨大的动能确实可以用来产生新的基本粒子。因此从一定意义上说，真正发生的，实际上不是基本粒子的分裂，而是从相互碰撞的粒子的动能中产生新的粒子。这样，因果决定论行不通了，线性进化论同样行不通了。生命的发展也并非如达尔文所说的，是一个取代一个，适者生存，按照一个既定的模式不断有序前进，而是有机共生、多元并存，在不同物质的偶然对话中产生。我们

---

① 《马克思恩格斯选集》第一卷，人民出版社 1972 年版，第 254 页。
② 《马克思恩格斯选集》第一卷，人民出版社 1972 年版，第 255 页。
③ 周宪《中国审美文化研究》，北京大学出版社 1997 年版，第 259 页。

认为，碰撞亦即一种对话因此而成为生命诞生与发展的规律所在。也就是说：互生、互惠、互存、互栖、互养，应该成为大千世界的根本之道，意味着生命的最大可能是起源于不同物种之间的碰撞、拼贴、对话。这就是所谓有机共生。于是，对话而不是独白，就成为大自然演化中的公开的秘密。而就人文科学来看，在当代，传统的主体与客体之间的对立转变为文本与文本间的对话，这就是所谓"文本间性"。一切创造都不再是绝对真理的发现，而成为文本与文本间的一种对话的结果。在这里，对话的双方只有特点之别，没有高低之分，只有双方的相互启发和交流，没有双方的龙争虎斗和彼此攻讦。因此，任何一种理论都不过是人们阐释世界的一种模式，不能被普遍化、绝对化，而只能被问题化、有限化。因为任何理论都是有边界的。对于一种理论来说，最为重要、最具价值的，恰恰正是这一边界。边界正意味着对话的可能。有边界，才会意识到自己的长处与短处，从而因为自己存在短处而被对话所吸引，因为自己存在长处而吸引对方，从而各自到对方去寻找补充。因此，对话强调的是对话的双方各自从自己狭小的世界里走出来，在一个广阔的开放的中间领域相遇。

其次，"对话"是突破传统的主客二分、二元对立，向马克思主义指导下的多元并存、多极互补的思维模式转化的必然要求。二元对立的思维模式，要么把人看作与其对象相分离的纯主体，要么将人对象化而使之失去作为主体的意义。多元统一的思维模式则反对把人对象化，致力于恢复人的本真的存在，重新认识人的存在及其活动的价值和意义；要求以交互主体代替个体主体，以主体的相互作用代替主客互相独立的实体。这样，不同主体之间的"对话"就必然成为突破二元对立模式的应有之意。在 20 世纪初德国哲学中，对话思想就已经逐渐流行开来。现代解释学理论也广泛涉及这一问题。在 20 世纪 70 年代，巴赫金对对话理论进行了独特的阐发，形成了"大对话哲学"，或曰"对话主义"。这一主义奋力营造文艺学、语言学、美学领域多种声音并存共生的"多声部"、"复调性"格局，倾力倡导人文学科学术研究中各种视角、姿态、思想、观点互动互补、"和而不同"的存在范式。巴赫金的"大对话哲学"倡导一种所谓的"复调意识"、"多声部意识"，具体来说，就是强调"主体性"、"他者性"和"差异性"，要求有思想个性的主体间互相尊重，将他人真正地看成与自己完全平等、与自己一样拥有独立声音的主体。主张确认"自我"与"他者"之间互相依存、互相影响的共生关系：他者是个人存在不可或缺的构成成分。巴赫金说："单一的声音，什么也结束不了，什么也解决不了。两个声音才是生命的最低条件、生存的最低条件"，"一切都是手段，对话才是目的"。① 这种"大对话哲学"突破独断论的极端性思维，强调文艺生存中的"互动性"、"变异性"，倡导一种积极开放、互相倾听、在平等交往中拥有自己独立声音的主体姿态，强调文化运行中的向心力与离心力之间的张力，中心化与边缘化之间的互补，实质上是对传统的逻各斯中心主义有力的颠覆，是对"主客二分"、"非此即彼，势不两立"、"他人即地狱"等二元对立思维定势的深刻批判。因此，必须对二元对立的思维模式进行清理和反思，因为它无法与一个高度复杂化、分殊化、异质化的

---

① ［苏］巴赫金《陀斯妥耶夫斯基诗学问题》（白春仁、顾亚铃译），生活·读书·新知三联书店 1988 年版，第 344 页。

社会对话，而且在新的语境下，建立在二元对立基础上的、高度一致的批判话语与承诺目标已经很难有效发挥其阐述－批判功能。

再次，"对话"是任何理论体系存在和发展的前提条件。对话，本是人与人交往中一种亲切平和的讨论形式。学术对话，则应是具有不同见解的思想者之间面对共同感兴趣的问题彼此敞开探讨真理的交流方式。对话的核心是确认诸种观点与声音既不相融合也不可分割，各自独立而又彼此相关，在互补互证互动互识中并存共生。人类思想史上的许多事实一再证明：对话是达到真理性认识的桥梁，富有创见的学问之旅实际上就是主体间的对话过程。"真理只能在平等的人的生存交往过程中，在他们之间的对话中，才能被揭示出一些来。"① 对话是催生新思想的"助产婆"。思想，就是在两个或几个意识相遇的对话点上演出的生动的事件。真理不存在于那些外在于主体的客体，也不存在于那失落了个性的思想之中。真理存在于作为有个性的思想主体之间，它是作为对话性的接触而释放的火花而诞生的。正如巴赫金所说："生活中的一切都是对话"，② "存在就意味着进行对话的交际"，③ "对话关系……是最为广泛的现象，这几乎是渗透于整个人类言语和人类生活一切关系、一切表现，总之是渗透于一切有意义的事物的普遍

---

① ［俄］巴赫金《文本对话与人文》（白春仁等译），河北教育出版社 1998 年版，第 372 页。

② ［俄］巴赫金《巴赫金文论选》（佟景韩译），中国社会科学出版社 1996 年版，第 53 页。

③ ［苏］巴赫金《陀斯妥耶夫斯基诗学问题》（白春仁、顾亚铃译），生活·读书·新知三联书店 1988 年版，第 343 页。

现象"。① 理论体系的意义是在"关系"中产生的，是在"阐释"中构成的。正是意义的建构机制，呼唤着有个性的思想者的那种勇于挑战、敢于交锋的"对话意识"、"多声部意识"、"复调意识"。随着人类文明的进步，文艺学学科也得到了蓬勃发展，尤其在第二次世界大战以后，各种理论学说蜂拥迭起。各种理论体系结构之间相互依存，相互对立，既有共同性，也有极大的差异性。"凡是存在着对立而又互相联系的力量、冲动或意义的地方，都存在着张力。"② 各种理论体系之间互相交流对话就是一种张力，因为对话就意味着不同，意味着对立，意味着差异，也意味着一种联系和相互依存的关系。而在一个日益全球化的语境下，这种张力对于任何一种理论体系的存在、发展和建构来说，都是必不可少的。马克思主义文艺学体系也不例外。

又次，"对话"是马克思主义文艺学进一步丰富发展的要求。解放后，由于长期受极左思潮和政治运动的干扰，相对而言，我们的马克思主义文艺学理论体系对文艺的阶级性、他律性、工具性强调过多，而对文艺的主体性、自律性、审美性则相对重视不够，久而久之就导致了马克思主义文艺学出现了生存合理性方面的危机。正如新时期有位论者所言："中国的马克思主义文艺学在一段时期内缺乏言说力度，甚至出现信任危机、简单拒斥和简单承认导致其学理逆反心态。"③ 在以往一

---

① ［俄］巴赫金《巴赫金文论选》（佟景韩译），中国社会科学出版社 1996 年版，第 52 页。

② ［美］罗吉·福勒《现代西方文学批评术语词典》（袁德成译），四川文艺出版社 1987 年版，第 280 页。

③ 王列生《论马克思主义文艺学当代发展的基本框架》，见《马克思主义美学研究》第 5 辑，广西师范大学出版社 2001 年版，第 16 页。

元化的社会、文化和政治背景之下，借助于权力关系的介入，传统马克思主义文艺学体系在生存与信誉方面的危机可以被遮蔽，而在多元化的社会、文化背景之下，由其缺陷和局限所导致的危机就显而易见了。如今，马克思主义文艺学似乎正继续其自新时期以来的低谷时期：高校学生对相关课程普遍冷淡，作为一种理论体系在喧嚣的话语狂欢中声音愈益微弱，相关书刊面临信任危机并由此处境艰难。每一个真正富有使命感的文艺理论工作者，都不免发出这样的追问：问题究竟出在什么地方，出路何在？解决危机、应对挑战的对策是什么？我们认为，对策在于交流，出路在于对话。当代有中国特色的、科学的马克思主义文艺学新体系不可能关起门来建构，因此，各种非马克思主义文论的借鉴和各种外来思想的引进，必然有一种从不深不透到较为深透，从贴标签到接受实质性内容的发展过程。经过介绍、翻译、研究，我们的视野会得到开阔，我们的理论和批评的武器也将得到丰富。然而，这一切都还不是创造，创造有赖于对话，正如巴赫金所说，创造性的源泉在于对话。当然，巴赫金的对话主义，是从一个更为基本的层次的含义讲起，即在批判克罗齐的表现主义和索绪尔的纯共时性的语言结构分析的意义上谈对话。而我们这里讲的是在各种文艺理论体系间相互影响中的对话，是不同的甚至完全异质的文论派别之间的交流与沟通，但一些原则是通用的，或最起码是对我们有启示的。巴赫金的对话主义认为，一个文化圈是没有内部疆域的，它完全位于边界之上，每一个文化行为都活动在边界之上。所以，对待外来文化思想的态度，从崇拜到借用，到以取来真经的态度照搬，再从迷恋的态度跳出来，取得一种外在性，获得一种心态，平等地与外来文化对话，这是一个过程。

对话的态度，是一种成熟的态度。近年来，人们提出了建构马克思主义文艺学新体系从什么出发的问题，有人说回到古代文论，有人说接受西方文论，于是，出现了一些争论。其实，这里面蕴涵着一个各种理论学说、各种文论资源之间关系的问题。前文我们已经讲过，建构当代有中国特色的马克思主义文艺学新体系，要继承现有的思想资料，这包括中国古代的文论资料和中国传统马克思主义文论的研究成果，也包括西方古代和现代尤其是西方马克思主义的文论材料。我们强调古代文论的现代转换，我们同样需要强调中国传统马克思主义文艺理论的现代转换。传统的马克思主义文艺思想资料要继承，但只能从"对话"的意义上理解这种继承，而不能照搬。同样，我们对于西方马克思主义文论也应持这种态度。以中国当下的文艺发展为根据，把介绍与建设分开，与这些思潮在对话中形成我们自己的创造力。创造才是更为根本的东西，当代有中国特色的马克思主义文艺学新体系的建构，需要的是我们的创造。这并不一定要取什么做蓝本，不一定是要形成一个单一的中国体系，更为重要的是要形成多种中国文艺思想的内部对话关系。

在各种文论的冲突与交融的研究中，对话意识正在获得越来越普遍的重视，逐渐深入人心。马克思主义是在吸取人类科学、思想意识之结晶的基础上建立起来的，它从来都不是一个自我封闭的系统，而是一个开放、变化、发展着的体系，也正因为如此，才保证了它在一百多年间长盛长新。大凡有成就的马克思主义文艺理论家都十分关注在各元理论的交流与对话中发展和完善马克思主义文艺学体系，不断为这一具有强大生命力的理论体系输入"现代话语"。在这方面，西方马克思主义文论家们的做法尤其值得我们借鉴。如詹明信（杰姆逊）就试图在与晚期资本主义的各种思潮的交流与对话中发展马克思主义文艺学。他曾认真研读曼德尔的《晚期资本主义》。曼德尔认为资本主义的发展可分为三个主要阶段，即市场资本主义、帝国主义下的垄断资本主义和后工业阶段。每个阶段都是对前一个阶段的辩证开拓。詹明信认为，第三个阶段准确地说应是"跨国资本主义"阶段，这三个阶段的经济与政治特征完全不同，它们在文学和文化风格上也对应着经历了三个阶段，即现实主义、现代主义和后现代主义。[①] 这种文学、文化上的"三分法"显然受到了曼德尔的影响，它是否符合文学、文化发展的自身规律，是否概括了文学、文化发展的基本特质尚待商讨，但关注文学、文化与其所处时代的关系，注意在不同的历史视野中寻求马克思主义与其他诸种思潮的对话这一点却是值得充分肯定的。又如阿尔都塞、马歇雷等法国结构主义马克思主义学派，通过引入结构主义，建立若干模型，如"文本离心模式"，从根本上冲击了卢卡契等人早年建构的相对封闭的理论模式，使马克思主义文艺学体系更为开放，与现当代的社会、文艺思潮更容易对话。尽管这种融合未必符合马克思主义的原意，但这种理论体系在其内在精神上更注重把握现时代脉搏，也是对马克思主义以外的"外来营养"的大胆吸收。可以说，关注当代问题，在与当代各种思潮的对话中建构自身的理论体系，永远是马克思主义文艺学应有的理论品格。尽管这种对话与融合还没有一个普遍适用的构想和标准，但却留给人们极大的想像空间，从中我们也看到了在新的世纪里马克思主义

---

① 参阅［美］詹明信《晚期资本主义的文化逻辑》（张旭东编，陈清侨等译），生活·读书·新知三联书店 1997 年版，第 420～434 页。

文艺学体系发展的一个方向。身处东方文化系统中的当代有中国特色的马克思主义文艺学体系建构已然面对着比过去更为复杂的思想语境。因此，对于我们来说，只有不断通过马克思主义文艺学体系自身合法性的确认，才可能产生出思想对话的有效性、学术建构的时代价值。反过来，思想对话的普遍性也只有同马克思主义文艺学体系自身合法性的确认联系在一起，才有可能产生出真实效应。

当今的中国文艺理论界存在着各种各样不同的声音，可谓"众声喧哗"，世界上几乎所有的声音都在华夏大地上得到了回响。我们不缺任何声音，不论是从最极端的到最中庸的，还是从"左"的到"右"的，缺的是可以在各种声音之间进行沟通的完善机制——互相对话的机制。因此，在全球化、信息化、市场化语境下，勇于对话，是马克思主义文艺学工作者应当葆有的一种治学激情，应当坚守的一种治学态度；善于对话，在多元中会通学术空间，则应是马克思主义文艺学工作者悉心打磨的一种治学艺术，不懈追求的一种治学境界。"今天我们正在从一个独断的以自我为中心的时代，逐步走向相互理解、平等交往和对话的时代。这是当今整个时代的潮流，也是文艺学的潮流。"① 这一时代潮流，也为文艺理论多元互补的努力提供了最佳方式，即"对话"。对话，不仅是一种言说方式，更是处理主体间性的一种生存性策略。它可以激活彼此的优势元素，丰富、发展自身的理论体系。有位学者在研究巴赫金的文艺理论时曾经讲道："巴赫金提出过对话复调的理论来研究陀思妥耶夫斯基的小说。把这一理论应用于文论研究，那就是接

---

① 杜书瀛《新时期文艺学反思录》，见《文学评论》1998年第5期。

受者站在平等的地位上，充分肯定对方的价值方面，择优而取，在诘难对方中发现不足，予以扬弃；用宏放的目光看待外国文论中的异质性部分，显示其自身价值，尊重其在理论整体中的积累，同时也不忌讳接受一方——对话者的价值判断与观点。"① 20 世纪以来，特别是改革开放以来的二十多年，在马克思主义文艺学体系研究方面所取得的成就，基本都是通过对话，用其他不同文艺学体系中有用的异质部分激活马克思主义文艺理论，并通过自身的调整、创新而实现的。正是这种对话意识，才逐渐克服了马克思主义文艺学体系论争中二元对立思维模式的怪圈，避免了"非此即彼"、"一边倒"等不良倾向，从认识论逐渐走向了实践存在论。所以说，我们力求建构的马克思主义文艺学新体系应是"多元对话"、"多元互补"式的体系，这既是未来马克思主义文艺学发展的目标，也是未来有中国特色的马克思主义文艺学体系的重要表征。新的理论体系以问题为中心，具有纯粹的可思考性，通过与其他各种文论体系的"对话"，不断发现问题、思考问题、分析问题，以寻找自己的生存空间和发展维度。在对等、自主的基础上，经过交流、碰撞、渗透，实现同质或异质的相互沟通，结晶为更加切实可行的理论成果。"对话"、"互补"为建构马克思主义文艺学新体系提供了多维视界和路向，它引入、运用新的文艺理论和范式作为参照系，显示出马克思主义文艺学体系在原有参照系中无法显现的新性质，加深人们对原有体系模式优劣的思考和认识，使我们的文艺学工作者自觉进入形而上的思考，为互

---

① 钱中文《文学理论：走向交往对话的时代》，北京大学出版社 1999 年版，第 224 页。

补和建构新的马克思主义文艺理论话语和研究范式提供可能。这种对话不仅是马克思主义文艺学的不同阐释体系之间的对话，同时还应该包括马克思主义文艺学同非马克思主义文艺学之间的对话，包括马克思主义文艺学同非文艺学的其他文化理论的对话，特别是与不同质的各种文化理论的对话。概言之，"对话"为当代有中国特色的马克思主义文艺学新体系的建构提供了一种广阔的关联域。

主要参考文献

《马克思恩格斯全集》，北京：人民出版社。

《马克思恩格斯选集》，北京：人民出版社1972年版。

《列宁全集》，北京：人民出版社。

《毛泽东选集》，北京：人民出版社1991年版。

《邓小平文选》，北京：人民出版社。

Eagleton, Terry. Marxism and Literary Criticism. Berke-ley: Univ. of California Press, 1976.

Adorno. T. Aesthetic Theory. London. 1984.

Heidegger. M. On the Way to Language. New York. 1971.

Jameson, Fredric. Marxism and Form. Princeton: Prince-ton Univ. Press, 1971.

Craig, David, ed. Marxists on Literature. Harmond-sworth: Penguin, 1975.

Anderson, Perry. Considerations on Western Marxism. London: New Left Books, 1976.

Williams, Raymond. Marxism and Literature. Oxford: Oxford University Press, 1977.

Forgacs, David. "Marxist Literary Theories." Modern Literary Theory, eds. Jefferson and Robey. London: Batsford，1986.

Frow，John. Marxism and Literary History. Cambridge，Mass.：Harvard University Press，1986.

Philip Goldstein. The Politics of Literary Theory：An Introduction to Marxist Criticism. Tallahassee：Florida State University Press，1990.

Dewey，J. Art as Experience. New York：Balch，1934.

Dufrenne. M. The Phenomenology of Aesthetic Experience. Evanston：Northwestern University，Press，1973.

［苏］卢那察尔斯基：《论文学》（蒋路译），北京：人民文学出版社 1978 年版。

［苏］卢那察尔斯基：《关于艺术的对话（卢那察尔斯基美学文选）》（吴谷鹰译），北京：生活・读书・新知三联书店 1991 年版。

［匈］卢卡契：《卢卡契文学论文选》第一卷（范大灿编选），北京：人民文学出版社 1986 年版。

［匈］乔治・卢卡奇：《历史和阶级意识——马克思主义辩证法研究》（张西平译），重庆：重庆出版社 1989 年版。

［匈］卢卡契：《卢卡契文学论文集》（一）（中国社会科学院外国文学研究所外国文学研究资料丛刊编辑委员会编），北京：中国社会科学出版社 1980 年版。

［匈］卢卡契：《卢卡契文学论文集》（二）（中国社会科学院外国文学研究所外国文学研究资料丛刊编辑委员会编），北京：中国社会科学出版社 1981 年版。

［匈］乔治・卢卡契：《审美特性》第一卷（徐恒醇译），北京：中国社会科学出版社 1986 年版。

［匈］乔治·卢卡契：《审美特性》第二卷（徐恒醇译），北京：中国社会科学出版社 1991 年版。

［德］海德格尔：《林中路》（孙周兴译），台北：时报文化出版企业有限公司 1994 年版。

［德］海德格尔：《存在与时间》（陈嘉映、王庆节合译，熊伟校，陈嘉映修订），北京：生活·读书·新知三联书店 1999 年版。

［美］雷·韦勒克、奥·沃伦：《文学理论》（刘象愚等译），北京：生活·读书·新知三联书店 1984 年版。

［俄］巴赫金：《巴赫金文论选》（佟景韩译），北京：中国社会科学出版社 1996 年版。

［苏］巴赫金：《陀斯妥耶夫斯基诗学问题》（白春仁、顾亚铃译），北京：生活·读书·新知三联书店 1988 年版。

［美］詹明信：《晚期资本主义的文化逻辑》（张旭东编，陈清侨等译），北京：生活·读书·新知三联书店 1997 年版。

［美］托马斯·门罗：《走向科学的美学》（石天曙、藤守尧译），北京：中国文联出版公司 1984 年版。

［美］C·恩伯、M·恩伯：《文化的变异》（杜杉杉译），沈阳：辽宁人民出版社 1988 年版。

［英］伊格尔顿：《马克思主义与文学批评》（文宝译），北京：人民文学出版社 1980 年版。

［苏］莫·卡冈：《卡冈美学教程》（凌继尧等译），北京：北京大学出版社 1990 年版。

［法］丹纳：《艺术哲学》（傅雷译）第一编第一章，桂林：广西师范大学出版社 2000 年版。

［美］杰姆逊：《后现代主义与文化理论》（唐小兵译），西

安：陕西师范大学出版社 1987 年版。

［德］胡塞尔：《纯粹现象学通论》（［荷］舒曼编，李幼蒸译），北京：商务印书馆 1992 年版。

［法］杜夫海纳：《美学与哲学》（孙菲译），北京：中国社会科学出版社 1985 年版。

［德］埃德蒙德·胡塞尔：《笛卡尔式的沉思：先验现象学引论》（张廷国译），北京：中国城市出版社 2002 年版。

［德］埃德蒙德·胡塞尔：《胡塞尔选集》（倪梁康选编），上海：上海三联书店 1997 年版。

刘梦溪《文艺学：历史与方法》，上海：上海文艺出版社 1986 年版。

何火任编《当前文学主体性问题论争》，福州：海峡文艺出版社 1986 年版。

何国瑞主编《艺术生产原理》，北京：人民文学出版社 1989 年版。

九歌：《主体论文艺学》，北京：中国社会科学出版社 1989 年版。

董学文：《走向当代形态的文艺学》，北京：高等教育出版社 1989 年版。

包忠文：《艺术与人学》，南京：江苏文艺出版社 1991 年版。

狄其骢主编《马克思恩格斯艺术哲学》，济南：山东文艺出版社 1991 年版。

陆梅林、盛同主编《新时期文艺论争辑要》（上、下卷），重庆：重庆出版社 1991 年版。

杨治经、曲若镁、张松泉主编《马克思主义与当代文艺理论建设》，北京：中国文联出版公司 1992 年版。

狄其骢：《文艺学问题》，济南：山东大学出版社1993年版。

袁贵仁：《马克思的人学思想》，北京：北京师范大学出版社1996年版。

马龙潜：《当代文艺学——美学观念引论》，济南：山东大学出版社2000年版。

谭好哲、马龙潜主编《文艺学前沿理论综述》，济南：山东大学出版社2001年版。

陆贵山主编《中国当代文艺思潮》，北京：中国人民大学出版社2002年版。

周忠厚、邹贤敏等主编《马克思主义文艺学思想发展史教程》，北京：中国人民大学出版社2002年版。

董学文：《马克思主义文论教程》，桂林：广西师范大学出版社2002年版。

倪梁康：《现象学及其效应》，北京：生活·读书·新知三联书店1994年版。

钱中文：《文学理论：走向交往对话的时代》，北京：北京大学出版社1999年版。

陆贵山、周忠厚编著：《马克思主义文艺论著选讲》，北京：中国人民大学出版社1999年版。

曾繁仁：《生态存在论美学论稿》，长春：吉林人民出版社2003年版。

冯宪光：《马克思美学的现代阐释》，成都：四川教育出版社2002年版。

马驰：《"新马克思主义"文论》，济南：山东教育出版社1998年版。

后　　记

　　《新时期马克思主义文艺学体系论争研究》是我的博士论文，此次出版除将题目改为《走向建构论——新时期马克思主义文艺学体系论争研究》外，内容、结构、体例、字句等均未作改动，力求保持论文原貌。

　　在这部书稿即将面世之际，我要向跋涉在文艺理论、美学领域的前辈和广大学者们表示深深的谢意。正是众多前辈和新时期文艺理论工作者们的大量研究著述，给了我极大的帮助和启发，使我能够对一些问题的思考更加深入。同样，我也衷心地希望人们对这部书稿提出批评意见，这将使我受益无穷。

　　本书的出版是在多位师长、朋友的关心、支持和帮助下完成的，在此表示衷心的感谢。

　　首先感谢我的导师曾繁仁先生。2001 年我有幸考取了先生的博士研究生。在山东大学度过的三年时间里，无论是专业学习、学术研究还是处世做人等各个方面，先生都给了我许多难忘的教诲，令我终生受益。先生虽然已六十多岁高龄，同时兼任多项学术职务，科研工作也极其繁重，但是他对论文的写作仍然给予了极其细致的指导。从论文的研究思路、方法，到文章的结构框架、行文方式，乃至于论文中的一些具体观点，等等，先生都一一给予了具体的指导。论文"余论"中"现实的人：建构新体系的出发点和归宿"这一部分的主要观点就直接源自先生的学术思想。可以说，没有先生的精心教诲就不会有本书的面世。师母纪温玉女士在生活上也给予我无微不至的关心和照顾。在此，对于恩师和师母的热情付出和悉心教导，致以最诚挚的感谢。

感谢参加我的论文答辩和评阅、评议的先生们：杜书瀛教授、夏之放教授、杨守森教授、谭好哲教授、陈炎教授、马龙潜教授、王汶成教授、李戎教授。他们在我论文的答辩、评阅过程中提出了许多宝贵的意见。

我还要感谢那些在我的论文写作过程中给予我无私帮助的学长们，感谢那些默默支持和帮助我的朋友，他们使我生活得充实而有意义。在此，我希望他们都事业有成，希望他们都健康、快乐。

感谢鲁东大学科研处的领导和老师，没有他们的支持和关爱，此书不可能顺利出版。

感谢鲁东大学汉语言文学院的领导和老师们，他们在我工作、学习、生活各方面都给予了极大的支持。

尤其感谢齐鲁书社的于春香老师为出版本书所付出的心血和劳动。

我还要感谢我的家人，是他们给予了我无私的支持和帮助。他们始终是我生活和学习中的坚强后盾。

卢　政

2006 年 8 月 8 日于山东大学

"文史哲博士文丛"已出书目